Julia Arden

Liebe unerwünscht

Julia Arden

Liebe unerwünscht

Liebesroman

édition el!es

Internet: www.elles.de

E-Mail: info@elles.de

Umschlaggestaltung und Satz: graphik.text Antje Küchler

ISBN 978-3-932499-84-5

1.

Obwohl allein im Büro, saß die Frau in aufrechter, steifer Haltung hinter dem Schreibtisch. Lediglich der Kopf war nach unten geneigt, während sie die Unterlagen vor sich studierte. Einige der blonden Haare fielen vom Scheitel ins Gesicht, verdeckten Stirn und Augen. Jetzt schob sie die Haare zur Seite und blickte auf. Zwei grüne Augen dominierten das ebenmäßige, längliche Gesicht.

Der Blick der Frau lag auf der Tür zum Vorzimmer, wo sich ungewöhnlicher Lärm erhob, der ihre Konzentration störte. Stirnrunzelnd stand sie auf, um der Ursache der Störung auf den Grund zu gehen. Auf halbem Weg zur Tür blieb sie abrupt stehen, denn jemand stieß diese lautstark auf.

»Ich bin stinksauer! Und ich lasse mich nicht länger von Ihrer Sekretärin abwimmeln! Ich habe Ihnen etwas zu sagen. Ob Sie es nun hören wollen oder nicht!«

Der Mann, der derart aufgebracht ins Zimmer stürmte, war nicht älter als fünfunddreißig. Sein kurzes, blondes Haar im Bürstenschnitt, die kleinen, runden Gläser der schwarzen Nickelbrille und vor allem seine schlaksige Gestalt gaben ihm ein jungenhaftes Aussehen. Trotz der Lautstärke, derer er sich bediente, wirkte seine Wut eher verzweifelt als bedrohlich.

»Herr Bühler. Guten Tag. Was kann ich für Sie tun, wenn Sie nun schon mal hier sind?«

Die Frau lächelte verbindlich und völlig unbeeindruckt. Sie wies auf einen der Sessel der kleinen Sitzgruppe neben der Tür. »Setzen Sie sich doch.«

»Ich will mich nicht setzen. Ich bin nicht hier, um nett mit Ihnen zu plaudern. Ich bin hier, um Ihnen zu sagen, daß wir einen Vertrag haben, Frau Feiler. Und in dem steht, daß ich bis zum Ende des Quartals mit meiner Rückzahlung Zeit habe. Warum schicken Sie mir Ihren aufgeplusterten Banker auf den Hals, der mit mir das Insolvenzverfahren besprechen will?«

Jennifer Feiler wandte Bühler den Rücken zu und ging zurück zu ihrem Schreibtisch. »Soweit ich informiert bin, können Sie die fehlenden hunderttausend Euro nicht aufbringen«, sagte sie dabei gelassen, ging um den Schreibtisch herum, setzte sich in ihren Sessel und sah Bühler offen an. »Mein Angebot, mir für diesen Betrag die Teilhaberschaft zu überlassen, lehnen Sie ab. Was wollen Sie anderes tun als Insolvenz anzumelden? Ich mache Ihnen die Sache nur einfacher.«

»Sie und meine Teilhaberin? Vergessen Sie's!« Bühler fuchtelte wild mit den Händen herum. »Ich gehe keine Partnerschaft mit einer Klapperschlange ein.«

Jennifer zeigte sich unberührt von Bühlers Beschimpfung. »Als Sie zu mir kamen, um sich Geld zu leihen, war meine Firma Ihnen gut genug«, erwiderte sie kühl. »Überlegen Sie es sich. Entweder treten Sie mir die Hälfte Ihrer Firma ab, oder Sie müssen schließen.«

Bühler starrte die Frau hinterm Schreibtisch an. »Warum?« fragte er kopfschüttelnd. »Verraten Sie mir, was Sie mit einer unbedeutenden Webdesignfirma wollen?«

»Ich weiß es noch nicht«, sagte Jennifer ohne eine Regung im Gesicht. »Das findet sich dann schon. Im Moment zählt nur, daß sie billig zu bekommen ist. Warum soll ich mir das entgehen lassen?«

»Sie ist nicht zu bekommen. Lieber schließe ich«, stellte Bühler klar.

»Das ist nicht sehr verantwortungsvoll gegenüber Ihren Angestellten. Vielleicht fragen Sie die mal, was sie von Ihrem Starrsinn halten. Wenn Sie wollen, kann ich das auch für Sie tun.«

»Sie werden Ihren Hochmut noch bereuen. Das sage ich Ihnen.« Mit wenigen ausholenden Schritten kam Bühler vor Jennifers Schreibtisch zum Stehen, stützte sich mit den Händen darauf ab und beugte sich vor. »Auch Sie sind verwundbar. Lassen Sie mich in Ruhe, oder Sie werden Ihr blaues Wunder erleben!«

Jennifer lächelte herablassend. »Wollen Sie mir etwa drohen?«

»Und wenn?«

»Machen Sie sich nicht lächerlich.«

Bühler schnaubte wütend, machte auf dem Absatz kehrt und verschwand durch die immer noch offenstehende Tür.

»Frau Hanke?« rief Jennifer. »Ich möchte nicht noch mal auf ähnliche Weise gestört werden. Passen Sie gefälligst ein bißchen besser auf.«

Die Sekretärin zeigte sich in der Tür. Sie zuckte mit den Schultern. »Wenn Sie mir ein Maschinengewehr zur Abschreckung besorgen«, sagte sie trocken. »Unter dem, fürchte ich, geht es in solchen Fällen nicht.«

Jennifer setzte zu einer Erwiderung an, winkte dann aber ab. Die Sekretärin schloß die Tür.

Damit war Jennifer wieder allein. Sie dachte noch zwei Sekunden darüber nach, inwieweit sie Bühlers Drohung ernstnehmen mußte, bevor sie sich entschied, daß das absolut abwegig war. Bühler, ein kleiner Computerfreak ohne betriebswirtschaftliches Talent. Wie sollte der ihr schaden?

Blieb Bühler wirklich starrsinnig und verweigerte ihr weiterhin die Teilhaberschaft, kaufte sie die Firma eben zu einem Spottpreis vom Insolvenzverwalter. Sie würde so oder so bekommen, was sie wollte. Sie machte Bühler das Angebot, weil sie sich die Suche nach einem Geschäftsführer und einer neuen Mannschaft sparen wollte. Warum wollte der Mann nicht einsehen, daß sie ihm im Grunde nur half? Sie stellte sein Knowhow auf eine vernünftige finanzielle Basis. Das war die ideale Verbindung. Bühler dagegen tat, als würde sie ihm etwas wegnehmen wollen. Sah er denn nicht, daß er von der Partnerschaft profitieren würde?

Nein, natürlich nicht. Das erforderte ein gewisses kaufmännisches Verständnis, und das ging dem Jungunternehmer ab. Deshalb stand seine Firma ja dort, wo sie stand.

Jennifer schüttelte den Kopf. Es war nicht das erste Mal, daß man sie als Eindringling und Schlimmeres bezeichnete. Auch Wutausbrüche und Drohungen wie die eben kannte sie zur Genüge. Solche Szenen machten ihr keinen Spaß. Aber sie hatte sich daran gewöhnt. Mitleid empfand sie mit ihrem Gegenüber nicht. Schließlich war es nicht ihre Schuld, daß andere ihre Geschäfte schlecht führten.

Jennifer sah es als durchaus legitim an, aus Fehlern anderer zu profitieren. War sie deshalb ein schlechter Mensch?

Es gab viele, die das dachten. Das wußte sie.

Jennifer wandte sich wieder dem Bericht vor ihr zu, wurde allerdings beim Lesen erneut durch das plötzliche Aufreißen der Bürotür unterbrochen. Sie stöhnte. *Was war das denn heute für ein Irrenhaus?*

Sie würde wohl doch mal ernster mit Lena Hanke reden müssen.

Auch den Mann, der sich jetzt vor ihrem Schreibtisch aufbaute, kannte Jennifer Feiler. Er war älter als Bühler und kräftiger. Und *er* konnte Probleme machen. Das wußte Jennifer aus Erfahrung. Daß der Mann sie triumphierend anblickte, ließ Schwierigkeiten erwarten. Dennoch machte Jennifer sich keine ernsthaften Sorgen. Was nun kam, würde sicher lästig werden, aber ihre Anwälte würden das wie gewohnt regeln. Falls es soweit überhaupt kam.

»Kommissar Sasse. Was führt Sie denn heute zu mir? Stehe ich im Parkverbot, und Sie wollen mich deswegen festnehmen?« fragte Jennifer spöttisch.

»Wie immer zu Scherzen aufgelegt, die Dame«, erwiderte Sasse. Den Spott ignorierte er. Heute würde er endlich über diese Frau triumphieren. Lange hatte er auf diesen Augenblick gewartet. Nun war es soweit. Da konnte ihm die Arroganz der Frau nichts mehr anhaben. Im Gegenteil. Er würde gleich genüßlich zusehen, wie sie von ihrem hohen Roß fiel. Die Zufriedenheit über das, was nun folgen würde, ließ Sasse lächeln. »Parkverbot? Nein«, sagte er mit ruhiger Stimme. »Festnehmen? Ja.« Er holte ein paar Handschellen aus seiner Jackentasche hervor. »Jennifer Feiler, ich nehme Sie wegen Verdacht des Mordes an Markus Frey vorläufig fest.«

Stille.

Sasse genoß die Wirkung seiner Worte, die, wie er meinte, Jennifer Feiler bis ins Mark erschütterten.

Jennifer erhob sich langsam von ihrem Stuhl, kam um den Schreibtisch herum und postierte sich direkt vor Sasse. »Sind Sie irre, Mann?« fragte sie in mitleidigem Ton. »Das geht wirklich zu weit, Georg.« Jennifers Augen fixierten ihr Gegenüber. »Sie müssen endlich begreifen, daß Ihre Frau Sie nicht meinetwegen verlassen hat, sondern Ihretwegen. Hören Sie auf, mir pausenlos was anzudichten. Eingeschlossen dieser lächerlichen Beschuldigung, die Sie hier vorbringen«, sagte sie eindringlich.

Bedachte man die Anschuldigung des Kommissars, klang ihre Stimme ausgesprochen ruhig.

Georg Sasse ging nicht auf die Entgegnung Jennifers ein. Sein Gesicht zeigte jedoch aufsteigende Wut. »Wenn Sie sich der Festnahme widersetzen, mache ich von der Schußwaffe Gebrauch«, sagte er kalt.

Allmählich ging Jennifer auf, daß dies hier kein Scherz war. »Machen Sie lieber von Ihrem Verstand Gebrauch!« erwiderte sie barsch. »Warum sollte ich Markus Frey umbringen?«

»Sie stehen mitten in der Übernahme des Bankhauses Frey. Das ist ein Millionengeschäft. Da fallen mir jede Menge Gründe ein, warum Leute einander umbringen. Stand er ihnen im Weg?«

Sasse machte sich bereit, Jennifer Handschellen anzulegen. In einer Reflexbewegung hob Jennifer die Arme ruckartig nach oben, um sich dem zu entziehen. Das geschah so schnell und heftig, daß Sasse sich mit den Handschellen an den Kopf schlug.

Mit dessen Beherrschung war es nun vorbei. Er schrie wütend auf, schob die Handschellen in eine der Gesäßtaschen seiner Jeans, griff erneut nach Jennifers Handgelenken, umklammerte sie mit seiner linken Hand wie ein Schraubstock. Mit der rechten griff er nach der Dienstwaffe und drückte sie Jennifer hart in den Bauch. »Noch so eine Nummer, du blöde Lesbe, und du erlebst was.«

Jennifer, von der unvermuteten Eskalation der Situation völlig überrascht und überfordert, wollte Sasse von sich wegdrücken. Mitten in der Überlegung, was das für ein Knall war, der plötzlich die Luft zerriß, verlor sie das Bewußtsein.

2.

Geräuschlos drückte Caroline die Klinke hinunter und schob vorsichtig die Tür zum Krankenzimmer auf. Leise trat sie ein. Beim Anblick des uniformierten Beamten, der neben dem Bett saß, zog sie unmutig die Augenbrauen zusammen. »Was machen Sie hier? Die Patientin braucht absolute Ruhe«, fuhr sie den jungen Mann mit gedämpfter, aber barscher Stimme an.

»Ich habe Befehl, Frau Feiler zu bewachen«, erklärte der.

»Und sie zu erschrecken, wenn sie aufwacht? Machen Sie, daß Sie hier rauskommen. Pflanzen Sie sich samt Ihrem Stuhl draußen hin.«

»Aber Doktor, ich habe meine Anweisungen«, hielt der junge Mann entgegen. Doch die Festigkeit in seiner Stimme wich bereits der Autorität des weißen Kittels.

Caroline bemerkte es und scheute keine Sekunde, ihren Vorteil auszunutzen. »Das hier ist ein Krankenhaus. Und weil das so ist und ich die Ärztin bin, habe ich auch das Sagen. Die Frau ist meine Patientin! Und das bleibt so, bis sie dieses Gebäude in einem Zustand verläßt, von dem ich verantworten kann, daß Sie sie zum Polizeigebäude überführen.«

Der junge Beamte versuchte Haltung zu bewahren. »Ich werde das meinem Vorgesetzten mitteilen müssen. Es besteht schließlich Fluchtgefahr!« teilte er Caroline mit.

Die winkte gelassen ab. »Die Patientin ist nicht mal in der Lage aufzustehen, geschweige denn aus dem Fenster zu springen. Vielleicht sagen Sie das auch Ihrem Vorgesetzten.«

Caroline registrierte den Abgang des Beamten nur noch am Rande. Ihre Aufmerksamkeit galt der Frau im Krankenbett. Sie würde in der nächsten halben Stunde aufwachen – wenn alles gutging. Caroline nahm sich den Stuhl, den der junge Mann stehengelassen hatte, setzte sich rittlings darauf und blätterte in der Patientenmappe, die sie mitgebracht hatte.

Jennifer Feiler, sechsundvierzig. Noch in der Unfallstation hatten die Kollegen Röntgenaufnahmen vom Thorax mit dem Schußprojektil zwischen der vierten und fünften Rippe gemacht. Eine lebensbedrohliche Verletzung, welche die Unfallchirurgen zur Sofortoperation veranlaßt hatte. Aufgrund starker Blutungen im Brustraum hatte man während der Operation fünf Blutkonserven zum Ausgleich des Blutverlustes gebraucht. Und auch jetzt, zwei Stunden nach der Operation, pumpte eine Infusionsapparatur Plasmaersatzstoffe in die Patientin, um deren Kreislauf zu stabilisieren. Eine Drainage sorgte für den Abfluß von Wundwasser.

Zusammen mit der Patientin und ihrer Krankengeschichte hatte Caroline vom Unfallchirurgen auch den Hinweis bekommen, daß es sich bei der Frau um eine Tatverdächtige in einer Morduntersuchung handelte. Auf Carolines fragenden Blick hin hatte er auch den Rest der Erklärung geliefert: Den Bauchschuß hatte sich die Frau bei dem Versuch zugezogen, sich der Festnahme durch Flucht zu entziehen.

Caroline musterte die blasse Gestalt vor sich, die gleichmäßigen Gesichtszüge, umrahmt von schulterlangen, blonden Haaren. An den schwachen Bewegungen der Patientin erkannte Caroline, daß Jennifer Feiler gleich aufwachen würde.

»Frau Feiler?« fragte sie leise.

Die Stimme, die von – woher? – kam, war fremd, aber angenehm. Sie nannte ihren Namen. Jennifer wollte die Augen aufschlagen, um die Person, welche zu der Stimme gehörte, anzusehen. Aber das war nicht so einfach.

»Frau Feiler?«

Jennifer kämpfte gegen die Schwere ihrer Lider. Sie klammerte sich dabei an diese warme Stimme, befahl sich, das dazugehörige Gesicht zu finden. Es mußte irgendwo hinter diesem diffusen Schleier sein. Also los, Jennifer!

Was ihr als erstes ins Auge stach, war ein grelles Weiß. Dann eine hohe, schmale Gestalt. Schließlich verband sich beides zu Einem und bekam auch ein Gesicht, mit sich deutlich abzeichnenden Kieferknochen, kantig. Was ihm, zusammen mit den leicht schrägstehenden Augen, einen energischen Ausdruck verlieh. Dazu ein dunkler Hautteint und rabenschwarzes, halblanges Haar.

Sehr hübsch, dachte Jennifer noch, bevor sie erkannte, daß das Weiß zu einem Ärztekittel gehörte und die Frau darin ihr zwar einen neugierigen, aber eindeutig professionell neugierigen Blick zukommen ließ.

»Können Sie mich hören, Frau Feiler?« fragte die Stimme.

Jennifer stellte erstaunt fest, daß statt des beabsichtigten Ja nur ein krächzendes Geräusch ihren Mund verließ.

»Ich bin Doktor Malin. Sie sind im Krankenhaus.« Die Ärztin beugte sich zu Jennifer hinab, hob deren Kopf leicht an, nahm das Glas Wasser vom Nachttisch und setzte es ihrer Patientin an die Lippen. »Wir mußten Sie operieren. Erinnern Sie sich, was passiert ist?«

Nachdem Jennifer ein paar kleine Schlucke getrunken hatte, ließ Caroline deren Kopf wieder auf das Kissen sinken.

»Danke«, flüsterte Jennifer. Dank des Wassers war ihre Stimme nun besser vernehmbar. Sie überlegte. Was war passiert? Da war dieser Schmerz gewesen, der ihr den Atem nahm. Dann hatte sie das Bewußtsein verloren. Aber was vor dem Schmerz war? »Nein.« Sie schüttelte langsam den Kopf. »Ich erinnere mich nicht.«

»Kein Grund zur Sorge. Das kommt sicher bald zurück. Schlafen Sie. Ich komme in ein paar Stunden wieder und sehe nach Ihnen. Wenn Sie etwas brauchen, klingeln Sie einfach nach der Schwester.«

Die Ärztin machte Anstalten zu gehen.

»Doktor?« hielt Jennifers schwache Stimme sie zurück.

»Ja?«

»Wie . . . wie heißen Sie . . . mit Vornamen?«

Zwei dunkle Augen blickten überrascht auf Jennifer. Nur eine Sekunde, dann kehrte die professionelle Distanz zurück. Schweigend wandte sich die Ärztin ab. An der Tür angekommen, die Klinke bereits in der Hand, drehte sie sich um. »Caroline«, antwortete sie ruhig, ging hinaus und schloß leise die Tür.

Jennifer schloß lächelnd die Augen.

Caroline hielt die Schwester an, die ihr auf dem Gang entgegenkam.

»Schwester Inge, wer sieht nach Frau Feiler?«

»Ich, Frau Doktor.«

»Oh, sehr gut. Frau Feiler hat noch Erinnerungslücken. Gehen Sie bitte alle halbe Stunde zu ihr und sehen nach ihr. Wenn die Lücken sich zu füllen beginnen, informieren Sie mich.«

Die Schwester nickte. »Ist gut.«

Caroline warf einen kurzen Blick auf den Beamten, der jetzt neben der Tür saß.

»Und, Schwester Inge, achten Sie bitte darauf, daß dieser junge Mann hier nicht in das Zimmer der Patientin geht.« Sie sah den Beamten an. Ein Lächeln legte sich plötzlich um den Mund der Ärztin. »Bringen Sie ihm einen Kaffee, wenn er will.«

Die Schwester sandte einen fragenden Blick in Richtung des Wachmannes, der nickte.

»Danke.«

»Haben Sie Ihren Vorgesetzten informiert?« fragte Caroline.

»Ja.«

»Gut«, sagte Caroline und ging weiter.

Etwas später, in ihrem Büro, sann Caroline über den ungewöhnlichen Neuzugang nach. Diese Frau sollte eine Mörderin sein? Caroline tat sich schwer, sich das vorzustellen. Sie hatte in den Jahren als Ärztin die unterschiedlichsten Charaktere kennengelernt und ein Gespür für Menschen entwickelt. Jennifer Feiler hatte sie eben zum ersten Mal gesehen, es war ihr eigentlich nicht möglich, etwas über sie zu sagen. Dennoch – eine Mörderin?

Das fast leere Schema des Dienstplanes für den nächsten Monat leuchtete Caroline vom Flachbildschirm des PCs aus an und wartete darauf, daß sie es mit Namen füllte. Sie legte ihre Hand auf die Maus, begann Felder anzuklicken, Namen zu verschieben und Abschnitte zu kopieren.

Das Klingeln des Telefons unterbrach Caroline in ihrer Arbeit. »Malin«, meldete sie sich.

»Kommissar Sasse hier. Doktor Malin, ich protestiere entschieden dagegen, daß Sie sich über polizeiliche Anordnungen hinwegsetzen.«

Caroline brauchte einen Moment, dann erschloß sich ihr, wovon Sasse sprach. »Frau Feiler ist nicht in einem Zustand, in dem sie aus eigener Kraft das Krankenhaus verlassen könnte. Es besteht keine Veranlassung, ihr einen Aufpasser direkt vor die Nase zu setzen.«

»Wissen Sie, wer Jennifer Feiler ist?« fragte Sasse.

»Meine Patientin in erster Linie.«

»Jennifer Feiler ist eine der einflußreichsten Personen in dieser Stadt«, erklärte der Kommissar. »Sie hat genug Leute, die sie aus Ihrem Krankenhaus raus*tragen*, wenn es sein muß.«

Caroline lachte. »Na schön. Das hilft ihr aber auch nicht, es sei denn, sie hat zu Hause eine komplett eingerichtete Klinik.«

»Das würde ich nicht ausschließen«, entgegnete Sasse verbissen. »Die Frau ist nämlich auch noch unanständig reich.«

»Herr Sasse, bleiben wir doch sachlich«, ermahnte Caroline ihren Gesprächspartner. »Frau Feiler ist gerade erst außer Lebensgefahr. Ich war vor einer halben Stunde bei ihr, sie erinnert sich nicht einmal daran, was passiert ist.«

»Unterschätzen Sie Jennifer Feiler nicht. Sie gibt vielleicht nur vor, sich nicht erinnern zu können. Um sich Zeit zu verschaffen und eine Gelegenheit zur Flucht. Die Frau denkt, sie kann sich mal wieder ihrer Verantwortung entziehen. Aber diesmal ist sie zu weit gegangen. Mit einem Mord kommt selbst sie nicht durch.«

Caroline hörte deutlich die unterdrückte Wut in Sasses Stimme. Es schien Caroline, als wären der Kommissar und Jennifer Feiler schon öfter aneinandergeraten, und es schien ihr auch, als hätte Sasse bisher immer den Kürzeren gezogen.

»Sie haben wohl was gegen Frau Feiler?« fragte Caroline.

»Blödsinn. Gar nichts«, stritt Sasse barsch ab.

Das klingt aber absolut nicht nach nichts, dachte Caroline. Laut sagte sie: »Nun, Herr Sasse, wie auch immer, das sind Ihre Probleme. Ich habe meine. Ich mache mir ausschließlich Sorgen um die Gesundheit der Patientin. Diese erfordert, daß Jennifer Feiler noch mindestens zwei Tage ausschließlich *ärztlicher* Überwachung unterliegt. Ihr Beamter muß also vor dem Zimmer bleiben. Auf Wiederhören.« Damit legte Caroline einfach auf. Für eine fruchtlose Diskussion fehlte ihr die Zeit.

Doch kaum, daß sie aufgelegt hatte, klingelte das Telefon erneut. Caroline griff zum Hörer. »Malin«, meldete sie sich, in Erwartung Sasses Stimme zu hören, wie er sich beklagte, daß sie einfach aufgelegt hatte. Doch es war Schwester Inge.

»Doktor Malin, bitte kommen Sie schnell. Frau Feiler!«

»Was ist mir ihr?«

»Sie hat die Infusionsnadel herausgerissen und machte sich gerade an der Drainage zu schaffen, als ich ins Zimmer kam. Ich konnte eben noch verhindern, daß sie auch die entfernt.«

»Ich komme.« Caroline sprang auf.

Keine zwei Minuten später betrat sie Jennifer Feilers Zimmer. Schwester Inge kämpfte mit der widerspenstigen Patientin, die sich entschieden weigerte, sich die Infusionsnadel wieder anlegen zu lassen. Caroline nickte der Schwester zu. »Schon gut, ich mache das hier.« Die Schwester verließ erleichtert das Schlachtfeld.

Caroline sah Jennifer schweigend an. Deren Augen blickten wütend, fast herrisch.

»Was soll das Theater?« fragte Caroline unbeeindruckt von der Aufregung, die bis eben noch im Zimmer geherrscht hatte.

»Das kommt bald zurück, ja?« fauchte Jennifer die Ärztin an. »Ha! Vielen Dank für Ihre Rücksicht. Sie hätten mir ruhig sagen können, daß ich einen Bauchschuß habe. Ach – und die kleine Kleinigkeit, daß mir dieser Hohlkopf eines Kommissars einen Mord anhängen will!«

»Sie erinnern sich also?«

»Allerdings!«

»Und deshalb haben Sie beschlossen, ohnmächtig zu werden, bis die Sache geklärt ist?« stellte Caroline sarkastisch fest. »Denn genau das wird passieren, wenn Sie weiter ihre Behandlung sabotieren.«

»Geklärt?« fuhr Jennifer auf. »Nichts wird sich klären. Jedenfalls nicht von allein. Ich muß umgehend mit meinem Anwalt reden. Sasse will mich hinter Gittern sehen. Aber dem werd' ich's zeigen. Ich verklage ihn wegen Amtsmißbrauch.«

Caroline nickte. »Tun Sie das. Später. Dem Kommissar habe ich dasselbe gesagt. Sie werden ihre Fehde vertagen müssen.«

Ihre Stimme war vollkommen ruhig.

»Sie haben mit ihm gesprochen?« fragte Jennifer überrascht. Zum ersten Mal unterbrach sie sich in ihrer Rage. »Was hat er Ihnen für Horrorgeschichten über mich erzählt?« forschte sie.

Caroline ignorierte Jennifers Frage. »Ist Ihnen schwindlig?« nutzte sie die Ablenkung ihrer Patientin.

»Ein bißchen«, brummte Jennifer widerwillig.

»Es wird schlimmer werden, wenn ich die Infusion nicht wieder anlege. Ihr Kreislauf ist noch zu geschwächt.«

»Ich kann nicht hierbleiben. Es gibt zuviel zu tun.« Jennifers Stimme wurde wie zur Bestätigung von Carolines Worten schwächer. »Ich muß in meine Firma, mit meinen Anwälten sprechen und überhaupt, ich habe wichtige Termine!«

»Die warten müssen«, sagte Caroline jetzt rigoros. »Zu Ihrer Information, draußen neben der Tür sitzt ein Beamter. Sie kommen hier nicht weg. Also seien Sie vernünftig. Außerdem, Sie würden sowieso nach ein paar Schritten zusammenbrechen.«

»Sie verstehen nicht. Ich . . .« Jennifer hielt inne, weil Caroline sich unerwartet neben sie auf die Bettkante setzte und ihre Hand nahm. Die plötzliche Nähe der Ärztin und das zunehmende Schwächegefühl dämpften Jennifers Widerstand.

»Doch, ich verstehe.« Caroline lächelte beruhigend. »In Ihrem Nacken sitzt ein kiebiger Polizeikommissar, der Sie nicht leiden kann und eine Mordanklage gegen Sie anstrebt. Sie wollen dagegen angehen und deshalb so schnell wie möglich hier raus. Aber, abgesehen von der Wache, die das verhindert, für einen Kampf muß man bei Kräften sein!«

Jennifer blinzelte verwirrt. Die Ärztin hatte sich durch Sasse offenbar nicht beeinflussen lassen, bei *dem* Resümee des Gespräches mit ihm. Jennifer schwieg, sah Caroline nachdenklich an. Die strahlte absolute Ruhe aus.

»Sie haben recht«, sagte Jennifer schwach. »Aber jemand muß meinen Anwalt benachrichtigen. Würden Sie das für mich tun?«

»Wie ist die Nummer?« fragte Caroline schlicht.

Jennifer nannte sie.

Caroline notierte die Zahlen in ihrem Kalender. Dann stand

sie auf. »Darf ich jetzt die Infusion wieder anlegen?«

Jennifer nickte. Caroline nahm das Desinfektionsmittel, welches die Schwester stehengelassen hatte, eine frische Nadel, setzte sich wieder neben Jennifer und nahm deren Arm. Sorgfältig fühlte sie nach einer geeigneten Einstichstelle, desinfizierte sie und führte die Nadel langsam in die Vene.

»Haben Sie keine Angst, daß Sie vielleicht einer Mörderin helfen?« fragte Jennifer plötzlich. Trotz der schwachen Stimme lag eine gewisse Provokation in ihrer Frage.

Caroline sah Jennifer offen an. »Für mich als Ärztin spielt es keine Rolle, was ein Mensch getan hat, solange er mein Patient ist.«

»Ich meine auch nicht Ihre ärztliche Hilfe, sondern ... Ihre Freundlichkeit.«

Caroline stand auf. »Jeder Mensch hat auch das Recht, einen Anwalt hinzuzuziehen, denke ich.«

»Und ich denke, Sie als Ärztin zu haben, ist mein Glück. Sie sind der Lichtblick in meiner momentan eher düsteren Lage.«

Caroline blinzelte irritiert. *Damit konnte sie nichts anfangen. Was meinte Jennifer Feiler? Höchstens, daß* ... »Sie verstehen mich falsch. Ich habe nicht gesagt, daß ich Sie für unschuldig halte. Ich halte Sie für ... für ...« Caroline merkte, wie sie sich verhaspelte und hielt inne. »Sie sind einfach nur meine Patientin«, beendete sie dann den Satz.

»Und wenn ich es getan hätte?« fragte Jennifer. Wieder lag dieser leicht provokative Ton in ihrer Stimme.

»Meinen Sie nicht auch, es gibt für jeden Menschen Umstände, die ihn zum Äußersten treiben?«

Caroline sah Jennifer schockiert an. War das eine Art Geständnis? Oder einfach nur eine rein rhetorische Frage? Betreten verließ sie das Zimmer.

Draußen auf dem Gang verhielt Caroline einen Moment. *Jennifer Feiler eine Mörderin?*, fragte sie sich erneut. Doch trotz Jennifers recht aggressiven Auftritts und der merkwürdigen Fragen am Schluß tat Caroline sich schwer, das zu glauben.

Von Carolines Anruf bei Jennifers Anwalt bis zum Erscheinen des hochgewachsenen, athletischen Mannes mit grauem Schläfenhaar in Carolines Büro verging kaum eine halbe Stunde.

»Frau Doktor Malin? Mein Name ist Heilmann. Sie haben mich angerufen.«

Caroline erhob sich. »Sie sind der Anwalt von Frau Feiler?«

»Einer ihrer Anwälte. Können Sie mich zu ihr bringen?«

Einer? Wieviel Anwälte hatte die Frau? Caroline schoß automatisch der Gedanke durch den Kopf, daß Jennifers Fragen vorhin vielleicht doch ernstgemeint sein konnten. »Ich bringe Sie zu ihr. Aber eigentlich können Sie das Zimmer nicht verfehlen. Ein Beamter sitzt dort und bewacht Ihre Mandantin.«

Heilmann lächelte breit. »Ja, Kommissar Sasse hat einen Narren an Frau Feiler gefressen, wenn man es so ausdrücken will.«

Wie jetzt? Waren die zwei mal zusammen gewesen und Sasse so angepiekst, weil Jennifer sich von ihm getrennt hatte? Oder wollte er was von ihr, und sie ließ ihn permanent abblitzen? Caroline schüttelte den Kopf. Nein. Sasse sprach von »aus der Verantwortung ziehen«. Das klang eigentlich eher nach einer Art enttäuschtem Verfolgungswahn. *Aber was geht es dich an, Caroline?*

Sie brachte Heilmann bis zur Tür von Jennifers Zimmer, öffnete sie und ließ ihn eintreten.

»Frau Feiler. Wie geht es Ihnen?« begrüßte Heilmann seine Mandantin.

»Wie Sie sehen, bin ich gerade etwas eingeschränkt«, lautete die Antwort. Caroline sah, wie Jennifer mit einer ausholenden Bewegung das Krankenzimmer umfaßte. Sie schloß die Tür hinter Heilmann und ertappte sich bei dem Gedanken, daß sie zu gern wissen würde, was die beiden jetzt besprachen.

Als Caroline zwei Stunden später Jennifers Zimmer aufsuchte, war Heilmann wie erwartet gegangen. Caroline überprüfte die Infusionsapparatur, die Tropfgeschwindigkeit und ob die Konserve erneuert werden mußte – und fragte sich, was sie da tat. Es war Aufgabe der Schwester, und die war ganz sicher genauestens darüber im Bilde, wann die Patientin eine neue Konserve bekommen mußte.

Caroline spürte den aufmerksamen Blick Jennifers auf sich ruhen.

»Die Schwester kommt alle halbe Stunde und schaut nach, wie es mir geht«, sagte Jennifer schließlich.

Caroline hielt inne. Jennifers Tonfall zeigte deutlich: Auch sie wußte, die Ärztin war nicht wegen der Kontrolle der Infusion hier.

»Kann Ihr Anwalt Ihnen helfen?« fragte Caroline so unbeteiligt wie möglich. Die Frage hatte ihr keine Ruhe gelassen, trieb sie gegen ihren Willen zu Jennifer.

Jennifer seufzte. »Das wird sich zeigen. Ich hoffe es.« Dann lächelte sie. »Zumindest hat er mir ein Mobiltelefon dagelassen, damit ich nicht mehr andere bitten muß, Anrufe für mich zu machen.«

Caroline schüttelte bedauernd den Kopf. »Tut mir leid. Das müssen Sie leider gleich wieder abgeben. In diesem Haus herrscht striktes Handyverbot. Ich kann Ihnen aber ein Telefon anschließen lassen, wenn Sie es wollen.«

Jennifer deutete enttäuscht mit dem Kopf zur Seite auf den Beistelltisch. Caroline nahm das Handy, schaltete es aus und steckte es in die Kitteltasche. »Ich hinterlege es für Sie und schicke Ihnen gleich einen Mitarbeiter der Haustechnik.«

»Danke«, sagte Jennifer. »Wann befreien Sie mich endlich von all diesen Schläuchen?« wollte sie wissen.

»Wenn Ihre Werte heute abend in Ordnung sind, werden Sie zur Nacht alles los. Und dann schauen wir mal, wie es Ihnen morgen früh geht.«

Caroline schickte sich an zu gehen.

»Kommen Sie heute noch mal vorbei, Doktor?« fragte Jennifer hinter ihr her.

Caroline blieb stehen, drehte sich um. Warum fühlte sie sich unter Jennifer Feilers Blick so nervös? »Ich . . . mal sehen.«

»Nun, vielleicht können Sie es einrichten. Sie sind die einzige nette Person hier. Alle anderen, abgesehen von meinem Anwalt, huschen nur rein und raus wie schüchterne Mäuschen. Ich glaube, daran ist der Beamte neben meiner Tür schuld, beziehungsweise der Grund seines Daseins. Warum schreckt *Sie* das nicht ab?«

Mit genau dieser Frage beschäftigte Caroline sich die nächsten Stunden immer wieder. Die damit einhergehende Unkonzentriertheit brachte ihr so manch irritierten Blick der Kollegen ein. Die kannten so etwas von ihrer Chefärztin nicht.

Doktor Caroline Malin stand in dem Ruf, jede noch so kleine Aufgabe mit höchster Aufmerksamkeit zu erledigen. Und auf höchstem fachlichen Niveau. Das und ihr resolutes Auftreten brachten Caroline Anerkennung bei den Kollegen ein. Genauso wie ihr Einfühlungsvermögen gegenüber den Patienten, trotz des enormen Arbeitspensums, das es tagtäglich zu bewältigen galt.

Vor einem Jahr hatte man Caroline zur ärztlichen Direktorin des Krankenhauses und damit zum Mitglied der Krankenhausleitung gewählt. Das bedeutete noch mehr Verantwortung, noch mehr Überstunden. Aber Caroline liebte ihren Beruf viel zu sehr, um darin eine Belastung zu sehen.

Bei aller Hingabe im Beruf wußte Caroline aber auch, daß es eine Grenze gab, wie weit die Anteilnahme am Schicksal eines Patienten gehen sollte. Sie durfte die Dinge nicht zu sehr an sich herankommen lassen.

Im Fall Jennifer Feiler war sie gerade dabei, genau diese Grenze zu überschreiten. Deren Geschichte zog sie magisch an. *Die Frau* zog sie magisch an. Es war Caroline beinah unheimlich, wie Jennifer es so mir nichts dir nichts schaffte, sie in ihren Bann zu ziehen. *Das ist nicht gut*, ermahnte Caroline sich. Die *Person* Jennifer Feiler durfte sie nicht interessieren, lediglich die *Patientin*.

3.

Immerhin hatte Caroline am Vortag darauf verzichtet, Jennifer ein weiteres Mal zu besuchen. *Gut,* lobte Caroline sich. *Weiter so.* Behandle Jennifer Feiler wie jede andere Patientin. Die Schwester würde schon melden, wenn es Komplikationen gab.

Caroline schaute auf die vor ihr liegenden Röntgenbilder einer Patientin, die in der Nacht operiert worden war. Ein ähnlicher Fall wie Jennifers: Bauchoperation. Allerdings hatte hier nicht ein Projektil die inneren Verletzungen verursacht, sondern die gebrochenen Rippen, in Folge eines Sturzes.

Bei der Frau tauchst du auch nicht alle zwei Stunden zu einem Pläuschchen auf. Wieso drängt es dich, das bei Jennifer Feiler zu tun?

Caroline klapperte nervös mit dem Kugelschreiber auf der Schreibtischplatte.

Helferinneninstinkt? fragte sie sich. Das war, auch wenn Jennifers Lage mißlich war, sicher überflüssig. Die Frau bezahlte genug Anwälte, sie brauchte nicht sie, Caroline, die sie moralisch aufbaute oder gar beschützte. Selbst ohne Anwälte verstand Jennifer Feiler es ganz sicher sich zu helfen. Doktor Geisler, Anästhesist und wandelnde Boulevardzeitung des Hauses, hatte Caroline aufgeklärt.

Jennifer Feiler war nicht nur Mitglied mehrerer Firmenvorstände, sondern auch des Stadtrats. Die Frau wußte also, wie man sich behauptete. Das einzige, was Jennifer Feiler nach Meinung Geislers mal das Genick brechen könnte, wäre eine ihrer zahllosen Affären. Caroline hatte schon auf Durchzug schalten wollen, als Geisler anzüglich hinzugefügt hatte: »Übrigens Ihre Fraktion, meine Liebe.«

Caroline hatte süffisant gelächelt und geantwortet: »Nur keinen Neid, Kollege.«

Das Gespräch mit Geisler trug dazu bei, daß Caroline sich noch striktere Zurückhaltung verordnete. Denn nun hatte sie, zu allem anderen, den Verdacht, daß Jennifer Feiler, wenn auch versteckt, mit ihr geflirtet hatte. In ihrer Situation! Die Frau war wohl durch all ihren Erfolg eine Spur verrückt geworden. Oder litt an grenzenloser Selbstüberschätzung. Vielleicht ein bißchen von beidem.

Nun ja, in drei, spätestens vier Tagen würde Jennifer Feiler so weit genesen sein, daß sie das Krankenhaus verlassen konnte. Damit war dieses Kapitel dann abgeschlossen.

Caroline betrat in Begleitung von Schwester Inge Jennifers Zimmer zur Visite. Während die Schwester den Blutdruck maß, fragte Caroline in sachlichem Ton: »Wie geht es Ihnen, Frau Feiler?«

»Ich fühle mich gut, danke«, erwiderte Jennifer ebenso sachlich.

»Noch Schwindel?«

»Nein.«

»Schon mal versucht aufzustehen?«

»Nein.«

»Ein paar Schritte im Zimmer sollten heute schon gehen. Nur nicht gleich übertreiben. Schwester Inge, stellen Sie doch mal die Höhe des Bettes so ein, daß Frau Feiler problemlos aufstehen kann.«

»Würden Sie sich bitte hinsetzen, Frau Feiler?« fragte die Schwester. »So daß ich sehen kann, wann Sie mit den Füßen den Fußboden berühren.«

Jennifer richtete sich vorsichtig auf, schwenkte langsam die Füße aus dem Bett, die aber in der Luft baumelten. Die Schwester senkte das Bett per Motor, bis Jennifers Füße auf dem Boden standen. Dann stoppte sie. Jennifer stellte sich auf die Füße. Beim Versuch, den Oberkörper aufzurichten, zuckte sie zusammen. »Schei... Autsch«, rief sie, plumpste wieder aufs Bett und hielt sich den Bauch. »Ich glaube, ich warte damit noch ein wenig. So eilig habe ich es nicht, in U-Haft zu kommen.«

Caroline verzog keine Miene. »Versuchen Sie es noch mal. Langsam.«

Jennifer tat es. Diesmal, auf den Schmerz vorbereitet, konnte man ihn ihrer Miene kaum ansehen. Aber Caroline wußte, daß er da war. Und daß eine Menge Selbstbeherrschung dazu gehörte, so zu gehen, wie Jennifer es jetzt tat. Immerhin hatte sie erst vor vierundzwanzig Stunden eine Notoperation überstanden.

»Na, geht doch«, sagte Caroline.

Jennifers Blick, zwei böse Blitze, trafen sie. »Sie haben wohl über Nacht die Seiten gewechselt? Was hat Sasse Ihnen geboten, daß Sie mich hier so quälen?«

»Ich kann die Seiten nicht gewechselt haben, weil ich auf *keiner* Seite stehe«, erwiderte Caroline gelassen. »Und ich quäle Sie keineswegs. Jedenfalls nicht, wie Sie meinen. Alle unsere Patienten werden angehalten, nach der Operation so schnell wie möglich die Muskulatur des Körpers wie gewohnt zu belasten. Bauchschuß oder Bypass, das spielt keine Rolle.«

Jennifer setzte sich auf ihr Bett. »Gestern waren Sie netter zu mir«, beschwerte sie sich.

Doch Caroline ließ sich auf keine Diskussion ein, erwiderte nur kurz angebunden: »Gestern war Schontag.«

Sie gab Schwester Inge ein Zeichen. Gemeinsam verließen sie das Zimmer.

Perplex schaute Jennifer Caroline nach. Doktor Jekyll und Ms. Hyde, konstatierte sie. Oder einfacher: Frauen!

Das Telefon klingelte. Jennifer, immer noch auf dem Bett sitzend, griff zum Hörer und nahm ab. Heilmann meldete sich.

Bei seinem Besuch gestern hatte Heilmann Jennifer die Sachlage geschildert: Der Bankier Markus Frey war in der Nacht vom Freitag zu Samstag letzter Woche erschossen worden. Einer Zeugenaussage zufolge war Jennifer am besagten Abend vor Freys Haus gesehen worden – dem Tatort. Ein gefundenes Fressen für Sasse. Wer der Zeuge war, enthielt man auch Jennifers Anwalt vor.

Der wußte nur soviel: »Sie wären gut beraten, wenn Sie ein Alibi hätten.«

Und Jennifer nannte ihm eines: Sarah Wagner. Allerdings hatte sie dabei ein wenig Bauchschmerzen, denn es war ein wackliges Alibi. »Haben Sie mit Sarah gesprochen?« fragte Jennifer deshalb jetzt gespannt.

»Ja«, erwiderte Heilmann.

»Und was sagt sie? Hat sie Ihnen bestätigt, daß ich bei ihr war?«

Heilmanns Antwort kam stockend. »Ja. Aber . . . ihre Aussage steht gegen die des Zeugen.«

Jennifer atmete dennoch erleichtert auf. Sarah hatte ihr Versprechen gehalten.

Als Heilmann gestern den Zeugen erwähnt hatte, war Jennifer für einen Moment der Atem gestockt. Aber nun war der Nebensache. Ja, es stand Aussage gegen Aussage. Aber warum sollte der Zeuge glaubwürdiger sein als Sarah? Sarahs Aussage schützte sie.

Dabei gab es im Grunde nichts zu schützen. Eine unglückliche Verkettung der Umstände war alles. Sasse konstruierte die Dinge natürlich so, daß sie, Jennifer, unter Tatverdacht stand. Wahrscheinlich hatte er diesen Zeugen gekauft. Jennifer seufzte.

Nein, die Nachricht von Freys Tod, die Sasse ihr überbracht hatte, hatte sie nicht überrascht. Denn sie hatte mit eigenen Augen gesehen, was sich in Freys Haus abspielt hatte, wie er zu Boden gegangen war.

Schon in dem Moment, da sie die Szene beobachtet hatte, wußte Jennifer: Sie saß in der Klemme. Sollte sie zur Polizei gehen? Würde man ihr glauben, wenn sie erzählte, was geschehen war? Darauf wollte sie sich lieber nicht verlassen, zumal Sasse nur auf eine Gelegenheit wartete, ihr eins auszuwischen.

Jennifer wußte sich an dem Abend nicht anders zu helfen als zu Sarah zu fahren und einen Gefallen einzufordern. Sie weihte Sarah nicht in die genauen Umstände ein, nur daß Frey tot war. Jennifers ausdrückliche Versicherung, daß sie keine Mitschuld traf, mußte Sarah genügen. Dann nahm Jennifer Sarah das Versprechen ab, niemanden, ohne Ausnahme, etwas anderes zu erzählen, als daß sie beide den ganzen Abend zusammen gewesen waren. So würde auch sie, Jennifer, es allen erzählen. Sie war mit Sarah zusammen gewesen. Im Bett. Beschäftigt mit den Dingen, die man dort so machte.

Was sie aus guter alter Gewohnheit dann auch getan hatten.

Jennifer verbrachte nach dem gestrigen Besuch ihres Anwalts eine ziemlich bange Nacht der Ungewißheit. Sie wußte, wieviel von Sarahs Aussage abhing. Aber sie wußte nicht, ob Sarah sich an die Vereinbarung hielt. Bis eben. *Danke Sarah.*

Langsam gewann Jennifer wieder Oberwasser. Schon lächelte sie siegessicher, stellte sich Sasses verdutztes Gesicht vor, wenn er von der Aufhebung des Haftbefehls erfuhr, weil seine Tatverdächtige ein Alibi hatte.

Überhaupt, Sasse. Der Mann war doch befangen. Er lief regelrecht Amok, was sie, Jennifer, betraf. Und das alles nur, weil ihm seine Frau weggelaufen war. Na ja, zugegeben, in ihre, Jennifers, Arme. Aber die Affäre mit Beatrice Sasse lag zwei Jahre zurück. Und sie hatte nur kurz gedauert. Allerdings war Beatrice nicht zurück zu ihrem Mann gegangen. Und das machte ihn wahnsinnig. Sasse war ein schlechter Verlierer, wollte es seiner Nebenbuhlerin, für die er Jennifer immer noch hielt, heimzahlen. Er begriff einfach nicht, daß seine Frau in jedem Fall gegangen wäre, wenn nicht zu ihr, dann zu einer anderen.

Die Frau war reif für den Uferwechsel gewesen. Geradezu überreif. Beatrice hatte das Stadium vorsichtigen Forschens übersprungen, war direkt zur Sache gekommen, und das mit atemberaubender Leidenschaft.

Jennifer grinste in sich hinein. *Das hättest du Sasse damals nicht sagen dürfen. Du hast den Armen gekränkt.* Trotz ihrer ernsten Situation konnte Jennifer sich den inneren Sarkasmus nicht verkneifen. Sie konnte Sasse einfach nicht ernstnehmen. Dabei hatte ihr gerade das vor zwei Tagen bereits eine Kugel im Bauch eingebracht.

Jennifer gestand Sasse zu, daß der Schuß ein Versehen war. Was ihn, wie die Wache vor ihrer Tür bewies, nicht hinderte es so darzustellen, als hätte es einen Fluchtversuch gegeben, und sie sei damit der Tat praktisch überführt.

»Frau Feiler?« fragte Heilmann, den das lange Schweigen seiner Mandantin unruhig werden ließ.

»Finden Sie heraus, wer der Zeuge ist, der mich gesehen haben will«, beauftragte Jennifer ihn. »Und durchleuchten sie dessen persönliches Umfeld. Sie wissen schon . . .«

Heilmann war lange genug Jennifers Anwalt, um zu verstehen, was sie meinte. Es war eine ihrer Lieblingsstrategien; den Gegner auszukundschaften und dann an einer empfindlichen Stelle zu treffen. Und sei es nur, um dessen Glaubwürdigkeit in Frage zu stellen.

Aber Heilmann wußte auch, daß Sasse mit dieser Strategie rechnete. Nicht umsonst hielt der Kommissar die Identität des Zeugen geheim. Es galt einige Quellen anzuzapfen, und es würde eine Weile dauern, bis man ans Ziel kam. Das gab Heilmann Jennifer auch zu verstehen.

»Ja, ja. Ich weiß«, erwiderte Jennifer ungeduldig. »Versuchen Sie einfach die Sache so schnell wie möglich zu erledigen.«

Jennifer legte auf, sank mit dem Oberkörper erschöpft zurück aufs Bett und starrte frustriert die Zimmerdecke an. Sie haßte es zu warten.

Nach der Visite kam die Schwester noch zweimal in ihr Zimmer. Caroline Malin ließ sich nicht blicken. Jennifer nahm es zur Kenntnis. Die plötzliche Distanz im Verhalten der Ärztin wunderte sie, aber Jennifer war zu sehr mit dem Gehtraining beschäftigt, um sich den Kopf darüber zu zerbrechen.

Mittlerweile klappte es mit dem Gehen ganz gut. Die Anspannung ließ allerdings die Operationsnarbe schmerzen.

Das Läuten des Telefons zog Jennifers Aufmerksamkeit auf sich. Sie nahm ab, während sie sich aufs Bett setzte. Es war Heilmann. *Das ging ja doch recht schnell,* dachte Jennifer zufrieden.

»Schlechte Neuigkeiten, Frau Feiler«, dämpfte Heilmann jedoch ihre Freude.

»Als Anwalt sollten Sie lernen, positiv zu formulieren«, erwiderte Jennifer trocken. »Na los, raus damit.«

»Sarah Wagner hat ihre Aussage geändert. Leider zu Ihren Ungunsten.«

»Wie bitte?« fragte Jennifer ungläubig. »Was ist da passiert?«

»Ich weiß nur so viel: Sasse hat sie erneut befragt, und im Ergebnis dieser Befragung hat Frau Wagner ihre Angabe zum Zeitpunkt korrigiert, an dem Sie bei ihr ankamen. Dieser Zeitpunkt ließe es durchaus zu, daß Sie zur Tatzeit bei Markus Frey waren.«

Das war wirklich eine schlechte Nachricht. »Ich muß unbedingt mit Sarah reden. Schaffen Sie sie zu mir ins Krankenhaus«, befahl Jennifer. »Ich werde das schon klären.«

Sie war überzeugt, Sasse hatte Sarah unter Druck gesetzt. Warum sonst sollte Sarah ihr so in den Rücken fallen? In einem unter vier Augen geführten Gespräch mit Sarah wollte sie herausfinden, ob ihr Verdacht stimmte. Und Jennifer war überzeugt, Sarah dazu bewegen zu können, wieder ihren ersten Standpunkt zu beziehen.

»Was ist mit der Wache vor meiner Tür? Wann wird die endlich abgezogen?« fragte sie ungeduldig. »Ich komme mir ja langsam vor wie eine Schwerverbrecherin.«

»Ähm«, druckste Heilmann.

»Heilmann?« In Jennifers Stimme schwang ein drohender Ton.

»Solange Frau Wagner bei dieser Aussage bleibt, haben wir keine Chance auf Aufhebung des Haftbefehls.«

»Wie bitte?« Jennifer sprang auf – und bereute es sofort. Der

Schmerz in ihrem Bauch stach höllisch. Sie biß die Zähne zusammen, konnte aber nicht verhindern, daß sich ein Stöhnen ihrem Mund entrang.

Heilmann hielt es für einen unterdrückten Wutausbruch. »Ich tue, was ich kann, diesen Zeugen zu finden«, versicherte er eilig.

»Ja, das hoffe ich doch sehr«, preßte Jennifer hervor und legte auf. Bewegungslos und mit zusammengekrümmtem Oberkörper verharrte sie.

»Schlechte Nachrichten?« fragte da eine ihr wohlbekannte, angenehme Stimme von der Tür her. Jennifer hob den Kopf. Sie hatte nicht bemerkt, wie Caroline das Zimmer betreten hatte.

»Kann man wohl sagen.« Jennifer versuchte sich aufzurichten. Beim Anblick der Ärztin fühlte sie, wie der Frust über ihre mißliche Lage ein wenig in den Hintergrund trat. *Seltsam,* fand Jennifer. Sie fühlte sich angenehm ruhig und spürte wenigstens einen Teil ihrer gewohnten Energie zurückkehren. Den Teil, der sie Carolines Bewegungen interessiert verfolgen ließ, während diese näherkam.

»Haben Sie Schmerzen?« fragte Caroline angesichts der verkrampften Haltung ihrer Patientin. Sie drückte Jennifer leicht nach hinten und bedeutete ihr sich hinzulegen. Dann machte sie Jennifers Bauch frei, tastete behutsam rund um die Wunde ab. »Tut das weh?«

»Darauf können Sie wetten.«

»Und hier?« Carolines Finger drückten jetzt Jennifers oberen Brustkorb ab, dort, wo das Projektil steckengeblieben war, nachdem es mehrere Zentimeter vom unteren Bauchbereich, wo es eingedrungen war, nach oben durch den Körper gewalzt war.

»Ein wenig.«

Caroline bedeckte Jennifers Blöße wieder, streifte dabei aber versehentlich ihre Brust. »Tschuldigung«, murmelte sie. Jennifers amüsiertes Schmunzeln übersah sie. »Wir werden ein MRT machen, es könnten erneut innere Blutungen oder auch Entzündungen entstanden sein«, sagte Caroline.

»Ach was«, wehrte Jennifer ab. »Ich habe nur ein wenig mit

dem Gehtraining übertrieben.«

»Vielleicht. Ein MRT gibt uns Sicherheit«, beharrte Caroline. »Ich rufe gleich in der Radiologie an.«

Jennifer lächelte leicht. »Sie sind der Boss.«

Caroline trat zum Telefon neben Jennifers Bett, wählte die Nummer der Radiologie und sprach mit einem Kollegen.

Jennifer musterte die hochaufgerichtete, schlanke Gestalt der Ärztin, den konzentrierten Gesichtsausdruck, geprägt durch den strengen Mund.

Als Caroline auflegte und sich Jennifer zuwandte, sah sie in zwei dunkelgrüne Augen, die sie eingehend betrachteten. Caroline hob an etwas zu sagen, brach jedoch verwirrt ab. Dieser Blick war . . . eindeutig.

Caroline wußte, sie konnte ihn ignorieren, in dem sie tat, als wüßte sie nichts damit anzufangen, oder Jennifer in ihre Schranken weisen. Sie entschied sich zu letzterem. Alles andere würde Jennifer nur als Aufforderung interpretieren.

»Jennifer, Lassen Sie das«, ermahnte Caroline ihre Patientin in ruhigem Ton.

»Was?« fragte die unschuldig.

»Sie wissen genau, wovon ich rede.«

»Nein«, tat Jennifer weiter ahnungslos. »Sagen Sie es mir.«

Caroline seufzte. Jennifer schien das lustig zu finden. »Was soll das werden? Ein Katz- und Mausspiel? Ihr Ruf eilt Ihnen voraus. Um die Sache abzukürzen: Ich habe kein Interesse.«

Jennifer nickte. »Gut«, sagte sie.

Caroline hatte nicht den Eindruck, daß Jennifer sie ernstnahm. *Na hör mal Caroline, du glaubst dir ja selbst nicht.* »Ich meine das ernst«, sagte Caroline nachdrücklich in dem Versuch, gleichermaßen Jennifer und sich selbst zu überzeugen.

»Natürlich. Was sollen Sie auch sonst sagen«, sagte Jennifer nur.

»Sie sind ja ziemlich von sich eingenommen.«

»Auch. Aber ich bin vor allem eine aufmerksame Beobachterin.«

»Ach ja?« meinte Caroline. Sie legte mit Absicht Spott in ihre Stimme, als sie fragte: »Was haben Sie denn beobachtet? Oder besser, was glauben Sie beobachtet zu haben?«

»Sie sind mir gegenüber sehr fürsorglich . . .«

»Das ist mein Job«, unterbrach Caroline.

Jennifer lächelte. ». . . Ihre Stimme hat dabei einen weichen Klang . . .«

»Das bilden Sie sich ein.«

». . . Sie sind launisch«, fuhr Jennifer unbeirrt fort.

»Wie bitte?« Caroline lachte eine Spur zu hysterisch auf.

»Ihr Stimmungswechsel von gestern zu heute morgen ist nicht zu erklären. Außer, daß sie Angst vor mir haben. Angst, mir zu nahezukommen«, beendete Jennifer ihre Beweiskette.

»Was Sie sich aber auch einbilden«, erwiderte Caroline spöttisch, fühlte sich allerdings zunehmend unwohl in ihrer Haut, weil Jennifer den Tatsachen doch ziemlich nahekam. »Ich hatte lediglich Streß. Deshalb war ich gereizt«, gab sie vor.

»Ich wollte es ja nicht extra erwähnen, aber . . . Sie haben meine Brust berührt«, sagte Jennifer jetzt.

»Das war keine Absicht.«

»Nein. Ich weiß. Aber es war Ihnen *bewußt*. Sie haben sich entschuldigt. Fühlten Sie sich nicht ein bißchen kribbelig?«

Caroline schluckte. »In keiner Weise«, log sie.

Jennifer gluckste vor sich hin. Das Glucksen wurde lauter, wollte in einen Lachanfall übergehen, endete jedoch mit einem Stöhnen, da Jennifer sofort wieder Schmerzen im Bauch bekam. Also hob sie die Arme, wie jemand, der sich ergab. »Sie haben gewonnen.«

Caroline nickte nachdrücklich. »Dann ist das ja geklärt.« Sie sah Jennifer fest an. »Können wir nun zur Sache kommen?«

In Jennifers Augen blitzte der Schalk tausend kleiner Teufel. »Caroline, Sie müssen sich schon entscheiden, was Sie wollen.« Der dunkle Klang ihrer Stimme ließ keinen Zweifel, was Jennifer unter der *Sache* verstand.

Caroline schüttelte nur nachsichtig den Kopf, reagierte aber nicht weiter auf die Anzüglichkeit. »Um halb vier haben Sie einen Termin in der Radiologie. Die Schwester wird Sie hinbringen.«

»Danke. Aber es wird sich herausstellen, daß Ihre Sorge überflüssig ist«, sagte Jennifer, jetzt wieder ganz ohne Unterton und Doppelsinn.

»Um so besser, wenn es so ist«, sagte Caroline. Und konnte sich nicht verkneifen hinzuzufügen: »Dann sind Sie hier bald weg, und ich habe endlich wieder meine Ruhe.«

Sie verließ den Raum, sich Jennifers Blick in ihrem Rücken nur zu sehr bewußt. Caroline hätte gern gewußt, welcher Ausdruck in ihm lag. Während sie die Tür hinter sich zuzog und sich des Beamten neben Jennifers Zimmer gewahr wurde, fiel Caroline ein, daß sie eigentlich aus einem bestimmten Grund zu Jennifer gegangen war. Nämlich um herauszufinden, unauffällig natürlich, ob ihr Anwalt mittlerweile etwas erreicht hatte. Was das betraf, war sie genauso schlau wie vorher. Statt dessen hatte sie sich in dieses dumme Gespräch verwickeln lassen. Eine deutliche Provokation Jennifers.

Caroline kam von der Kantine zurück. Für sechzehn Uhr war die Besprechung mit den Kollegen anberaumt, um den Operationsplan des nächsten Tages festzulegen. Auf dem Weg zu ihrem Büro, aus dem Caroline noch schnell ein paar Unterlagen holen mußte, wurde sie von einer aufgeregten Schwester Inge abgefangen.

»Frau Feiler!« rief die Schwester.

Caroline fühlte, wie sie erschrak. *Hatte das MRT so einen drastischen Befund ergeben?* »Was ist mit ihr?«

»Sie ist weg.«

»Weg? Wie – weg?« fragte Caroline verwirrt.

»Auf dem Weg von der Radiologie auf die Station wurde ihr plötzlich schlecht. Sie brach zusammen. Ich bat den Beamten, der uns begleitete, mir zu helfen. Als der sich runterbeugte, richtete Frau Feiler sich blitzschnell auf, rammte ihm ihr Knie in den Magen, und während der arme Mann sich noch krümmte, entwand sie seine Waffe aus dem Halfter.«

»Erzählen Sie keine Räuberpistolen, Schwester!«

»Genauso war es! Frau Feiler schloß uns mit meinem Schlüssel im Wäscheraum ein. Es vergingen einige Minuten, bis jemand zur Stelle war, der auch einen Schlüssel hatte.«

»Und keiner der Vorbeikommenden hat etwas unternommen, als Frau Feiler Sie und den Beamten einsgeperrt hat?«

»Nein. Sie hatte ja diese Waffe.«

»Frau Feiler ist getürmt? Wollen Sie das damit sagen?«

Caroline wurde blitzschnell klar, was das bedeutete. Erstens: Sasse würde sie dafür verantwortlich machen. Womöglich verdächtigte er sie, das MRT angeordnet zu haben, um Jennifer zur Flucht zu verhelfen. Zweitens: Jennifer Feiler war nun zwar weg, aber auf die Art und Weise verschaffte das ihr, als deren Ärztin, nicht die geringste Ruhe. Die Frau war verrückt, sich in ihrem angeschlagenen Zustand auf eine Verfolgungsjagd mit der Polizei einzulassen.

Sasse tauchte, wie erwartet, kurze Zeit später abgehetzt im Krankenhaus auf, machte Caroline, ebenso wie erwartet, Vorwürfe und veranlaßte die Fahndung nach Jennifer Feiler. »Die Frau wird noch lernen, mit wem sie sich angelegt hat!«

Caroline schüttelte nur den Kopf. Warum fuchste den Mann das alles so? Er war Polizist, so etwas wie dieser Rückschlag passierte doch sicher öfter in seinem Job. Jennifer konnte nicht die erste Verdächtige sein, die ihr Heil in der Flucht suchte. Sasse tat, als wäre sie seine persönliche Kontrahentin.

Darüber hinaus ermahnte Caroline sich zur Ruhe, denn die Nachricht von Jennifers Verschwinden setzte ihr doch sehr zu. Aber sich fortwährend den Kopf über deren gesundheitlichen Zustand zu zerbrechen hatte ebensowenig Sinn, wie sich die Frage zu stellen, ob Jennifer auf der Flucht war, um sich der Strafe zu entziehen, oder um ihre Unschuld zu beweisen. Die Antwort darauf würde sie nicht finden.

Im Grunde geht sie dich auch gar nichts an, Caroline.

4.

Caroline kam erst spät nach Hause.

Sasse machte jede Menge Wirbel im Krankenhaus und verlangte, daß Caroline und die Schwester im Anschluß nach ihrem Dienst aufs Revier kamen. Dort wurde ein Protokoll aufgenommen.

Sasse befragte Caroline peinlichst genau nach allem, was sie mit Jennifer Feiler gesprochen hatte. Caroline zuckte nur mit den Schultern. Es wären belanglose Gespräche gewesen, nur den Gesundheitszustand der Patientin betreffend.

Auch während der Befragung drängte sich Caroline wieder der Eindruck auf, Sasse habe ein persönliches Interesse daran, Jennifer dingfest zu machen. Sie hatte nur nicht die leiseste Ahnung, was das für ein Interesse sein konnte.

Eines machte Caroline angesichts Sasses Verbissenheit stutzig. Jennifer Feiler hatte bekanntlich mit einem Bauchschuß im Krankenhaus gelegen. Wie ging das, wenn sie sich, wie es doch hieß, der Festnahme entziehen und fliehen wollte? Da hätte die Kugel doch eher im Rücken stecken müssen. Ein Bauchschuß war typisch für ein Handgemenge. Es war unwahrscheinlich, daß Jennifer Feiler Sasse derart bedroht hatte, daß der sich nicht anders zu helfen gewußt hatte, als zu schießen. Die Frau war einen guten Kopf kleiner und weit weniger kräftig als er. Was also war da wirklich passiert? Caroline hätte das gern gewußt.

Vom Revier schaffte Caroline es gerade noch in den Supermarkt, bevor dieser schloß. Jetzt parkte sie den Wagen vor ihrem Haus, stieg aus, nahm die zwei Einkaufstüten vom Beifahrersitz. Wie gewöhnlich suchte Caroline mehrere Jackentaschen nach dem Hausschlüssel ab, bevor sie die richtige fand. Sie schloß auf und brachte den Einkauf direkt in die Küche.

Als sie zurück zur Eingangstür kam, um sie zu schließen, stand dort – Jennifer Feiler.

Bekleidet mit einem viel zu großen, schlabbrigen Jogginganzug, den sie aus der Wäschekammer des Krankenhauses haben mußte. Dort lagen nämlich auch die Sachen, die Patienten im Krankenhaus vergaßen. Anders konnte sich Caroline dieses Teil nicht erklären.

»Wie kommen Sie denn hierher?« fragte Caroline, nachdem sie ihren ersten Schock überwunden hatte.

Jennifer lehnte am Türrahmen.

Als Caroline sah, wie schwer es Jennifer fiel, sich aufrecht zu halten, stellte sich in ihr alles automatisch auf Ärztin um. Sie stützte Jennifer und führte sie ins Wohnzimmer. »Legen Sie sich auf die Couch.«

Jennifer tat es ohne Widerspruch.

Caroline betrachtete besorgt deren schweißnasses Gesicht, fühlte Jennifers Puls. »Sie haben sich zuviel zugemutet. Aber das wissen Sie mittlerweile sicher selbst«, stellte sie trocken fest, stand auf, ging ins Bad, kam mit ein paar Kapseln und einem Glas Wasser wieder, gab Jennifer alles mit der Anordnung: »Los, runter damit.«

Jennifer nahm die Kapseln, steckte sie in den Mund, schluckte und trank Wasser nach.

Caroline setzte sich neben Jennifer auf die Couch, öffnete den Reißverschluß von Jennifers Jacke, schob das T-Shirt, das Jennifer darunter trug, hoch und sagte angesichts Jennifers blitzender Augen warnend: »Wehe, Sie sagen auch nur ein Wort!«

Caroline betrachtete mit gerunzelter Stirn Jennifers stark gerötete und nun auch leicht angeschwollene Operationsnarbe. Sie tastete Jennifers Bauch ab. Was Jennifer mit einem unterdrückten Stöhnen quittierte.

»Schlimmer als heute morgen?«

»Ja«, preßte Jennifer hervor.

»Das MRT war negativ, aber durch ihre unbedachte Aktion könnte nach der Untersuchung nun doch im Inneren des Bauchraumes eine der Nähte aufgebrochen sein. Sie müssen sofort zurück ins Krankenhaus. Wir müssen ein neues MRT machen«, sagte Caroline bestimmt.

»Nein!« lehnte Jennifer ebenso bestimmt ab. »Das sagen Sie doch nur, um mir angst zu machen. Hat Sasse Sie dazu angehalten? Hat er Ihnen einen Orden dafür versprochen?«

Caroline stand auf. »Ich weiß nicht, was Sie und Sasse gegeneinander haben, und es ist mir auch egal. Für mich ist nur eines entscheidend: Sie sind meine Patientin, und ich bin für Sie verantwortlich. Und deshalb sage ich Ihnen, Sie können noch nicht in der Gegend herumrennen. Sie brauchen Ruhe. Nach dieser Aktion ganz besonders.«

»Ich gehe nicht ins Krankenhaus zurück«, widersprach Jennifer fest und ordnete ihre Kleidung. »Und ich habe auch nicht vor, mich irgendwo zu verstecken und ruhig zu verhalten. Ich muß mit Sarah sprechen. Sie ist meine Alibizeugin. Dummerweise hat sie ihre Aussage zurückgezogen.«

»Wieso?«

»Genau das will ich sie ja fragen.«

»Und dazu müssen Sie zu ihr? Warum kann Ihr Anwalt nicht mit dieser Sarah reden? Oder sie kommt ins Krankenhaus?«

Jennifer lachte bitter. Das war ja das Vertrackte. Noch bevor sie zum MRT in die Radiologie gebracht worden war, hatte Heilmann erneut angerufen und Jennifer mitgeteilt, daß Sarah Wagner mit niemandem sprechen wollte.

»Sasse muß sie eingeschüchtert haben«, erwiderte Jennifer. »Da wird sie wohl kaum ins Krankenhaus kommen, wo sie davon ausgehen kann, daß der Beamte neben meiner Tür Sasse sofort über ihren Besuch informiert.«

Caroline verstand nicht. »Warum glauben Sie, Sasse hat die Frau eingeschüchtert?«

»Der Mann haßt mich«, erklärte Jennifer. »Er wittert seine Chance, sich endlich zu revanchieren.«

»Wofür?«

»Weil ich ... na ja ...« Jennifer druckste. »Er denkt, ich habe ihm seine Frau ausgespannt.«

Caroline wußte für den Augenblick nichts zu sagen. »Na klar, was auch sonst«, kommentierte sie dann.

»Aber ganz so war es nicht«, verteidigte Jennifer sich. »Genau genommen hat Sasses Frau mich verführt, nicht umgekehrt. Und sie hat das sehr bestimmend getan.«

»Sasse sieht das offensichtlich anders.«

»Der gibt natürlich mir die Schuld«, bestätigte Jennifer. »Daß seine Frau auch nach dieser Affäre nicht zurückkam, blendet er einfach aus. Seither versucht der Mann mir alles Mögliche und Unmögliche anzuhängen. Fragen Sie meine Anwälte.«

»Tja, das ist natürlich ein Problem«, konnte Caroline nicht umhin zuzugeben. Wie sagte doch Doktor Geisler? Wenn, dann würde eine ihrer zahllosen Affären Jennifer Feiler mal das Genick brechen. Wie es aussah, lag der Mann gar nicht so verkehrt.

»Sie sehen also, daß ich nicht ins Krankenhaus zurück kann«, sagte Jennifer. »Nicht, bevor ich mit Sarah gesprochen habe.«

»Ich sehe, daß Ihre Gesundheit in jedem Fall vorgeht«, widersprach Caroline.

»Aber Sie können mich nicht zwingen.«

»Nein, das kann ich natürlich nicht.«

Jennifer nickte. »Dann gehe ich nicht.«

»Wo wollen Sie denn dann hin?« fragte Caroline. »Wie wollen Sie mit dieser Sarah sprechen? Wenn es stimmt, was Sie sagen, wird Sasse die Frau überwachen lassen. Das ist Ihnen doch wohl klar. Sobald Sie bei ihr auftauchen, nimmt man Sie fest.«

Jennifer schloß müde die Augen. »Ich muß darüber nachdenken. Ich werde eine Lösung finden. Ich finde immer eine Lösung.« Ihre Stimme wurde leiser, während sie das sagte.

Caroline ließ Jennifer einschlafen.

Erschrocken fuhr Jennifer hoch. Ein Blick auf die Uhr klärte sie auf, daß sie seit gut einer Stunde auf der Couch lag. Es wurde bereits dunkel draußen. Wo war Caroline? Hatte sie die Polizei angerufen? Nein, wie es aussah nicht. Denn Sasse stand nicht im Zimmer, und das würde er sonst. Kaum anzunehmen, daß er draußen wartete, bis sie endlich aufwachte.

Jennifer rappelte sich auf. In der Wohnung war es still. Nichts rührte sich. War Caroline weggefahren?

Jennifer fühlte sich wesentlich besser als noch vor einer Stunde. Die Tabletten, die Caroline ihr gegeben hatte, taten ihre Wirkung. Und der Schlaf sein übriges dazu. Jennifer ging vom Wohnzimmer in den Flur. Jetzt hörte sie ein Geräusch, ein Klappern aus dem Zimmer rechts vor ihr. Sie ging auf das Geräusch zu. Die Tür zum Zimmer stand offen.

Caroline saß am Schreibtisch vor dem Fenster und schrieb etwas in den Computer. Jennifer beobachtete sie eine Zeitlang. Die Geschwindigkeit, mit der Carolines Finger über die Tastatur glitten, wies sie als geübte PC-Benutzerin aus und deutete außerdem darauf, wie konzentriert sie arbeitete.

»Störe ich?« fragte Jennifer zaghaft.

Caroline schrak leicht zusammen, drehte sich samt ihrem Stuhl um. »Sie sind schon wieder wach?«

Jennifer sah recht zerknittert aus in ihrem Outfit. Fühlte sich scheinbar auch so. Wie war es sonst zu erklären, daß sie beinah schüchtern wirkte, wie sie da in der Tür stand?

Caroline stand auf, ging zu ihr. »Wie fühlen Sie sich?«

»Danke. Sehr viel besser.« Das stimmte nicht ganz. Jennifer

fühlte sich zwar frischer, aber lange nicht gut.

»Schmerzen im Bauch?«

»Kaum noch.«

»Wieviel ist *kaum noch*?« fragte Caroline streng. Sie wußte, Jennifer wollte sich keiner neuen Diskussion darüber aussetzen, zurück ins Krankenhaus zu gehen und würde deshalb lieber lügen, was ihre Schmerzen anging.

Jennifer war perplex, denn Carolines Frage zeigte ihr, wie sie sie durchschaute. »Wirklich«, beteuerte sie. »Es geht mir schon viel besser.«

Caroline musterte sie eindringlich. »Hunger?« fragte sie dann.

»Ein wenig.«

Caroline ging an Jennifer vorbei, in die Küche. Jennifer folgte ihr.

»Ich brate uns schnell ein paar Steaks. Die dürften mittlerweile aufgetaut sein.« Caroline nahm die Steaks aus dem Wasserbad und registrierte, daß Jennifer, zum ersten Mal seit sie sie kannte, sprachlos war.

Aber wie sollte Jennifer auch nicht!

Caroline hatte sie in ihrem Wohnzimmer schlafen lassen. Sie hatte nicht die Polizei gerufen. Sich offenbar nicht einmal den Kopf darüber zerbrochen, ob sie es tun sollte oder nicht, sondern einfach an das Naheliegende gedacht, nämlich daß ihr »Gast« Hunger haben würde, wenn er aufwachte.

»Und mit welchem Argument wollen Sie jetzt Ihre Fürsorge abschwächen?« fragte Jennifer leise, ganz ohne Spott, sondern mit ehrlicher Dankbarkeit in der Stimme.

»Ich brauche etwas Zeit darüber nachzudenken«, sagte Caroline, ohne sich umzudrehen.

»Darf ich mal Ihr Bad benutzen?«

»Bitte. Ich habe Ihnen schon ein paar Sachen hingelegt. Suchen Sie sich aus, was Sie wollen.«

Normalerweise verbat Jennifer sich strikt jede Einmischung in ihre Garderobe. In Anbetracht der Situation und ihrer absolut stillosen Bekleidung war sie aber dankbar, daß Caroline daran gedacht hatte, wie unwohl sie sich darin fühlen mußte.

Jennifer ging ins Bad, nahm eine ausgiebige Dusche und begutachtete anschließend die Kleidungsstücke, die Caroline zurechtgelegt hatte. Eine Packung mit neuer Unterwäsche war auch dabei.

Fünf Minuten später betrachtete Jennifer sich im Spiegel. Die Jeans und das weiße Hemd standen ihr gut, wie sie zufrieden feststellte.

Das fand Caroline auch, als Jennifer die Küche betrat. Sie schaute Jennifer einen Moment befangen an. Einen Moment zu lange, als daß es von Jennifer unbemerkt blieb. Die reagierte jedoch nicht mit einer ihrer üblichen spöttischen oder gar anzüglichen Bemerkungen darauf.

»Danke«, sagte Jennifer statt dessen mit warmer Stimme.

Caroline nickte nur. Sie hatte in der Zwischenzeit den Tisch gedeckt, tat jetzt die Steaks auf die Teller, schnitt die aufgewärmten Baguettes in gleichmäßige Stücke und legte sie in einen Korb, den sie ebenfalls auf den Tisch stellte. Orangensaft und Gläser standen bereits dort.

Schweigend setzten sie sich und begannen zu essen.

»Was werden Sie jetzt tun?« unterbrach Caroline schließlich die Stille.

»Zunächst einmal will ich Ihnen versichern, daß ich wirklich niemanden getötet habe.«

Das war zwar keine Antwort auf Carolines Frage, aber es lag Jennifer daran, das klarzustellen. »Und daß ich Ihnen sehr, sehr dankbar bin, für das, was Sie für mich tun. Ich hoffe, ich kann Ihnen einmal etwas von dem zurückgeben.«

Caroline winkte ab. »Schon gut, nicht der Rede wert.«

»Was ich genau tun werde? Ich weiß es noch nicht. In jedem Fall werde ich mit Sarah sprechen.«

Diese Sarah hatte Jennifer vorhin schon erwähnt. »Womit glauben Sie denn, setzt Sasse Ihre Freundin unter Druck?«

»Tja. Sarah betreibt eine private Ermittlungsagentur. Da empfiehlt es sich nicht, der Falschaussage beschuldigt zu werden. Sie könnte ihre Zulassung verlieren.«

»Aber nur wenn sie lügt. Tut sie das?«

»Sarah kann einfach keinen Ärger mit der Polizei gebrauchen«, wich Jennifer aus. »Aber genau den wird Sasse ihr versprochen haben. Er kann sehr einschüchternd sein.«

Caroline hob zweifelnd die Augenbrauen hoch.

Jennifer seufzte. Sie wollte Caroline nicht mit mehr Details versorgen als nötig. Aber es wäre auch undankbar, ihre Hilfe mit Unaufrichtigkeit zu erwidern. »Also gut, ich erzähle Ihnen ... etwas mehr. Ihr Bild von mir wird danach kein besseres sein. Im Gegenteil. Ich hoffe nur, Sie bereuen es nicht, mir geholfen zu haben.«

Caroline schaute Jennifer offen an. »Ach wissen Sie, ich wirke vielleicht nicht immer so, aber im Grunde bin ich jemand, der weiß, was er tut und auch dazu steht. Sie sitzen nicht hier, weil ich vergaß Sasse anzurufen als Sie schliefen, sondern weil ich der Überzeugung bin, daß Sie zwar eine ziemlich nervige Person sind, aber niemanden absichtlich töten. Hätten Sie das getan, wären Sie doch untergetaucht. Statt dessen kamen Sie zu mir. – Warum eigentlich?«

Jennifer lächelte entschuldigend. »Ich wollte Ihnen keine Unannehmlichkeiten bereiten, aber Sie waren die einzige, die mir einfiel, bei der Sasse mich nicht sofort vermuten würde.«

»Sasse wirft mir vor, ich hätte Ihnen zur Flucht verholfen«, erzählte Caroline.

Jennifer überraschte es nicht, das zu hören. »Aber dazu fehlt Ihnen jedes Motiv. Deshalb ist dieser Vorwurf unhaltbar. Das weiß Sasse auch.«

»Ja, er war einfach nur stinksauer auf alles und jeden, weil Sie ihm entwischt sind. Und jetzt weiß ich auch warum. Aber was ist nun? Erzählen Sie!«

Jennifer überlegte kurz, wie sie anfangen sollte. »Man könnte sagen, Sarah hat mich in diese Schwierigkeiten gebracht«, begann sie. »Andererseits war Sarah einfach eine Figur in einem Spiel mit vielen Figuren. Wie beim Schach. Jede Figur kann das Spiel bestimmen, die Dame genauso wie der Bauer. Es kommt immer auf die Situation an.« Jennifer legte ihr Besteck ab und schaute Caroline ernst an. »Ich nehme an, Sie haben über mich die verschiedensten Dinge gehört. Einiges war vielleicht übertrieben, aber das meiste eher nicht. – Ich bin Jennifer Feiler, *die* erfolgreiche Managerin schlechthin in dieser Stadt. So liest man es auch in der Presse. Sie sagt mir Weitsicht, Risikobereitschaft und Kreativität nach. Doch, wie Sie sich denken können, Caroline, diese wohlklingenden Eigenschaften allein, welche mir die Presse zugesteht, hätten mich nicht zu dem gemacht, was ich bin. Es braucht eine ziemlich dicke Haut, nicht selten eine Portion Rücksichtslosigkeit, um sich zu behaupten. Damit macht man sich nicht immer Freunde.«

Jennifer beobachtete, wie ihre Worte bei Caroline ankamen. Im Moment blickte die noch ganz gelassen.

»Einer meiner neuesten Nicht-Freunde war Markus Frey«, fuhr Jennifer fort. »Ich habe das Bankhaus Frey, Familienunternehmen seit 1870, meinem Konzern einverleibt. Für mich nur ein Puzzleteil im großen Ganzen. Für Frey eine Katastrophe: Das Ende langjähriger Familientradition, ganz abgesehen vom finanziellen Ruin. Der Mann war wirklich nicht gut auf mich zu sprechen. Wie so viele andere übrigens auch nicht. Aber Frey fand einen Weg, mir Schwierigkeiten zu machen.«

Schweigen. Immer noch sah Jennifer in Carolines Augen Interesse, gepaart mit Neugier.

»Wie?« fragte Caroline.

»Nicht auf geschäftlichem Weg. Der alte Halunke«, sagte Jennifer.

Blitzte da in ihrem Gesicht so etwas wie Anerkennung?, fragte Caroline sich irritiert.

Jennifer machte eine längere Pause, bevor sie weitersprach. »Er hat Sarah engagiert, die sich an mich ranmachte – und ich falle glatt darauf rein. Merke nicht, wie ich ausspioniert werde. Über vergangene Geschäfte, über zukünftige Geschäfte, über meine Verbindungen. Und ich Idiotin, mehr selbstverliebt als verliebt, plappere aus dem Nähkästchen.« Jetzt lächelte Jennifer versonnen. »Wer vermutet auch hinter einem solch süßen Gesicht die Kleindarstellerin in einer Intrige. Kleine, süße Sarah.«

Ein erneutes Schweigen entstand, in dem Caroline sich verwundert fragte: *Wie kann Jennifer bei so einer Geschichte so gelassen bleiben?*

»Na ja«, fuhr Jennifer fort, »so ist das im Leben.«

»Was ist denn nun passiert?« Caroline wurde langsam ungeduldig.

»Sarah hat einen Computervirus auf meinem PC plaziert.

Ganz simpel von einer CD auf meine Festplatte kopiert. Sie mußte nur auf die passende Gelegenheit warten: Wir waren bei mir zu Hause. Ich hatte mich am PC eingeloggt, um noch ein paar Mails abzuschicken, als Sarah mich von hinten umarmte und ... na ja. Ich war sehr abgelenkt, schaltete nicht mal mehr den PC aus. Eigentlich war ich nicht sehr müde, aber ich schlief – noch fast währenddessen – ein, verschickte die Mails erst am Morgen, bevor ich ins Büro ging. Gegen Mittag bekam ich über Unregelmäßigkeiten in der Firmensoftware Bescheid. Der Virus wurde lokalisiert, zurückverfolgt. Die Experten identifizierten die Quelle sehr schnell: mein PC zu Hause. Zeitpunkt der Infektion: zwei Uhr nachts. Es kam nur eine Person in Frage. Nun wußte ich auch, warum ich so schnell eingeschlafen war. Sarah hatte mir K.-o.-Tropfen in den Wein gegeben. Machen Sie sich eine Vorstellung davon, was ein Systemausfall für einen Firmenverbund wie meinen bedeutet? Nicht umsonst gebe ich jährlich Unmengen für die Sicherheitssysteme aus. Mit jeder Minute verlor ich Tausende von Euro!«

»Wie haben Sie reagiert?«

»Zunächst fragte ich mich, warum Sarah das gemacht hatte. Dann fand ich heraus, daß Frey dahintersteckte. Er hatte mich an meiner empfindlichsten Stelle getroffen. Und er wartete schon auf meinen Anruf, bot mir, für einen stolzen Preis, ein Programm an, das den Virus killen würde. Das tat das Programm auch, aber eine Unterroutine leitete gleichzeitig eine Menge firmeninterne Daten an einen externen Server. Wir bemerkten es zu spät.«

»Sie haben ein Problem gegen ein anderes eingetauscht.«

»Schlimmer! Vorher verlor die Firma nur Geld, weil wir bestimmte Transaktionen nicht durchführen konnten. Nun waren *alle* unsere Abschlüsse gefährdet, weil Frey unsere Limits kannte. Er brauchte nur unserer Konkurrenz einen entsprechenden Tip geben, und die würde ein Gegenangebot machen, bei dem wir passen mußten. Nur ein paar solcher Niederlagen, und der Stern meiner Firma würde plötzlich zur Supernova.«

»Frey hat es also tatsächlich geschafft, Sie in Bedrängnis zu bringen.«

»In sehr ernste Bedrängnis.«

»Ihn aus dem Weg zu räumen, scheint da ein logischer Schluß.«

»Ich weiß, aber ich habe es nicht getan. In der Nacht, als Frey erschossen wurde, war ich ... na ja ... mit Sarah zusammen. Wie gesagt, sie ist wirklich sehr süß. Und ich bin nicht nachtragend. Hätte Frey nicht sie benutzt, dann eine andere. Sie hat nur getan, was sie für einträglich hielt. Dafür habe ich Verständnis. Es entspricht irgendwie meiner Philosophie.«

Caroline sah Jennifer verdattert an. *Das glaube ich jetzt nicht!*

»So absurd es ist. Aber Sarah, die aktiv daran beteiligt war, mich in den Schlamassel zu ziehen, ist mein Alibi. Sie ist die einzige, die mir den Schlamassel auch wieder vom Hals schaffen kann«, beendete Jennifer ihre Geschichte.

Daß ihr Alibi nur eine Dienstleistung Sarahs war, die sie teils bei ihrem schlechten Gewissen und teils an ihrem Gerechtigkeitsgefühl packte, verschwieg Jennifer. Das war auch nebensächlich, wie sie fand. Sie war in der Sache unschuldig.

Jennifer sah Caroline abwartend an.

Caroline glaubte spätestens jetzt alles, was sie über Jennifers Affären gehört hatte. Es gab keine Veranlassung mehr, daran zu zweifeln. Jennifer selbst erzählte freimütig über sie: Sasses Frau, eben erwähnte Sarah.

Warum interessiert dich eine Frau wie Jennifer überhaupt?, fragte Caroline sich. *Und sag nicht, sie tut es nicht. Schließlich bist du die ganze Zeit um sie herum.* Nicht zuletzt deswegen saß Jennifer jetzt hier in ihrer Küche – Verdächtige in einem Tötungsdelikt, auf der Flucht –, und sie aß gemütlich mit ihr zu Abend. Was faszinierte sie so an Jennifer?

Caroline mußte sich eingestehen: Sie hatte keine Ahnung. Sie wußte nur, daß egal was sie versuchte, um dagegen anzukommen, vergebens war.

Dabei war sie sonst eine Frau, die ihren Verstand gebrauchte. Gut gebrauchte. Dieser Verstand sagte ihr zwar auch jetzt, daß sie sich in eine unmögliche Situation hineinlavierte, aber er sorgte nicht dafür, daß ihr Gehirn die entsprechenden Signale verarbeitete, löste nicht die angemessene Reaktion aus, sich aus dieser Situation wieder herauszulavieren. Zum Beispiel, indem sie Jennifer jetzt bat zu gehen.

»Caroline?« hörte sie Jennifers Stimme fragen.

Offenbar fragte Jennifer nicht zum ersten Mal, wie Caroline dem beunruhigten Gesichtsausdruck Jennifers entnahm.

»Fühlen Sie sich nicht gut?«

Caroline lächelte schief. »Das ist meine Frage. Ich bin hier die Ärztin.«

»Sie sehen blaß aus«, sagte Jennifer besorgt. »Habe ich Sie mit meiner Beichte ... schockiert?«

»Quatsch«, wehrte Caroline ab.

»Aber Sie haben irgend etwas«, beharrte Jennifer. »Sagen Sie mir, was es ist. Vielleicht kann ich ... Sie glauben doch nicht plötzlich auch, daß ich Frey getötet habe? Daß ich mir die Geschichte mit Sarah nur ausgedacht habe?«

Sie musterte Caroline. Ihr lag plötzlich daran, daß Caroline ihr glaubte, daß sie nichts mit Freys Tod zu tun hatte. Da sie Caroline aber nicht einweihen wollte, was an dem Abend bei Frey geschehen war, blieb ihr nur die mit Sarah vereinbarte Version: »Sarah und ich waren an dem Abend zusammen. Wirklich. Es war eine ziemlich leidenschaftliche Nacht. Wir ...«

»Schon gut«, unterbrach Caroline. »Ich glaube Ihnen ja. Oder habe ich etwas anderes gesagt? Unnötig, mir Details zu beschreiben.«

Irgendwie tat es Jennifer leid, Caroline zu belügen, wenn es auch eine Notlüge war. Allerdings, Jennifer schmunzelte in sich hinein, war es amüsant zu sehen, wie Caroline errötete.

Jennifer stand auf, räumte den Tisch ab, stellte das Geschirr in den Geschirrspüler. »Danke für das Essen. Ich denke, es ist besser, ich gehe dann.«

Caroline erhob sich ebenfalls. »Wo wollen Sie denn hin?«

»Ich weiß noch nicht. In irgendein Hotel.«

»Brauchen Sie Geld?«

»Machen Sie Witze? Ich habe genug ... oh, richtig. Meine Karte. Die ist im Krankenhaus bei meinen Sachen.«

»Ach, das wissen Sie ja noch nicht. Sasse hat nach Ihrer Flucht alles beschlagnahmt.«

»Verdammt«, fluchte Jennifer. »Ich werde langsam wirklich sauer. Dieser Sasse geht mir echt auf die Nerven.«

Caroline legte ihre Hand auf Jennifer Arm. »Beruhigen Sie sich. Es bringt doch nichts, sich aufzuregen.«

Jennifer seufzte. »Ja, Sie haben recht.« Sie legte ihre Hand auf Carolines und schaute sie dankbar an.

Caroline senkte verlegen den Blick, zog ihre Hand zurück. »Also was ist jetzt, brauchen Sie Geld?«

»Ja, sieht wohl so aus«, sagte Jennifer zerknirscht.

»Einen Moment.« Caroline ging in den Flur, kam mit dreihundert Euro in der Hand wieder. »Das ist alles, was ich im Haus habe. Rufen Sie mich an, wenn Sie mehr brauchen. Rufen Sie mich an, wenn Sie *irgend etwas* brauchen. Dann vereinbaren wir einen Treffpunkt.«

Jennifer nahm das Geld, steckte es in die Gesäßtasche ihrer Jeans. »Danke.« Sie ging zur Küchentür.

»Passen Sie auf sich auf«, rief Caroline ihr nach.

Jennifer drehte sich um, zögerte, kam dann die wenigen Schritte zurück. Caroline fühlte, wie Jennifers Finger sanft ihr Gesicht berührten. Es war ein ganz leichtes Streicheln. Dem folgte eine ebenso sanfte Berührung weicher Lippen auf ihrem Mund. Mit warmer Stimme sagte Jennifer: »Caroline, ich verdiene Sie nicht.«

Schnell wandte sie sich wieder von Caroline ab, ging in den Flur. Kurz darauf hörte Caroline die Wohnungstür klappen. Jennifer war gegangen.

Regungslos stand Caroline in der Küche, von der unerwarteten Zärtlichkeit Jennifers noch immer überrumpelt. Konnte es sein, daß Jennifer Feiler neben ihrer offen zur Schau gestellten rauhen, zynischen Seite auch noch eine andere besaß? Eine leise und durchaus sensible?

Jennifer zog die Tür hinter sich zu, ging die kleine Treppe zum Vorgarten hinab, hinein in den Abend. Die Laternen warfen ihr diffuses Licht auf die Straße. Unentschlossen blieb Jennifer stehen. Sie hatte keine Ahnung, wo das nächste Hotel war. Am besten, sie machte sich auf die Suche nach einem Taxi. Der Fahrer sollte ortskundig sein und ihr weiterhelfen können. Jennifer seufzte. Leider streckte sich das Villenviertel, in dem Caroline wohnte, sehr lang, und Carolines Haus lag ausgerechnet an dem von der Hauptstraße entferntesten Ende. Warum hatte sie nicht von Carolines Wohnung aus ein Taxi gerufen?

Weil du zu sehr damit beschäftigt warst, dich zu fragen, warum Caroline dir ihre Zeit opferte. Warum sie dir all die Gefälligkeiten erwies. Gefälligkeiten, die ihr Unannehmlichkeiten bescheren würden, sollte Sasse davon erfahren. Er würde Caroline mit Konsequenzen drohen. Allerdings, Jennifer schmunzelte in sich hinein, hätte er damit kaum den erwünschten Erfolg. Caroline Malin war zu selbstbewußt, sich davon einschüchtern zu lassen. Eine Eigenschaft, die Jennifer an Caroline gefiel. Genauso wie die Fürsorge, mit der Caroline sich so herrlich aufziehen ließ. Weil vielleicht doch mehr dahintersteckte? Das zu erforschen, versprach interessant zu werden.

Ja, Jennifer. Vorausgesetzt, dir bleibt noch Zeit dazu.

Angesicht ihrer momentan sehr beschränkten Möglichkeiten – kein Handy, kein Auto, keine Kreditkarte, jede Menge nicht aktivierbare Kontakte – dürfte es schwierig werden, sich zu behaupten. Diesmal saß die unschlagbare Jennifer Feiler ganz schön in der Tinte. Sasse hatte verdammt gute Karten, seine Nummer bis zum Ende durchzuziehen. Alles hing an einem seidenen Faden. An Sarah. Wenn sie die nicht umstimmen konnte, sah es richtig finster aus.

5.

Nach einer kurzen, schlaflosen Nacht wachte Jennifer zerschlagen auf. Es lag nicht daran, daß sie in ungewohnter Umgebung schlecht schlief. Sie war an Hotelzimmer gewöhnt. Es waren die Umstände, die sie nicht zur Ruhe kommen ließen. Die Tatsache, daß sich ihr Leben binnen achtundvierzig Stunden völlig verändert hatte. Statt eines durchstrukturierten Tagesablaufes, in Gesprächen mit Geschäftspartnern, beim Treffen gewichtiger Entscheidungen, erlebte sie, wie es war, keine Macht über die Dinge zu haben. Sie, die es gewohnt war, Dinge zu steuern, die sonst immer die Richtung vorgab, wurde dazu gezwungen zuzusehen, wie andere über sie bestimmten. Das war eine Situation, die an den Nerven zerrte. Was dazu geführt hatte, daß sie überreagierte und kopflos herumrannte wie ein aufgescheuchtes Huhn. Es war ihr ganz persönlicher Alptraum, durch den sie sich hindurchkämpfen mußte, denn ein Zurück war keine Alternative. Zumindest keine akzeptable.

Was also willst du machen, Jennifer? Wie soll dein nächster Schritt aussehen?

Sarah anrufen natürlich, sie zu einem Ort bestellen, den Sasse mit seinen Leuten nicht observieren konnte. Dort Sarah ins Gebet nehmen.

Aber was für ein Ort sollte das sein? Während Jennifer noch darüber nachdachte, wählte sie bereits vom Apparat neben dem Bett Sarahs Nummer. Das Freizeichen ertönte. Jennifer setzte sich aufs Bett, wartete, trommelte ungeduldig mit den Fingern auf dem Nachttisch herum. Eine Minute verging, zwei. Sarah nahm nicht ab. Jennifer schaute unruhig auf die Uhr. Gerade mal sieben. Um die Zeit mußte Sarah doch noch zu Hause sein. Ihrer Erfahrung nach war Sarah keine Frühaufsteherin.

Aber wer sagte, daß Sarah die Nacht zu Hause verbracht hatte? Jennifer versuchte es auf dem Handy. Das schaltete sofort um auf die Mailbox.

»Verdammt!« *Und nun? Später noch mal versuchen.*

Jennifer überbrückte die Wartezeit mit einer ausgiebigen Dusche, dem Ankleiden und einem, wie sie hoffte, beruhigendem Frühstück im Restaurant des Hotels. Zurück auf dem Zimmer war Jennifers erster Griff der zum Telefon. Erneut versuchte sie es bei Sarah zu Hause. Dann auf dem Handy. Mit demselben deprimierenden Ergebnis: Sie erreichte Sarah weder hier noch dort.

Seufzend wählte Jennifer Heilmanns Nummer. »Wann genau haben Sie mit Frau Wagner gesprochen?« begann sie ohne Umschweife das Gespräch.

»Frau Feiler! Wo sind Sie? Was machen Sie?« fragte der voller Aufregung. »Sie haben sich mit Ihrer Flucht keinen Gefallen erwiesen.«

Jennifer hörte gar nicht zu. »Finden Sie heraus, wo Sarah Wagner sich aufhält. Umgehend! Ich rufe Sie in zwei Stunden wieder an.«

»Aber . . .«

»Nichts aber. Sagen sie ihr, sie soll ihr Handy einschalten!«

Jennifer legte auf. *Zwei Stunden*, dachte sie. *Eine lange Zeit, wenn man nichts anderes zu tun hatte als zu warten.*

Schwester Inge fing Caroline ab, kaum daß sie durch die Tür der Station getreten war.

»Der Kommissar will, daß Sie noch einmal aufs Revier kommen. Er hat noch einige Fragen, sagte er.«

»Da muß er schon herkommen.«

»Soll ich ihn anrufen und *das* sagen?«

»Nein, nicht nötig. Er wird sich schon melden.«

»Er wird denken, ich habe Ihnen seine Nachricht nicht übermittelt«, befürchtete Schwester Inge.

»Was der Mann denkt, kann uns egal sein. Wir haben anderes zu tun, als nach seiner Pfeife zu tanzen. Gab es irgendwelche Vorfälle in der Spät- oder Nachtschicht?«

»Allerdings. Eine anaphylaktische Schockreaktion bei Frau Naumann, einem der drei Brandopfer, die in der Nacht reinkamen. Verbrennungen dritten Grades, fast vierzig Prozent. Wir wissen noch nicht, auf welches der Medikamente Frau Naumann so reagiert hat. Vorläufig wurden alle abgesetzt. So bekamen wir den ohnehin enorm geschwächten Kreislauf einigermaßen in Griff, aber die Frau hatte stärkste Schmerzen. Doktor Riest verordnete bis auf weiteres Morphin.«

»Bis zur ersten Hauttransplantation müssen wir wissen, was der Auslöser war«, sagte Caroline. »Allerdings wird das schwierig. Da die Frau durch den hohen Flüssigkeitsverlust ohnehin ständig schockgefährdet ist, wird es im Falle des Eintretens eines solchen schwer zu sagen, ob das getestete Medikament wirklich die Ursache war.«

»Deshalb meint Doktor Riest, wir sollten mit dem Test noch vierundzwanzig Stunden warten, ihr erst mehr Flüssigkeit zuführen.«

»Sehr gut. Informieren Sie mich, falls sich der Zustand der Frau verschlechtern sollte. Sonst noch was?«

»Ja.« Schwester Inge fuhr mit der nächsten Krankengeschichte fort. Und selbst wenn Caroline die Absicht gehabt hätte, Sasses Wunsch nachzukommen, ihn im Revier aufzusuchen, darüber hätte sie es vergessen.

Aber Sasse brachte sich in Erinnerung. Er tauchte unangemeldet im Krankenhaus auf. Caroline bot ihm an, in ihrem Büro zu warten, was er mit saurer Miene akzeptierte, um ihr eine halbe Stunde später vorzuwerfen: »Nicht nur, daß Sie die Verdächtige laufen lassen, jetzt weigern Sie sich auch noch, mit uns zusammenzuarbeiten.«

Caroline blieb die Ruhe selbst, setzte sich in ihren Stuhl, sah Sasse an. »Seit wann gehört es zu den Aufgaben eines Krankenhauses, Verdächtige festzuhalten? Zumal die Schuld Frau Feilers lange nicht bewiesen ist.«

»Die Indizien sind mehr als ausreichend. Was der Staatsanwalt auch so einschätzt. Sie hegen offenbar eine Sympathie für Frau Feiler. Davor kann ich nur warnen.«

»Was wollten Sie mich denn nun noch so Wichtiges fragen?« ging Caroline über Sasses Rat hinweg, der, wie sie ja wußte, nicht wohlgemeint, sondern lediglich dessen persönlicher Abneigung zu Jennifer geschuldet war.

»Wie ist Ihre Meinung als Ärztin? Kann Frau Feiler, mit der Verletzung die sie hat, so kurze Zeit nach der Operation ganz ohne medizinische Hilfe auskommen, ohne Medikamente? Oder muß sie einen Arzt aufsuchen?«

»Es wäre das beste für sie, sie täte es. Aber müssen – nein. Nicht sofort zumindest. Ich nehme an, Frau Feiler wird sich in einer der zahlreichen Apotheken der Stadt ein paar Schmerzmittel besorgen. Sehr aufwendig, die alle zu überwachen, nehme ich an.«

Sasse schaute zerknirscht drein. Caroline erriet, sie hatte den Nagel auf den Kopf getroffen. Sasse hatte natürlich enorme Schwierigkeiten, mit seinen Leuten überall gleichzeitig zu sein.

»Sie kann sich nicht ewig verstecken«, brummte er. Zufriedenheit breitete sich plötzlich auf seinem Gesicht aus. »Und ihr angebliches Alibi ist keines mehr. Wir haben Frau Wagner in Schutzhaft genommen. Frau Feiler kann ihr keine Worte mehr in den Mund legen und ihr auch nicht drohen.«

Carolines Stirn legte sich in Falten. Schutzhaft? Sasse hatte ja wirklich vorgesorgt. Und er verdrehte die Tatsachen. Denn Jennifer bedrohte Sarah Wagner nicht. Im Gegenteil. Die beiden waren liiert.

»Das klingt, als trauten Sie Frau Feiler das Schlimmste zu«, sagte Caroline.

Sasse grunzte. »Sie hat immerhin einen Mann erschossen. Und bei ihrer Flucht hat sie dem Beamten seine Waffe entwendet. Da ist Vorsicht angebracht.«

»Was macht Sie so sicher, daß Frau Feiler die Täterin ist?«

»Frau Feiler hat ein starkes Motiv, ein geplatztes Alibi und damit die Gelegenheit. Außerdem haben wir einen Zeugen, der sie am Tatort gesehen hat.«

Caroline sah Sasse verdattert an. »Ein Zeuge?« *Wie war das möglich?*

»Ja, er sah Jennifer Feiler in ihrem Auto in Freys Hauseinfahrt biegen. Ungefähr zum Tatzeitpunkt.«

»War es nicht dunkel?« fragte Caroline. »Da kann man doch kaum erkennen, welcher Wagentyp vor einem fährt oder einem entgegenkommt, geschweige denn, wer am Steuer sitzt.«

»Haben Sie sich zu ihrer Verteidigerin aufgeschwungen?« wollte Sasse wissen.

»So wie Sie sich zu ihrem Ankläger?« fragte Caroline zurück.

Sasse musterte die Ärztin eindringlich. Caroline konnte in seinen Augen deutlich die Frage erkennen: War diese Retourkutsche nur ein Wortspiel, oder hatte sie Kenntnis von dem Konflikt zwischen ihm und Jennifer Feiler?

Caroline verzog keine Miene, ließ Sasse im Ungewissen. Der entschied sich dann anscheinend für ersteres, denn seine Haltung entspannte sich.

»Sollte Frau Feiler Kontakt zu Ihnen aufnehmen, informieren Sie mich bitte.«

»Ich wüßte nicht, warum sie das tun sollte. Sie hat sicher einen Hausarzt, dem sie vertraut.«

»Ja, Doktor Karsten. Ich habe auch ihn gebeten, mich anzurufen, wenn er etwas von Frau Feiler hört.«

E*r wird es hoffentlich so wenig tun wie ich*, dachte Caroline.

Laut sagte sie: »Sie denken ja wirklich an alles, Herr Sasse. Haben Sie noch mehr auf dem Herzen? Wenn nicht, entschuldigen Sie mich jetzt bitte.«

Sasse stand auf. »Nein, das war alles. Und übrigens, in der morgigen Tageszeitung erscheint ein Artikel. Polizei bittet um Mithilfe, mit einem Bild von Frau Feiler. Das schränkt ihre Bewegungsfreiheit gewaltig ein. Früher oder später sucht sie einen Freund auf. Dort warten wir dann schon auf sie. Sie sehen, es gibt Mittel und Wege, die Sache zu steuern.«

Sasse verließ Carolines Büro. Die blieb mit einem beklemmenden Gefühl zurück.

»Nicht auffindbar? Was heißt das denn?« fragte Jennifer in den Hörer. Aber sie hatte bereits eine Vermutung. Heilmann bestätigte dann auch. »Sasse hat für eine absolute Kontaktsperre gesorgt. Frau Wagner wurde an einen nur ihm und ein paar seiner Mitarbeiter bekannten Ort gebracht. Er schirmt sie von allem ab.«

»Weil er Angst hat, Sarah ändert ihre Aussage wieder, wenn sie seinem Einflußbereich entzogen wird. Herr Heilmann, Sie müssen rausbekommen, wo sie ist. Heute noch!«

»Wie stellen Sie sich das vor? Das ist nicht so einfach.«

»Dann müssen Sie sich eben mal ein bißchen anstrengen«, stauchte Jennifer Heilmann zusammen. »Wozu beschäftige ich Sie sonst?«

Heilmann wurde das zuviel. »Um Sie zu beraten, soweit ich weiß. Und mein Rat ist: Stellen Sie sich. Dann können wir Ihre Flucht als Kurzschlußreaktion hinstellen und Ihre Verteidigung vorbereiten.«

»Aber das können wir eben nicht. Denn dazu brauchen wir Sarah Wagner!« Jennifer wollte ihrer Feststellung gerade einen deftigen Fluch hinzufügen, da kam ihr eine Idee. »Das heißt ... genaugenommen brauchen wir nur eine Alibizeugin, die für mich aussagt. Wenn Sasse mein Alibi zerstört ... sorgen wir eben für ein ... anderes. Ich weiß auch schon genau, wen ich fragen werde.« Der Gedanke lag so nah, daß Jennifer sich schalt, nicht schon früher darauf gekommen zu sein. Immerhin war Sarahs Aussage auch nur zur Hälfte wahr. Aber das wußten nur sie und Sarah. Hoffentlich.

»Ich ahne, wen Sie meinen.« Heilmanns Stimme klang wenig

begeistert. »Das wird Sasse gar nicht gefallen. Er wird vor Wut schnauben.«

»Hat er sich selbst zuzuschreiben. Ich habe mit diesem Kleinkrieg nicht angefangen.«

»Wird Beatrice Sasse sich darauf einlassen?« fragte Heilmann sachlich.

»Da bin ich mir ziemlich sicher. Wir werden Sasse so richtig fertigmachen«, triumphierte Jennifer, im Gegensatz zu ihrem Anwalt überhaupt nicht sachlich. »Dem vergeht die Lust, sich mit mir anzulegen!«

Sie war in Hochstimmung. »Eine phantastische Idee, was Heilmann? Sie deichseln das! Sie sind nicht umsonst mein Lieblingsanwalt.« Daß sie ihn eben noch barsch angefahren hatte, hatte Jennifer bereits wieder vergessen.

»Das freut mich zu hören«, sagte Heilmann eher reserviert. Er teilte die Euphorie seiner Mandantin nicht. Falsche Zeugen waren auch immer unsichere Zeugen. Aber – sie waren besser als gar keine. Und im Interesse seiner Mandantin durfte er nicht wählerisch sein.

Jennifer legte zufrieden auf. Plötzlich war es ganz und gar nicht mehr nervend, in diesem Zimmer allein zu sein und zu warten, sondern sie empfand eine Art Vorfreude. Eine Vorfreude auf Sasses entgleisende Gesichtszüge, wenn er erfuhr, daß sie ein neues Alibi hatte, und besonders *wer* dieses war.

»Ist mein Zimmer noch frei?«

Caroline sah verdutzt auf Jennifer, die in der Tür ihres Büros stand. Es war später Nachmittag, und Caroline schlug sich mit Papierkram herum. Eigentlich hatte sie seit einer Stunde Feierabend.

»Jennifer!«

»Ich habe Ihre Gesellschaft doch zu sehr vermißt und mich deshalb entschlossen zurückzukommen«, verkündete Jennifer ihrem verdatterten Gegenüber.

Caroline war gar nicht nach Scherzen zumute. »Als Ärztin begrüße ich Ihren Entschluß, als Freu... andererseits will ich an die weiteren Folgen für Sie lieber nicht denken.«

In Jennifers Gesicht zeichnete sich kurz Verwunderung ab,

dann lächelte sie. »Nur keine Sorge – *Freundin.*« Sie schaute Caroline eindringlich an.

Caroline, die das Wort ohne Überlegung verwendet hatte, zumindest, bis sie dessen erste Hälfte über die Lippen hatte, wußte in dem Moment, da sie umschwenkte und den Satz umformulierte, daß sie Jennifer mal wieder die Gelegenheit für eine ihrer ironischen Bemerkungen geliefert hatte. Aber da war es schon zu spät.

Die Betonung, die Jennifer in das Wort legte, war jedoch weit entfernt von jeder Ironie. Sie sprach es voller Wärme aus, voller Dankbarkeit. Caroline fragte sich – nicht zum ersten Mal –, wie Jennifer eigentlich wirklich war. Natürlich steckten in jedem Menschen mehrere, einander widerstreitende Parts, aber einer war der dominierende. Welcher war es bei Jennifer?

»Keine Sorge«, sagte die jetzt, während sie sich auf den Stuhl setzte, der vor Carolines Schreibtisch stand. »Wenn Sasse sich auf mich stürzen will wie der Wolf auf die sieben Geißlein, dann habe ich einen Stein für ihn, der ihm mächtig schwer im Magen liegen wird.«

In Erinnerung an das Gespräch mit Beatrice lächelte Jennifer. Beatrice war gern bereit ihr zu helfen. Die Idee, ihrem Ex-Mann ein wenig das armselige Verhalten heimzuzahlen, das er ihr gegenüber bei der Trennung an den Tag gelegt hatte, gefiel Beatrice. Die Beschimpfungen und Flüche, die sie ertragen mußte, seine Drohungen, und als das nichts half, sein Flehen, all das stieß ihr immer noch unangenehm auf. Allerdings hatte Beatrice Jennifer das Versprechen abgenommen, daß sie nichts mit Freys Tod zu tun hatte.

»Diese Sarah Wagner war hundert Prozent bei dir?«

»Ja, Beatrice«, versicherte sie. Daß es sich dabei um eine Halbwahrheit handelte, störte Jennifer nicht. Immerhin hatte sie Frey nicht getötet. Nur darum ging es schließlich.

»Ich werde das nachprüfen. Du weißt, als Journalistin habe auch ich so meine Leute. Und wehe dir, du hast mich verarscht. Ich kann dir das Leben mindestens genauso zur Hölle machen wie mein debiler Ex-Mann.«

Nach dem Telefonat mit Beatrice hatte Jennifer aus dem Hotel ausgecheckt, war in ein Restaurant gegangen, hatte das beste gegessen, was die Karte hergegeben hatte, einen guten Wein getrunken und sich ein Taxi bestellt, das sie zum Krankenhaus gebracht hatte.

Sie fühlte sich wie neugeboren. Die Welt drehte sich wieder richtigherum. Die Dinge liefen, wie sie sollten. Und vor allem: Sie sah nicht mehr ohnmächtig zu, sondern hatte wieder das Ruder in der Hand.

Daß Caroline sich gerade auch noch verraten und ihre ... Sympathie? ... Zuneigung? ... jedenfalls etwas in dieser Richtung gestanden hatte, rundete die Sache ab. Jennifer triumphierte innerlich: *Ich bin wieder in der Spur. Willkommen zurück, auf der Straße der Sieger!*

»Was ist passiert?« fragte Caroline.

Jennifer brauchte zwei, drei Sekunden, um wieder den Anschluß zu finden. *Worum ging es gerade? Ach ja.* »Ich habe eine neue Alibizeugin.«

»Aber ich dachte, Sie waren in der Nacht mit Frau Wagner ...« Caroline beendete den Satz nicht. Wie sollte sie das formulieren?

»Beschäftigt?« gab Jennifer ihr Hilfestellung. Diesmal mit der Caroline bestens bekannten Ironie in der Stimme.

»Zusammen«, entschied Caroline sich für eine nach allen Seiten offene Beschreibung. Plötzlich blitzte ein Gedanke auf, der ihr das Blut in den Kopf schießen ließ. »Soll das etwa heißen, Sie waren ... zu dritt?«

Die Fassungslosigkeit in Carolines Stimme löste bei Jennifer ein Glucksen aus. »Das wäre in Ihren schönen Augen wohl *zu* unmoralisch.«

»Was andere Leute in ihren Schlafzimmern tun, geht mich nichts an, solange sie nicht als Resultat dessen auf meiner Station landen«, gab Caroline sich gelassen und beglückwünschte sich, daß sie langsam lernte, Jennifers Spitzen zu parieren. »Es ist nur nicht *mein* Ding.«

»Sie würde ich auch nicht mit einer anderen teilen wollen«, erwiderte Jennifer prompt.

Caroline starrte Jennifer entgeistert an. *Die Frau macht mich noch wahnsinnig!*

»Ich dachte, das hätten wir geklärt. Ich habe kein ...«

»... Interesse an mir«, unterbrach Jennifer. »Jedenfalls kein solches. Ja, ja. Das habe ich nicht vergessen.«

»Warum sagen Sie dann so etwas?«

»Um Sie aus Ihrer Reserve zu locken, natürlich.«

»Zu welchem Zweck?«

»Ich will Ihnen *mein* Interesse an *Ihnen* zeigen.«

Das brachte Caroline endgültig aus der Fassung. »Was?«

»Das kann Ihnen ja wohl kaum entgangen sein.« Jennifer saß leger in ihrem Stuhl, schaute Caroline mit blitzenden Augen an.

Caroline fragte sich: Warum kann sie jetzt nicht diesen Blick von vorhin haben? Als ihre Stimme den warmen Klang hatte. Warum mußte Jennifer immer in diese aggressiv fordernde, überhebliche Haltung zurückverfallen? Immer, wenn Caroline gerade glaubte, auf einer Wellenlänge mit Jennifer zu sein, sorgte die für eine fürchterliche Dissonanz. Hatte Jennifer denn kein Gespür dafür? Nein, wie sollte sie denn, beantwortete Caroline sich die Frage gleich selbst. Das Interesse, von dem Jennifer sprach, entsprang nur dem Aufruhr ihrer Hormone, nicht ihrem Herzen. Was sollte dabei für ein Gespür herauskommen?

Caroline seufzte. »Nein, das ist es nicht«, bestätigte sie. »Aber ich finde es auf Dauer sehr strapaziös, damit konfrontiert zu werden.«

Das Blitzen in Jennifers Augen verschwand. »Entschuldigen Sie«, sagte sie mit Reue in der Stimme. »Ich bin manchmal wirklich rücksichtslos. Es liegt daran, das ich gewohnt bin ...«

»... mit anderen umzuspringen, wie Sie gerade Lust haben«, unterbrach diesmal Caroline. Und nun war Jennifer es, die entgeistert dreinschaute. »Sie merken das gar nicht«, fuhr Caroline fort. »Sie sind so von sich eingenommen, daß einem schlecht werden kann. Sie gehen die meiste Zeit mit einer solchen Überheblichkeit durch den Tag, daß ich mich frage, wie ihre Umgebung Sie aushält. Ich kann es jedenfalls nicht. Ich will es auch nicht. Richten Sie sich gefälligst danach.«

»Aber Caroline, bitte regen Sie sich doch nicht so auf«, beschwor Jennifer sie. Mit ruhiger, ernster Stimme fügte sie hinzu: »Es tut mir leid, daß Ihnen der Spaß zu nahe ging. Unsere Auffassungen von Humor sind offensichtlich verschieden. Ich wollte Ihnen doch nur ein Kompliment machen.«

»Ich mag diese Art von Komplimenten nicht. Sie sind mir zu plump, wenn Sie es genau wissen wollen.«

Jennifer kniff die Augen zusammen. »Entschuldigung, wenn ich so direkt frage, aber generell haben Sie nichts dagegen, wenn ich Ihnen Komplimente mache?«

Caroline senkte für eine Sekunde den Blick, schwankend, ob sie nun genervt oder belustigt sein sollte. Als sie wieder aufsah, lächelte sie dann doch. »Welche Frau hört nicht gern ein nettes Kompliment?«

Jennifer musterte Caroline eine Weile still und sagte dann ungewohnt leise: »Ich hoffe, Sie sind stark genug, mich noch nicht aufzugeben.«

Caroline lächelte, vom Ton in Jennifers Stimme fast schon wieder versöhnt. »Ja, das hoffe ich auch.«

»Und zu Ihrer Kenntnis«, kam Jennifer zum Ausgangspunkt zurück. »An dem besagten Abend waren wir nur zu zweit. Nur Sarah und ich.«

Auch Caroline schaltete auf das ursprüngliche Thema um. »Aber dann gibt diese neue Alibizeugin Ihnen ein *falsches* Alibi?«

Jennifer schüttelte den Kopf. »Sie gibt mir kein falsches Alibi, sie ist nur die falsche, die das Alibi gibt. Das Alibi selbst ist echt.« *Na ja, fast jedenfalls.*

»Nennen Sie mich spitzfindig, aber ist das bei einer Verhandlung nicht unzulässig?«

»Was soll ich tun? Laut Sasse hat meine eigentliche Alibizeugin sich gegen mich gewendet, und zu allem Überfluß versteckt er sie.«

»Und was ist an der neuen Zeugin so Besonderes? Sie sagten, sie würde Sasse schwer im Magen liegen.«

»Es ist Beatrice, seine Ex-Frau.«

Caroline starrte Jennifer mit offenem Mund an.

Die grinste. »Sehen Sie, bei Ihnen wirkt es auch. Was meinen Sie, wie *er* darauf erst reagieren wird?«

»Weiß er es schon?«

Jennifer hob ihren linken Arm, sah auf ihre Uhr. »Vor zwanzig Minuten hat mein Anwalt ihn von der Neuigkeit informiert. Ich vermute, Sasse kocht bereits wie ein Dampfkessel. Mein Anwalt hat ihn auch informiert, daß ich zurück ins Krankenhaus gehe. Wie Sie sehen, ist Sasse nicht hier. Ich schätze, der Fall ist damit für mich erledigt. Es ist Sasses Entscheidung, von welcher der beiden Zeuginnen er die Aussage aufnehmen will.«

Caroline schüttelte den Kopf. »Ich weiß nicht, was ich sagen soll. Mit allem hätte ich gerechnet, aber nicht damit.«

»Ja, ich war auch begeistert, als ich die Idee hatte«, erwiderte Jennifer selbstzufrieden.

»Und nun?«

»Nun flicken Sie mich wieder zusammen. Ich verspreche Ihnen, diesmal werde ich eine ganz pflegeleichte Patientin sein.«

6.

Jennifer hielt ihr Versprechen, ergab sich ohne Murren den Untersuchungen, die Caroline anordnete, schluckte brav ihre Medikamente. Nach vier Tagen konnte Jennifer Feiler das Krankenhaus verlassen. Caroline teilte es ihr am Morgen bei der Visite mit.

»Sie können Ihren Chauffeur anrufen, daß er Sie abholt. Eine Kopie Ihrer Krankengeschichte schicke ich an Doktor Karsten. Das war's.«

Jennifer nickte. »Danke.«

»Aber nicht, daß Sie jetzt denken, Sie sind schon wieder völlig hergestellt. Ich empfehle Ihnen, die nächste Woche noch kürzerzutreten. Für den Sechzehn-Stunden-Tag eines Workaholics, der Sie sicher sind, reicht es noch nicht.«

»Ist angekommen«, sagte Jennifer folgsam, so daß es Caroline schon fast wieder unheimlich vorkam. Überhaupt war Jennifer in den Tagen nach ihrer Rückkehr ins Krankenhaus nicht nur weniger nervig, sondern richtig umgänglich gewesen. Beinah eine angenehme Gesellschaft, wie Caroline bei ihren Besuchen in Jennifers Zimmer empfand. Was dazu führte, daß sie sie öfter besuchte, als ihre Arbeit es erforderte. Jennifer schien das zu gefallen. Sie lächelte ihr freudig zu, sobald sie den Raum betrat. Schnell gerieten sie in eine Unterhaltung über Gott weiß was, stritten schon mal ein wenig lauter, bis eine von beiden rigoros abbrach oder einfach in Lachen ausbrach. Jennifer machte auch hier und da Witzchen, aber keine schlüpfrigen.

Caroline hatte dafür nur eine Erklärung. Die Anspannung, unter der Jennifer gestanden hatte, als sie von der Polizei bewacht und des Mordes verdächtigt worden war, war schuld daran gewesen, daß sie so unausstehlich gewesen war.

Denn daß die kürzliche Standpauke eine solche Wirkung auf Jennifer gehabt haben sollte, das glaubte Caroline kaum. Oder spielte Jennifer ihr nur etwas vor?

»Dann habe ich so gesehen Zeit, Sie zum Essen einzuladen«, meinte Jennifer jetzt wie nebenbei. »Was mögen Sie lieber, italienisch oder griechisch oder was ganz anderes?«

Caroline versuchte sich ihre Überraschung und – *ja verdammt!* – Freude nicht anmerken zu lassen. Allerdings begleitet von einem Zwiespalt. Sie hatte zwar keine Regel in der Art, sich nie von einem Patienten oder einer Patientin einladen zu lassen, aber sie hatte die Regel, diese Einladung nur anzunehmen, wenn sie nicht mehr als ein Dankeschön sein sollte. Jennifer hatte, sogar deutlich erklärte, Absichten. Allerdings, argumentierte Caroline sich selbst gegenüber, in den letzten Tagen hatte Jennifer keinerlei Andeutungen mehr in diese Richtung gemacht. Vielleicht war die Einladung also wirklich nur eine Geste des Dankes. Vielleicht hatte Jennifer sich aber auch alle Andeutungen verkniffen, um sich eine Chance zu erhalten, diese Einladung auszusprechen, ohne von vornherein damit rechnen zu müssen, einen Korb zu bekommen.

Was wäre so schlimm daran, Caroline? Das würde doch nur bedeuten, daß Jennifer etwas an deiner Gesellschaft liegt. Sollte sie wieder in alte Verhaltensmuster zurückfallen, kannst du das Ganze jederzeit abbrechen.

»Italienisch«, sagte Caroline.

»Fein. Ich kenne einen guten Italiener. Wie wäre es, wenn ich Sie morgen um acht abhole?«

»Das wäre äußerst vornehm.« Caroline lächelte. »Ich könnte mir aber auch einfach ein Taxi nehmen, wenn Sie mir sagen, wo dieser Italiener ist.«

»Kommt nicht in Frage«, wehrte Jennifer ruhig, aber bestimmt ab. »Ich hole Sie ab. Ich kann vielleicht nicht voll arbeiten, aber galant sein kann ich allemal.«

Carolines Lächeln vertiefte sich. *Wenn sie so ist, ist sie unwiderstehlich.* »Bis morgen dann«, verabschiedete sie sich.

»Ich freue mich«, rief Jennifer ihr noch hinterher. Und wunderte sich in höchstem Maß über sich selbst. Denn zu ihrem großen Erstaunen war es keine Floskel gewesen. Sie freute sich wirklich auf den Abend mit Caroline. Selbst wenn nach dem offiziellen Teil kein inoffizieller folgen sollte. Wann war das zum letzten Mal vorgekommen? Jennifer erinnerte sich nicht.

»Guten Tag Frau Feiler. Schön, daß Sie wieder da sind«, begrüßte Lena Hanke ihre Chefin.

»Danke Lena. Ich freue mich auch.« Jennifer nickte ihrer Assistentin zu. »Kommen Sie doch gleich mit in mein Büro. Berichten Sie mir, was es in den Tagen meiner Abwesenheit Neues gab. Zu aller erst interessiert mich, ob die IT-Systeme wieder sicher sind.«

»Ja. Aber eine Menge firmeninterner Daten sind rausgegangen. Und wir wissen immer noch nicht, wohin. Wenn Frey sie verkauft hat, bevor er . . . dann sehen wir ganz schön alt aus.«

Jennifer winkte ab, ging an Lena Hanke vorbei in ihr Büro. Die folgte ihr.

»Dann trösten wir uns einfach damit, daß im Informationszeitalter, in dem wir leben, Daten von gestern heute schon wieder überholt sind«, erklärte Jennifer, während sie sich in ihren Sessel setzte. Sie hatte, während sie im Krankenhaus lag, viel Zeit zum Nachdenken gehabt und auch für dieses Problem eine Idee zur Lösung.

»Ich will genau wissen, welche Daten vom Transfer betroffen waren. Rufen Sie mir die Abteilungsleiter zusammen, damit wir mögliche Auswirkungen diskutieren können. Wenn nötig verzichten wir auf einige Aktivitäten, um an anderer Stelle die Limits anzuheben. Wir wandeln den Nachteil in einen Vorteil um. Das erfordert nicht mehr als ein bißchen Mut zum Risiko. Niemand in der Firma wird auf seine Weihnachtsprämie verzichten müssen.«

Lena Hankes Gesicht hellte sich deutlich auf. »Wirklich gut, daß Sie wieder da sind Frau, Feiler. Ohne Sie hat dem Laden der Schwung gefehlt.«

Jennifer unterdrückte eine abweisende Erwiderung, die gelautet hätte: »Das hoffe ich doch nicht!« Lena wollte mit ihren Worten ihre Wertschätzung zeigen, war aber direkt in ein Fettnäpfchen getreten. Jennifer hörte solche Art Lob nicht gern. Es durfte nicht sein, daß die Abwesenheit einer einzigen Person dazu führte, daß der Ablauf ins Stocken kam, die Mitarbeiter die Dinge schleifen ließen, sei es nun mit Absicht, oder weil sie es nicht besser konnten. Statt dessen sagte Jennifer: »Danke Lena. Dann lassen Sie uns jetzt mal ordentlich Wind machen. Zeigen wir allen, daß die Flaute vorbei ist.« Sie lächelte breit. Besser ließ sich die Tatsache, daß sie jeden in den Hintern treten würde, der sich hängen ließ, nicht umschreiben!

Caroline war den Worten Hausfelds mit zunehmender Bedrückung gefolgt. Der blickte in die Runde der Chefärzte. »Tja, meine Damen und Herren, so sieht es aus. Meine Verhandlungen mit der Stadt verliefen nicht in unserem Sinne. Der Verkauf des Krankenhauses an einen Privatbetreiber ist so gut wie beschlossen.« Die Blicke aller hafteten an der Gestalt des Verwaltungsdirektors, der ernst dreinschaute. »Ich kann keinerlei Aussagen machen, wie die Zukunft des Krankenhauses aussehen wird. Der offizielle O-Ton des Stadtrats ist der: Ziel des Verkaufes ist es, dem Bürger die medizinische Versorgung langfristig sicherzustellen. Auf Basis einer Ausschreibung will man einen Käufer finden, dessen Kompetenz und Erfahrung bei der Privatisierung öffentlich-rechtlicher Krankenhäuser bewiesen ist. Ein zukunftsorientiertes Konzept sowie die Bereitschaft, den bestehenden Investitionsstau bei Gebäuden und medizinischer Ausstattung zeitnah aufzulösen, sollen den Ausschlag geben.«

»Aber bisher war von Verkauf nie die Rede«, wandte Caroline ein. »Es ging, im Gegenteil, um öffentliche Investitionen zur Modernisierung.«

Hausfeld nickte. »Das ist richtig. Aber bisher gab es auch keine Pläne der Stadt, ein neues Einkaufszentrum zu bauen. Das Geld aus dem Verkauf des Krankenhauses soll in diesen Neubau fließen.«

»Wie bitte? Das hört sich ja an wie beim Monopolyspiel. Tausche Nordbahnhof gegen Elektrizitätswerk. Ist doch wohl ein Witz!«

»Leider nein«, erwiderte Hausfeld. »Das Argument des Rathauses: Private Krankenhausträger haben bessere Chancen zur Kreditfinanzierung über Banken beziehungsweise für Finanzierungen über den Kapitalmarkt, als eine ohnehin verschuldete Stadt.«

»Bessere Chancen auf Kosten eines größeren Risikos!« hielt Caroline entgegen. »Und bei ausdrücklicher Betonung des Krankenhausmanagements. Wenn es zum Verkauf kommt, werden wir in Zukunft ausschließlich nach quantifizierbaren Richtlinien bemessen. Nichts für Ungut, Herr Hausfeld, meines Erachtens sollte ein Krankenhaus in erster Linie für den Menschen da sein. Die Wirtschaftlichkeit muß an zweiter Stelle rangieren.«

Hausfeld zuckte mit den Schultern. »Ich stimme Ihnen, wenn auch mit Einschränkungen, zu. Nur liegt die Entscheidung über den Verkauf nicht in unserer Hand. Es ist der Stadtrat, der endgültig darüber berät. Und zwar in drei Tagen.« Damit löste Hausfeld die Versammlung auf.

Die Neuigkeit sprach sich herum wie ein Lauffeuer. Als Caroline am nächsten Tag Doktor Geisler in der Cafeteria an der Kasse traf, meinte der: »Na? Bereuen Sie schon, die Stadträtin wieder zusammengeflickt zu haben?«

»Bereuen? Wieso?«

»Wissen Sie es denn nicht? Frau Feiler sitzt im Aufsichtsrat der Centrum Klinik AG, einem potentiellen Interessenten am Kauf. Sie befindet sich dort in bester Gesellschaft von Mitinhabern diverser Pharmabetriebe, Geräteherstellern und einer Privatversicherung. Sie ist im Stadtrat natürlich eine Befürworterin des Verkaufes unserer Einrichtung. Lesen Sie denn niemals Zeitung?!«

Caroline verbarg ihre Überraschung. »Dazu habe ich keine Zeit«, meinte sie. Das war nicht gelogen. Die Lokalpresse zu lesen, dafür reichte es selten. Wenn sie die Nachrichten im Fernsehen sah, war das schon viel. Und für die war der Verkauf eines städtischen Krankenhauses uninteressant.

Geisler schob sein Tablett hinter Carolines her. »Frau Feiler wird maßgeblichen Anteil daran haben, wenn wir stückchenweise verkauft werden. Oder glauben Sie, daß wir nach einer Privatisierung noch lange existieren? Unsere Zahlen sind im Vergleich zu anderen Krankenhäusern eher schlecht. Damit dürften wir nur als Ausschlachtungsobjekt interessant sein.«

Caroline suchte nach einer Erwiderung. Ihr fiel keine ein. Jennifer hatte ihr gegenüber von alldem nichts erwähnt. Bewußt? Oder hielt Jennifer es für unwichtig? Hatte sie einfach nicht daran gedacht?

Nun, Caroline, heute abend hast du Gelegenheit, sie danach zu fragen.

Caroline kam gerade aus der Dusche, trocknete sich das Haar, als es an der Tür klingelte. War das etwa schon Jennifer? Fast eine Stunde zu früh? Nein, so etwas würde sie gewiß nie tun. Jede Frau wußte, daß das ein absolutes Verbot war, weil das einzige, was sie damit erreichen konnte, das war, die andere in Verlegenheit zu bringen, wenn die, noch halb nackt, die Tür öffnen mußte.

Schnell wickelte Caroline sich in ihr Badehandtuch, tapste mit nassen Füssen zur Tür, darauf bedacht, nicht auf den Fliesen in Bad und Flur auszurutschen. Es klingelte erneut.

»Bin gleich da«, rief Caroline, die jetzt endlich an der Tür ankam, öffnete – und sich einem Meer von Orange gegenübersah.

»Fleurop!« verkündete es hinter dem Meer. »Ein Blumenstrauß für Sie, Frau Malin.«

Caroline schaute verdattert auf den riesigen Strauß langstieliger, oranger Rosen, der ihr entgegengestreckt wurde, nahm ihn dem Boten ab und bedankte sich.

»Einen schönen Abend noch«, wünschte der Bote. Caroline sah ihm nach. Erst, als der Mann in sein Auto stieg, schloß sie endlich die Tür.

Wer schickt mir denn Rosen?

Caroline griff nach dem kleinen Umschlag im Strauß und zog die Karte hervor.

Entschuldigen Sie das Klischee. Ich freue mich auf unseren gemeinsamen Abend. Jennifer, las Caroline.

Und schmunzelte. Das war wirklich ziemlich kitschig, regelrecht altmodisch – und auch wieder süß, weil auf seine Art aufmerksam.

Caroline ging in die Küche, nahm eine passende Vase aus dem Schrank, füllte sie mit Wasser und stellte die Blumen hinein. Dann plazierte sie die Vase auf dem großen Eßtisch im Wohnzimmer, arrangierte die Rosen noch ein wenig und schaute nachdenklich auf das Ganze.

War das Jennifers übliche Vorgehensweise? Gehörte dieser Strauß zum Standardverführungsprogramm? Oder war es wirklich eine persönliche Geste? Speziell für sie? Caroline schüttelte den Kopf. Wohl kaum. Jennifer war nicht der Typ für so etwas. Es war nur ein Klischee, wie sie selbst schrieb. Eines, dessen sie sich bediente, weil sie wußte, daß es dennoch seine Wirkung nicht verfehlen würde.

Caroline ging ins Schlafzimmer, wo sie das für den Abend sorgfältig ausgesuchte Kleid zurück in den Schrank hing und wählte statt dessen ein weniger auffallendes Kostüm. Alles andere hätte dem Abend eine zu große Bedeutung gegeben, nach dieser Einleitung. Jennifer sollte nicht denken, sie sei plötzlich für ihre Annäherungsversuche empfänglich. Das wäre das ganz falsche Signal.

Punkt acht klingelte es erneut. Caroline nahm ihre Jacke vom Garderobehaken, öffnete die Tür und sah sich erwartungsgemäß Jennifer gegenüber.

»Danke für die Blumen, aber das war wirklich nicht nötig«, begrüßte sie sie.

Jennifer lächelte. »Ich wußte, daß Sie das sagen würden. Aber ich wollte es dennoch tun. Ich freue mich wirklich auf den Abend. Sie sehen übrigens toll aus.«

Caroline errötete. Das Kostüm war im Verhältnis zum zuvor gewählten Kleid zwar weniger chic, aber immer noch sehr elegant. Das wußte sie auch, als sie es auswählte. Irgendwie hatte es mit der Negierung der Bedeutung dieses Abends nicht so ganz klappen wollen. Andererseits, wie hätte das denn ausgesehen, wenn sie neben Jennifer, die ganz wie vermutet die Eleganz selbst war, mit irgendeinem Schlabberlook aufwartete. Damit würde sie sich ja blamieren. Das hatte sie nun auch nicht vor. »Danke«, sagte Caroline. »Sie sehen auch ganz passabel aus.«

»Na, dann können wir ja fahren.« Jennifer wies zu ihrem Wagen, einem silberfarbenen Volvo. Dort angekommen ließ Jennifer es sich nicht nehmen, Caroline die Beifahrertür aufzuhalten.

Die schüttelte nur lächelnd den Kopf. »Sie werden mir doch hoffentlich nicht im Restaurant auch noch den Stuhl halten, während ich mich setze?«

»Das hatte ich eigentlich vor«, sagte Jennifer, ging um den Wagen herum und stieg auf der Fahrerseite ein.

»Wehe!« hob Caroline die Stimme. »Ich warne Sie. Dann ist das heute unsere erste und gleichzeitig letzte Verabredung.«

»Oh! Sie gehen davon aus, daß unser Date eine Fortsetzung haben wird? Das klingt vielversprechend.« Jennifer wandte ihren Kopf zu Caroline und schmunzelte. Dann startete sie den Wagen und fuhr los.

»Das habe ich nicht gesagt«, wehrte Caroline ab. »Überhaupt ist unsere Verabredung kein Date. Es ist . . . eben nur eine Verabredung. Ohne irgendwelche weiteren Absichten. Jedenfalls, was mich betrifft. Das hatten wir doch geklärt, dachte ich.«

»Hm«, machte Jennifer nur. Was sowohl ja als auch alles andere bedeuten konnte.

Caroline betrachtete Jennifer resigniert von der Seite. »Sie sind wirklich ziemlich anstrengend, wenn Sie so sind.«

»Wie, so?«

»So unberechenbar.«

»Soll ich Sie lieber wieder nach Hause fahren?« fragte Jennifer daraufhin.

Caroline sah sie überrascht an. Würde Jennifer das wirklich tun, wenn sie ja sagte?

»Ich kann nämlich nicht versprechen, daß Sie es leicht mit mir haben werden. Wie sie merken, fällt es mir schwer, mein Interesse an Ihnen zu leugnen.«

»Der Punkt ist, Sie verwechseln Interesse mit Jagdtrieb«, konnte Caroline sich nicht verkneifen zu erwidern. »Und ich habe keine Lust, einen Platz in Ihrer Trophäensammlung einzunehmen.«

Jennifer wandte erneut den Kopf, sah Caroline offen an. »Es ist also mein Ruf, der Sie abschreckt, nicht meine Person?« Ihr Blick ging wieder zur Straße.

»Ihr Ruf ist ein Teil Ihrer Person. Leider ein sehr schlechter. Das dürfte Ihnen aber nicht neu sein.«

»Wenn ich ehrlich bin, nein. Allerdings . . . in der Regel bekomme ich solche Aussagen nur hintenherum mit, über fünf Ecken. So etwas sagt mir selten jemand direkt ins Gesicht. Verdammt!« fluchte Jennifer.

»Ich wollte Sie ja nicht beleidigen«, entschuldigte Caroline sich.

Doch Jennifer winkte ab. »Nein, Sie verstehen mich falsch. Ich meine: Verdammt, dafür sind Sie mir noch sympathischer.«

Jennifer lenkte den Wagen jetzt auf einen Parkplatz. »Wir sind da«, verkündete sie. Beim Aussteigen war Caroline schneller, so daß Jennifer zu spät kam, ihr die Tür aufzuhalten. Caroline warf die Beifahrertür mit einem Grinsen zu, als Jennifer bei ihr ankam. »Und denken Sie daran. Fassen Sie meinen Stuhl nicht an!«

Jennifer hielt sich an Carolines Warnung, aber nur eingedenk eines Paares drohend dreinblickender Augen, als sie einen Schritt um den Tisch herum machen wollte, den ihnen der Kellner zugewiesen hatte.

»Normalerweise wissen die Frauen es zu schätzen, daß ich sie zuvorkommend behandle«, beschwerte Jennifer sich, während sie sich setzte.

»Und was Sie sonst noch mit ihnen tun, schätzen sie sicher auch«, meinte Caroline trocken. »Da dieses ›sonst noch‹ aber keine Option für *uns* ist, wie ich bereits mehrmals deutlichgemacht habe, können wir uns auch das andere sparen.«

»Sie sind wirklich eine harte Nuß«, brummte Jennifer.

»Und Sie machen sich langsam lächerlich.«

Der Kellner brachte die Karte. Sie wählten eine Flasche Rotwein, die der Kellner im Handumdrehen brachte, anschließend die Bestellung aufnahm und sich diskret zurückzog.

»Wie geht es denn in Ihrer Firma? Konnten Sie den durch den Datenraub entstanden Schaden eingrenzen?« fragte Caroline.

Einerseits wollte sie ein weniger verfängliches Thema anschneiden, andererseits brauchte sie einen Einstieg, von dem aus sie auf den geplanten Verkauf des Krankenhauses überleiten konnte.

Bereitwillig erzählte Jennifer von den Maßnahmen, die sie zur Schadensbegrenzung eingeleitet hatte. Caroline verstand nur Bruchteile von dem, was Jennifer ihr zu erklären versuchte. Die vielen Fachbegriffe verwirrten sie. Aber soviel wurde doch klar: Jennifer war überzeugt, den befürchteten Einbruch abwenden zu können.

»Dann sind Sie ja noch mal mit einem blauen Auge davongekommen.«

»Kann man so sagen. Der Verlust wird sich in Grenzen halten. Etwa vierhunderttausend Euro.«

»Vierhunderttausend?« echote Caroline. »Und das sagen Sie einfach so?«

»Es ist ja kein realer Verlust. Wir werden voraussichtlich vierhunderttausend Euro weniger Gewinn machen als geplant. Das bedeutet, unsere Aktie wird weniger stark steigen. Das ist natürlich ärgerlich, aber nicht der Weltuntergang«, erklärte Jennifer gelassen. »Natürlich werden wir alles daransetzen, diese vierhunderttausend woanders herzubekommen.«

»Zum Beispiel, indem Sie im Stadtrat den Verkauf des städtischen Krankenhauses an einen privaten Konzern unterstützen. Zufällig haben Sie selbst Anteile an einen dafür in Frage kommenden Konzern«, sagte Caroline. »Damit treiben Sie *diese* Aktie doch sicher in die Höhe. Wie heißt es so schön? Einmal verliert man, einmal gewinnt man.«

Jennifer sah Caroline offen an. »Ja, ganz recht. So geht es zu in der freien Marktwirtschaft.«

Der Kellner brachte das Essen, so daß Caroline die Bemerkung zurückhielt, die ihr auf der Zunge lag. Nämlich die, daß Jennifer ihre Umwelt als einen großen Selbstbedienungsladen betrachtete. Egal, worum es sich handelte, ihr Motto schien zu lauten: Gefällt mir, will ich haben, nehme ich mir. Bisher war sie damit anscheinend auch immer durchgekommen.

»Wann wollten Sie mir sagen, daß Sie an der Schließung des Krankenhauses mitwirken, in dem ich arbeite?« fragte Caroline, als der Kellner gegangen war. Sie fragte es in ruhigem Ton, auch wenn das Thema sie bewegte. Aber es hatte keinen Sinn, einen Streit vom Zaun zu brechen. Nicht zuletzt, weil Jennifer ihr keinerlei Erklärungen schuldig war.

»Ich hatte nicht die Absicht, meine Geschäfte mit Ihnen zu besprechen«, erklärte Jennifer auch prompt und hatte dabei nicht die geringsten Gewissensbisse. »Aber wenn wir nun schon dabei sind – wer spricht von einer Schließung des Krankenhauses? So weit ich weiß, niemand. Im Gegenteil, sollte das Geschäft zum Abschluß kommen, ist eine umfangreiche Modernisierung geplant.«

»In deren Folge wie viele Mitarbeiter entlassen werden?«

Jennifer blickte Caroline offen an. »Das kann heute noch niemand sagen. Aber wenn es dazu kommen sollte, bin nicht ich dafür verantwortlich oder der Vorstand des neuen Eigentümers, sondern allein die Tatsache, daß unwirtschaftliche Abteilungen und Institutionen auf Dauer keine Daseinsberechtigung haben.«

»Daß die Kranken dabei auf der Strecke bleiben, ist natürlich unwesentlich. Geschlossene Abteilungen bedeuten nichts anderes als längere Wartezeiten und Anfahrtswege für die Patienten, die sich eine Privatklinik nicht leisten können.«

Jetzt runzelte Jennifer unwillig die Stirn. »O bitte Caroline. Verderben Sie unseren Abend nicht mit so einer nutzlosen Diskussion.«

»Ich finde so eine Diskussion durchaus nicht nutzlos«, widersprach Caroline ernst. »Kann sie doch dazu dienen, unsere Standpunkte auszutauschen und so einander besser kennenzulernen. Ich würde schon gern wissen, welche Charakterzüge außer Eitelkeit und Egoismus sonst noch bei Ihnen vorherrschend sind. Daß es Rücksicht nicht ist, liegt auf der Hand. Die verträgt sich nicht mit Egoismus. Wie wäre es wenigstens mit ein wenig Anteilnahme, menschlicher Wärme. Ist irgend etwas davon in Ihnen? Sie waren dankbar für meine Hilfe, als Sie in Schwierigkeiten waren. Helfen *Sie* auch anderen – vielleicht sogar, ohne eine Gegenleistung zu erwarten?«

Jennifer hatte während Carolines kleiner Rede schweigend weitergegessen. Jetzt legte sie das Besteck ab und blickte Caroline an. »Als Sie vorhin meinen schlechten Ruf erwähnten, war ich nicht beleidigt. Jetzt bin ich es.«

»Weil es diesmal um eine ernste Sache geht«, vermutete Caroline.

»Weil ich dachte, Sie würden trotz allem mehr von mir halten«, stellte Jennifer richtig. »Fragen Sie mich im Ernst, ob ich jemals etwas für andere tue? Zweifeln Sie an meinem Mitgefühl? Denken Sie, ich bin nichts anderes als eine erfolgsbesessene, kühl rechnende Geschäftsfrau ohne soziales Gewissen?«

»Entschuldigung, aber so hört sich Ihre Daseinsberechtigungstheorie für mich nun mal an.«

»Und ich habe bisher gedacht, daß Sie sich nicht vom ersten Anschein täuschen lassen. Zu Ihrer Information. Meine Firma spendet jedes Jahr im Wert von zweihundertfünfzigtausend Euro. Wir unterstützen damit diverse Tierschutzvereine und Hilfsorganisationen. Schicken Sachspenden an Kinderheime. Ja, ich denke schon, daß ich ab und an anderen ohne Gegenleistung helfe.« Jennifers Blick wurde eine Nuance dunkler. »Ich behaupte nicht, fehlerlos zu sein. Aber ich glaube, niemand hat das Recht, mir Vorwürfe zu machen oder gar Vorschriften, wie ich mich zu verhalten habe.«

Caroline biß sich auf die Lippen. »Tut mir leid«, preßte sie hervor. »Mein Urteil war wohl etwas voreilig.«

»Ja. Das war es.«

Jennifer schwieg jetzt. Caroline sah sie verstohlen an. Jennifer hielt den Blick jedoch gesenkt und signalisierte damit, daß sie verstimmt war.

Caroline räusperte sich. »Jennifer?«

Diese sah auf.

»Kommen Sie schon«, verteidigte Caroline sich. »Schließlich geben Sie die ganze Zeit die eiserne Lady. Dann dürfen Sie sich nicht wundern, wenn man Sie am Ende auch dafür hält.«

»Ja, sicher haben Sie recht«, gab Jennifer zu. »Ich dachte nur . . . aus Ihrem Mund hat mich so ein vorschnelles Urteil überrascht.« Jennifer sah Caroline betrübt an. »Das mochte ich so an Ihnen, Ihre unvoreingenommene Sicht auf die Dinge.« Sie senkte wieder den Blick.

Caroline fühlte sich hilflos angesichts Jennifers verletzter Gefühle. Schuldbewußt legte sie ihre Hand auf Jennifers. »Ich wollte Sie nicht vor den Kopf stoßen.« Sie seufzte. »Bitte, seien Sie wieder gut mit mir«, bat sie leise.

Jennifer hob langsam den Kopf. »Ich wußte doch, daß Sie mir hoffnungslos verfallen sind«, erwiderte sie mit Schalk in den Augen, und sofort wurde Caroline klar, daß Jennifer ihr etwas vorgespielt, sie absichtlich zappeln gelassen hatte. Aber sollte sie ihr einen Vorwurf machen? Ihr Urteil über Jennifer war vorschnell gewesen.

Caroline verzichtete auf einen erneuten Disput, gab verlegen Jennifers Hand wieder frei. Jennifer schenkte Caroline von dem Rotwein nach. Sie selbst hielt sich nach dem einen Glas, das sie zum Essen getrunken hatte, an Mineralwasser.

»Was halten Sie von einem Spaziergang am Meer?« fragte Jennifer ohne Überleitung.

Caroline, von der Frage überrascht, erwiderte: »Klingt toll. Nur ist, soweit ich weiß, das nächste Meer ungefähr hundertfünfzig Kilometer von hier weg.«

Jennifer schmunzelte. »Das sind doch nur zwei Stunden mit dem Auto. Es ist jetzt halb zehn, um halb zwölf wären wir da.«

Caroline starrte Jennifer entgeistert an. »Sie meinen das ernst?«

Jennifer nickte. Ihre Augen hielten Carolines Blick gefangen.

»Sie sind ja verrückt!« preßte Caroline beklommen hervor.

»Haben Sie morgen früh Dienst?«

»Nein, ich habe frei, aber . . .«

». . . ich habe ein Ferienhaus dreihundert Meter vom Strand entfernt. Dort können wir übernachten. Morgen mittag fahren wir zurück.«

»Jennifer, ich . . .«

»Das Haus hat zwei Schlafzimmer. Nur ein Spaziergang am Strand, Caroline.« Jennifers Stimme klang mit einem Mal ganz sanft.

Caroline saß da, völlig überrumpelt von Jennifers Vorschlag. Von der Spontaneität, der Romantik. Aber vor allem von der Gegensätzlichkeit, die in Jennifer wohnte.

»Denken Sie nicht zu lange nach. Sagen Sie ja.« Jennifer stand auf, winkte dem Kellner und drückte dem verdutzten Mann einen Betrag in die Hand, der weit über dem der Rechnung lag.

Dann wandte sie sich Caroline zu, streckte ihr die Hand entgegen. »Kommen Sie.« Zwei warme Augen blickten Caroline an. Wie unter Zwang erhob Caroline sich, fühlte, wie sich Jennifers Arm um ihre Schulter legte und sie mit sich führte.

Während der Autofahrt schwiegen sie. Jennifer hatte eine CD eingelegt, die sanfte Klaviertöne spielte und Carolines Sinne einlullte, weit weg von allen Fragen um den merkwürdigen Verlauf des Abends und warum sie jetzt neben Jennifer im Wagen saß. Sich nur der Nähe Jennifers bewußt, ihrer zwingenden Ausstrahlung. Und in Erwartung des rauschenden Meeres.

Als Jennifer den Wagen nach ziemlich genau zwei Stunden Fahrt stoppte, sah sie Caroline eindringlich an. »Wir sind da. Ich hole schnell eine Decke aus dem Haus, die du dir umlegen kannst, damit du nicht frierst. Warte hier.«

Caroline wartete bewegungslos, bis sich die Beifahrertür öffnete und eine Hand sich ihr entgegenstreckte. Sie ergriff sie, wurde von zwei Armen empfangen, die sie behutsam in eine leichte Decke hüllten.

Dann gingen sie nebeneinander auf das leise Rauschen des Meeres zu, solange, bis die warme Luft der Sommernacht von der kühlen Brise am Wasser verschluckt wurde. Jennifer nahm Carolines Hand und hielt sie fest. So gingen sie am Strand entlang, schauten auf die seichten Wellen.

Zu dieser Jahreszeit gelang es der Nacht nicht, das Licht zu besiegen. Nach einigen hundert Metern setzte Caroline sich in den weichen Sand. Jennifer tat es ihr gleich. Obwohl sie einander nicht berührten, nicht sprachen, waren sie sich so nahe wie zwei Menschen sich nur sein konnten. Und friedlich.

Jennifer erschauerte unter der Berührung eines kühlen Luftzuges. Caroline nahm die Decke von ihren Schultern, breitete sie ganz aus und nahm Jennifer mit in ihre Wärme auf. Ihre Arme streiften sich, hielten die Berührung fest. Schließlich umfaßte Jennifer sanft Carolines Taille. Die ließ sich in die Umarmung sinken, landete weich an Jennifers Seite. Jennifer hielt Caroline fest, legte jetzt auch den anderen Arm um sie, ließ sie beide langsam rückwärts sinken, bis sie im weichen Sand lagen, immer noch von der Decke eingehüllt. Jennifers Gesicht näherte sich langsam dem Carolines.

Dann fühlte Caroline die warmen Lippen Jennifers, den fordernden Kuß, voller Verlangen. Caroline nahm an, daß jeden Moment Jennifers Leidenschaft ungezügelt über sie hereinbrechen würde. In Erwartung dessen verkrampfte sie sich. Aber es geschah nichts. Der Druck von Jennifers Lippen wurde schwächer, vorsichtig liebkosend, zärtlich. Allmählich entspannte Caroline sich, schmiegte ihren Körper an Jennifers. Caroline merkte, daß Jennifer ihr das Tempo überließ. Nur einmal ließ die sich von einer Woge aus Begierde unkontrolliert hinwegreißen und nahm Caroline mit in einen Strudel der Leidenschaft, aus dem sie erst nach mehreren Minuten erschöpft wieder auftauchten.

Irgendwann zog Jennifer Caroline hoch, und sie gingen Hand in Hand zum Haus zurück.

»Es gibt wirklich zwei Schlafzimmer«, sagte Jennifer, während sie Whiskey in zwei Gläser goß und eines davon Caroline reichte. »Doch bevor du anfängst darüber zu spekulieren – den Schlüssel zum Haus habe ich immer im Wagen.«

»Verstehe. Für alle Fälle«, sagte Caroline ernüchtert.

»Ja.«

Etwas weniger Ehrlichkeit wäre Caroline in diesem Moment lieber gewesen. »Dann war das hier geplant?«

»Es war ... eine mögliche Option des Abends. Ich will, daß du das weißt, bevor ...«

»... bevor wir die Schlafzimmer verteilen?«

»Ich dachte mehr an teilen statt an verteilen.«

»Du glaubst, nachdem du mir eröffnest, daß du es die ganze Zeit darauf angelegt hast, mich zu verführen, würde ich trotzdem mit dir schlafen?«

»Ich habe aus meinem Wunsch diesbezüglich nie einen Hehl gemacht. Du warst diejenige ... aber die Tatsachen sprechen doch deutlich eine andere Sprache.« Jennifer lächelte.

Caroline griff an Jennifer vorbei zur Whiskeyflasche, die in der Bar stand, goß sich mindestens einen dreifachen ein und trank einen großen Schluck davon.

Jennifer wollte ihren Eroberungen tatsächlich einfach nur eine weitere hinzufügen.

Was hast du gedacht, Caroline? Daß du Jennifer bekehren kannst? »Vergiß es!« sagte sie und meinte damit nicht nur Jennifers Anliegen.

»Bist du sicher?«

»So was von sicher.«

»Aber es ist nicht, weil du nicht interessiert bist. Wo ist das Problem?« wollte Jennifer wissen. Doch dann hatte sie es. »Es muß nicht bei einer Nacht bleiben«, bot sie an. »Ich bin durchaus in der Lage, eine längere ... Verbindung einzugehen.«

»Affären nennt man das, was du führst, Jennifer«, korrigierte Caroline.

»Ja gut. Aber warum bist du mitgekommen? Hast du geglaubt ... das hast du doch nicht?«

»Nein, das habe ich nicht. Ich habe gar nicht nachgedacht«, sagte Caroline leise, mehr zu sich selbst. »Nur deine sanfte Stimme gehört, in deine Augen gesehen und – dir vertraut. Darüber habe ich vergessen, wer du bist, wie du bist.«

»Soll das heißen, ich habe dein Vertrauen mißbraucht?«

»Nein! Nein, das hast du nicht.« Caroline lächelte eingedenk der Absurdität der Situation. »Dann hättest du die Sache mit dem Schlüssel wohl kaum erwähnt.«

»Ich beginne gerade es zu bereuen.« Jennifer nahm Caroline das Glas aus der Hand, stellte es ab und strich ihr sanft über das Gesicht. »Wenn schon kein gemeinsames Schlafzimmer, dann könnten wir ja noch mal zum Strand runtergehen.«

»Und da weitermachen, wo wir aufgehört haben?« fragte Caroline mit schiefem Grinsen.

»Ja.« Jennifer beugte sich zu Caroline vor. »Wie wäre das?« Ihre Lippen trafen Carolines Mund, wanderten sanft über ihn, weiter zu Carolines Nacken, den sie vorsichtig liebkoste.

Caroline seufzte tief. Jennifers Berührungen ließen sie alles andere als kalt. Gerade legte sich deren Hand auf Carolines Brust, und obwohl der Stoff der Bluse dazwischenlag, spürte Caroline Jennifers Hand mit solcher Intensität, daß sie innerlich zu glühen begann.

»Vielleicht ... doch lieber das Schlafzimmer«, flüsterte Caroline mit vor Erregung rauher Stimme.

Jennifer löste sich etwas, schaute Caroline forschend an.

»Vielleicht?« fragte sie und gab Caroline eine letzte Möglichkeit zum Rückzug.

Doch an Rückzug dachte Caroline nicht mehr. »Das Schlafzimmer«, entschied sie mit zitternder Stimme.

7.

Es bleibt bei diesem einen Mal«, sagte Caroline beim Frühstück.

Jennifer schaute sie an. »Ja, okay. Es ist deine Entscheidung.«

Natürlich, dachte Caroline. Für Jennifer hatte alles Weitere keine Bedeutung. Sie hatte bekommen, was sie wollte.

Du doch wohl auch, Caroline. Jennifer war sehr einfühlsam, sehr zärtlich gewesen. Wie schon am Strand hatte sie darauf Rücksicht genommen, daß du es sanft magst. Das konntest du nicht selbstverständlich erwarten.

Es hatte Jennifer viel Beherrschung gekostet, ihre Leidenschaft nicht einfach auszuleben, das war Caroline nicht entgangen.

Wahrscheinlich fiel es Jennifer unter anderem deshalb leicht, ihren Wunsch zu akzeptieren. Weil diese Nacht eher anstrengend als befriedigend für sie gewesen war. Sicher war Jennifer anderes gewöhnt. Mehr Zügellosigkeit.

Trotzdem war es Jennifer nicht egal, wie sie, Caroline, sich in dieser Nacht gefühlt hatte. Das stand fest.

»Es ist doch alles in Ordnung?« fragte Jennifer in Carolines Gedanken hinein.

»Ja. Alles ist in bester Ordnung. Es ist nur – ungewohnt für mich.«

»Was?« Jennifer kicherte. »Sex zu haben?«

»Am Morgen danach die Modalitäten zu klären.«

»Du hast damit angefangen«, erinnerte Jennifer.

»Weil ich weiß, wem ich gegenübersitze. Ich versuche realistisch zu sein.«

»Du bist beängstigend realistisch. Ich traue mich nicht mal, dich zu küssen. Obwohl ich das gern will.«

Jennifer stand auf, begann den Tisch abzuräumen. Caroline half ihr dabei. Ebenso beim anschließenden Geschirrspülen. Auch wenn es nicht viel zu helfen gab. Zwei Tassen, zwei Teller, Besteck. Jennifer reichte Caroline das letzte Messer. Caroline nahm es – und fand sich plötzlich in Jennifers Armen wieder. Für eine Minute vergaß Caroline ihre Vorsätze. Klirrend fiel das Messer zu Boden. Jennifers impulsiver Kuß nahm Caroline gefangen.

»Wir müssen zurückfahren«, erinnerte Caroline sie schließlich benommen.

Jennifer seufzte. »Ja.«

Caroline lauschte verwundert dem ungewohnten Klang in Jennifers Stimme. War das Enttäuschung?

Die Rückfahrt verlief ebenso schweigend wie die Hinfahrt. Nur war es Tag, und die CD, die Jennifer eingelegt hatte, spielte Musik aus den Achtzigern. Jennifer fuhr Caroline nach Hause und begleitete sie zur Tür. »Willst du noch auf einen Kaffee mit reinkommen?« fragte Caroline der Höflichkeit halber.

»Nein, danke«, lehnte Jennifer ab. »Aber wir können uns ja morgen auf einen Kaffee treffen. Ich rufe dich an. Ja?«

»Wir waren uns doch einig. Es bleibt bei dem einem Mal«, sagte Caroline leise, während sie die Tür aufschloß.

»Aber, das heißt doch nicht, daß wir uns nicht sehen können«, erwiderte Jennifer, und Caroline meinte fast, einen verlegenen Gesichtsausdruck zu erkennen. Das mußte eine Täuschung sein.

»Doch, das heißt es«, sagte sie.

»Aber ...« Weiter kam Jennifer nicht. Sie stand allein da. Caroline hatte die Tür hinter sich zugezogen.

Jennifer schaute perplex auf die geschlossene Tür. Mit einem Kopfschütteln drehte sie sich um, ging zum Wagen, wandte den Blick noch mehrmals zurück, aber Caroline blieb im Haus verschwunden.

Jennifer fuhr los. Äußerst verwirrt darüber, was Caroline eben beim Abschied gesagt hatte. Ein Lebewohl sollte es sein? Ohne Wiedersehen? Was für ein Unsinn! Sie würden sich *natürlich* wiedersehen! Und wenn Jennifer genauer darüber nachdachte – es würde *nicht* bei dieser einen Nacht bleiben. Warum auch? Carolines Verlangen nach ihr war so deutlich wie nur irgend etwas. Es kochte stetig auf kleiner Flamme. Es war ein Leichtes, diese Flamme zu entfachen, und mit dem entfachten Feuer zu spielen, war ein süßes Vergnügen. Ein Vergnügen, das nicht vom ungezügelten Temperament der Gefühle lebte, wie Jennifer es von ihren bisherigen Abenteuern kannte. Sondern von einer Leidenschaft getragen wurde, die einen sanft umfaßte und warmhielt. Jennifer verspürte deutlich den Wunsch, diese Wärme erneut aufzusuchen.

Caroline war froh, daß sie, kaum im Krankenhaus angekommen, von Doktor Reist in Beschlag genommen wurde. Er informierte sie über den kritischen Zustand einer seiner Patienten. Sie berieten die Medikamentierung, eine eventuelle erneute Operation.

Die Routine bot Caroline die Ablenkung, die sie brauchte, um von ihren verwirrten Gedanken loszukommen, die ständig um die vergangene Nacht und um Jennifer kreisten. Noch während des Gespräches mit Doktor Reist kam die Nachricht von einer Massenkarambolage auf der Autobahn herein. Zwei Notoperationen füllten den Rest des Nachmittags aus.

Während einer anschließenden Pause in der Kantine wurde Caroline dann allerdings wieder an Jennifer erinnert. Die Aufregung um die offene Entscheidung über den Verkauf des Krankenhauses beschäftigte natürlich nach wie vor alle: Wie würde der Stadtrat in seiner Sitzung in zwei Tagen entscheiden?

»Sie haben doch einen Draht zu Frau Feiler«, meinte einer der Kollegen. »Hat sie Ihnen gegenüber vielleicht eine Andeutung gemacht?«

»Ich habe den Eindruck, die Sache ist praktisch schon beschlossen. Frau Feiler wird den Verkauf jedenfalls befürworten. Immerhin ist sie Mitglied des Vorstandes einer Krankenhaus AG, die sich als Betreiberin bewirbt.«

»Wirklich?«

»Ja.«

»Na, dann drücken Sie der Dame die Daumen, daß ihr Konzern das Rennen macht.«

»Wieso sollte ich das tun? Ich bin ja gegen den Verkauf.« Daran hatte sich nichts geändert. »Wir werden ein neues Management bekommen, es wird Entlassungen geben. Das zusätzliche Know-how, das man uns großzügig zusichert, wird zufällig den Umsatz der Firmen steigern, die die Mitglieder des Aufsichtsrates ihr eigen nennen.« Caroline machte keinen Hehl aus ihrer Abneigung gegenüber einem privaten Betreiber. »Es wird ein ständiges Konkurrieren mit anderen Krankenhäusern geben. Die Kräfte, die man darauf verschwendet, sollte man besser den Patienten zukommen lassen.«

»Aber wenn Frau Feiler ihr Schäfchen ins Trockene bringen kann, wäre Ihnen Ihr Job weiter sicher. Immerhin haben Sie die Frau wieder aufgepäppelt. Das wird sie Ihnen doch wohl anrechnen.«

»Meinen Sie?«

»Sie nicht?«

Caroline zuckte gleichgültig mit den Schultern. Sie sorgte sich nicht um ihren Job. Es waren die Auswirkungen auf ihr Arbeitsumfeld, die sie beunruhigten. Die in den kommenden Wochen zwangsweise zunehmende Unsicherheit unter den Angestellten würde nicht ohne Folgen bleiben. Während die gutausgebildeten Fachkräfte bei erstbester Gelegenheit die Flucht ergreifen würden, fühlte sich das Krankenhauspersonal in den unteren Rängen demotiviert. Das war keine gute Basis. Da nützten dann auch hochmoderne Geräte nichts. Doch es durfte daran gezweifelt werden, daß der neue Betreiber für diese Art Probleme ein Ohr hatte.

Den Tag, an dem die Entscheidung im Stadtrat fiel, erlebte Caroline im Dauerstreß. Sie mußte nach der Spätschicht noch die Nachtbereitschaft übernehmen und schlief deshalb im Krankenhaus. Allerdings nur wenig. Sie fühlte sich müde und zerschlagen, als sie nach Hause fuhr, hielt aber trotzdem am Kiosk, um die Morgenzeitung zu kaufen. »Entscheidung um das städtische Krankenhaus«, las sie auf der Titelseite. Darunter ein Bild von Jennifer und ein Interview mit ihr. Caroline überflog den Artikel. Jennifer sprach darin von Chancen, Innovation und Zukunft. Stirnrunzelnd warf Caroline die Zeitung auf den Beifahrersitz. Hatte Jennifer also mal wieder bekommen, was sie wollte.

Zwei Tage waren seit ihrem Abschied von Jennifer vergangen. Zwei Tage, in denen Caroline von Jennifer nichts gehört und gesehen hatte. Sie trug darüber ein zwiespältiges Gefühl mit sich herum. Hatte Jennifer sie abgehakt? Ganz einfach so?

Abgesehen davon, daß du ihr gesagt hast, es gäbe keine Fortsetzung, egal welcher Art.

Daß Jennifer sich daran hielt, gefiel Caroline nur mit Einschränkung. Ihr Verstand sagte ihr, sie konnte froh darüber sein. Dieser Frau näherzukommen bedeutete, sich auf ein Spiel einzulassen, deren Regeln sie nicht kannte. Caroline wußte nur, was nicht zum Spiel gehörte: echte Empfindungen. Das Ganze würde für sie in einem Wechselbad der Gefühle enden. Und das brauchte sie so wenig wie Pickel im Gesicht.

Im Grunde konnte sie zufrieden sein.

War sie aber nicht, mußte Caroline sich eingestehen. Denn etwas an Jennifer fesselte sie, ob sie es nun wollte oder nicht. Deren absolutes Selbstvertrauen, manchmal geradezu unerträglich egomanisch, war trotz allem nicht unsympathisch. Denn es ging nicht einher mit Nichtachtung gegenüber anderen. Jennifer war einfach voller Energie. Und spitz wie ein Pfeil. Es konnte deshalb passieren, daß sie auf ihrem Weg jemanden durchbohrte, der ihr im Wege stand. Nicht aus Bosheit, sondern weil sie den direkten Weg als den effektivsten empfand. Caroline war sich nicht einmal sicher, ob Jennifer sich hinterher verwundert umschaute, wer da umgefallen war. Sie vermutete eher, Jennifer bemerkte es nicht einmal. Aber darüber konnte sie nur spekulieren.

Sicher dagegen war, daß Jennifer neben dieser, bewußt oder unbewußt, rücksichtslosen Seite noch eine andere in sich barg. Eine, zu der sie ganz unerwartet umschwenken konnte. Eine sanfte, zärtliche Seite. Die war es, die Caroline in Jennifer sah, als sie zu deren Haus am Strand fuhren. Als sie sich am Strand küßten und später im Haus . . .

Diese Seite war es, die Caroline Jennifer vermißen ließ. Gegen jede Vernunft. Und obwohl sie wegen ihrer gegensätzlichen Haltungen zur Zukunft des Krankenhauses praktisch zu Gegnern geworden waren. Zu ungleichen Gegnern. Denn während Jennifer im Prozeß der Entscheidungen eine durchaus einflußreiche Stimme hatte, mußte Caroline sich mit der Rolle der Zuschauerin begnügen.

Jennifer hatte ihre Stimme im Stadtrat ganz sicher dazu benutzt, für den Verkauf des Krankenhauses zu stimmen. Warum auch nicht? Es war anzunehmen, daß sie lange auf die Sache hingearbeitet hatte. Warum sollte Jennifer auf die Idee kommen, das Projekt neu zu überdenken, nur weil sie, Caroline, ihr halbherzige Vorwürfe machte? Denn, wenn Caroline ehrlich war, mehr war es nicht gewesen, was sie Jennifers Argumentation entgegengesetzt hatte. Zu allem Überfluß hatte sie sich dann auch noch von Jennifer verführen lassen. Unter diesen Umständen brauchte sie nicht damit zu rechnen, von Jennifer besonders ernst genommen zu werden.

Mit diesen und ähnlichen Gedanken kam Caroline zu Hause an, ging unter die Dusche und anschließend ins Bett. Kaum daß sie lag, brachte die Müdigkeit das Gedankenkarussell zum Stehen. Caroline schlief ein.

8.

Lena Hanke war schon lange gegangen. Die Tür zum Sekretariat stand offen.

Jennifer schaltete ihren Computer aus, räumte den Schreibtisch auf.

Es war ein anstrengender Tag gewesen. Erst die Entscheidung im Stadtrat, dann jede Menge Interviews, am Nachmittag die Besprechung im Konsortium, welches sie mit drei weiteren Geschäftspartnern für das Projekt Krankenhausübernahme gebildet hatte. Das Konsortium handelte für die Centrum Klinik AG, einem Subunternehmen der Feiler AG. Die wiederum garantierte den Konsorten vertraglich lukrative Lieferrechte zu. Ein gutes Geschäft für alle, wenn es glatt über die Bühne ging.

Jennifer lächelte zufrieden in sich hinein. Die Abstimmung im

Stadtrat jedenfalls lief nach Wunsch. Obwohl sie sich der Stimme enthielt. Sie wollte sich später nicht nachsagen lassen, ihrer eigenen Firmengruppe Schützenhilfe geleistet zu haben. Es genügte vollkommen, daß alle Mitglieder des Stadtrats *wußten*, welche Meinung sie vertrat. Ihr Handzeichen war dazu nicht nötig. Die Kollegen Stadträte taten das für sie, denn sie wollten sich schließlich ihr Wohlwollen sichern. Im Gegensatz zu ihnen hatte Jennifer nämlich nicht nur politischen Einfluß, sondern auch finanziellen. Und der machte entsprechenden Eindruck. Er hatte ihr letztendlich auch den Platz im Stadtrat verschafft. Und dieser Platz wiederum verschaffte ihr Einsicht in die Finanzen der Stadt.

Daher kannte Jennifer das Defizit im Haushalt und wußte, das Loch war allein mit dem Verkauf des Krankenhauses nicht zu stopfen. Beim Verkauf des Krankenhauses ging es also nicht um den Kaufpreis allein. Die kompetenzgebenden Punkte waren ebenso entscheidend. Auch weil die Stadt das Gesicht wahren und nicht jedem x-beliebigen Anbieter den Zuschlag geben konnte.

Genau für diesen kompetenzgebenden Teil im Angebot des Konsortiums war die Feiler AG zuständig. Das Dumme war, die Eckdaten des *gesamten* Angebotes lagen auf den Rechnern der Firma und auch diese Zahlen waren Freys Datenklau zum Opfer gefallen.

Darüber hatte Jennifer die Geschäftspartner nicht informiert.

Sie gedachte die Sache so zu klären, ohne viel Aufhebens, auch wenn es sie einiges kosten würde. Frey die Daten wieder abzuhandeln war immer noch besser, als diese Schlappe vor den anderen Konsorten einzugestehen.

Deshalb war sie an dem Abend bei Frey gewesen. Der Handel mit ihm war natürlich nicht einfach gewesen. Frey hatte aus seiner Abneigung gegen sie keinen Hehl gemacht und sie ordentlich bluten lassen. Die Summe, die er ihr abverlangt hatte, hatte wirklich wehgetan. *Andere* hätten dafür vielleicht gemordet.

Jennifer merkte, wie ihre Gedanken abschweiften, rief sich in die Gegenwart zurück, in der vor ihr das Teilangebot der Feiler AG lag. Sie hatten zur Ausarbeitung einen Fachmann hinzugezogen, einen erfahrenen, wenn auch bereits pensionierten

Krankenhauschef. Allerdings spürte Jennifer immer noch eine gewisse Unruhe, wenn sie die Punkte durchlas.

Sie kannte das. Dieses Gefühl war das sichere Zeichen dafür, daß noch irgend etwas fehlte. Der Punkt auf dem i. Sollte sie einen weiteren Experten zu Rate ziehen? Aber wo den so schnell finden, und wie sollte er, ohne genaue Kenntnis der Strukturen vor Ort, so schnell das Angebot überprüfen? Sie brauchte jemanden, der nicht nur fachlich bewandert war, sondern auch das Krankenhaus kannte. Jemanden wie Caroline.

Ha! Eine tolle Idee, Jennifer. Die Sache hatte nur einen kleinen Haken. Caroline war so strikt gegen die Übernahme, daß sie sich allem gegenüber verschließen würde, was damit zu tun hatte.

Wenn man Caroline doch nur zur Vernunft bringen könnte.

Nachdenklich knabberte Jennifer auf ihrer Unterlippe herum.

Mit den richtigen Argumenten kannst du sie vielleicht – zwar nicht umstimmen, aber – milde stimmen.

Jetzt lächelte Jennifer vor sich hin. Caroline war zu gut für diese Welt. Obwohl sehr klug, konnte sie sich kaum wehren, wenn man ihre hilfsbereite Seite ansprach. Caroline wurde nie wirklich wütend, entschuldigte sich schnell, wenn sie der Meinung war, jemanden verletzt zu haben. Vielleicht mußte man als Ärztin so sein. Vielleicht war es einfach nur Carolines Wesen.

Wie dem auch sei, Caroline ist nicht der Mensch, der auf ein einmal ausgesprochenes Nein besteht, wenn man an ihre Hilfsbereitschaft appelliert.

Es wäre zwar nicht besonders fair, sich das zunutze zu machen, aber Jennifer hatte, was das anging, nie besonders viele Skrupel entwickelt, wenn auf der anderen Seite der Waagschale ein Vorteil für sie wog.

Carolines Dienst begann um vierzehn Uhr. Beim Betreten des Krankenhauses fühlte sie eine merkwürdig gedämpfte Stimmung um sich herum. Eindeutig eine Folge des Beschlusses im Stadtrat. Es würde Veränderungen geben, von denen keiner ahnte, was sie mit sich brachten. Eine lange Zeit der Ungewißheit lag vor den Mitarbeitern des Krankenhauses. Caroline meinte in einigen Gesichtern Sorge zu sehen.

Eine Sorge, für die sie Verständnis hatte, von der sie aber auch wußte, daß sie nichts besser machte. Im Gegenteil. Sie legte sich lähmend auf die Gemüter, verringerte die Leistungsfähigkeit, von der man gerade jetzt nichts einbüßen durfte.

Deshalb brachte Caroline so viel Optimismus in ihr Gesicht, wie ihr möglich war und grüßte freundlich nach rechts und links. Nur nichts anmerken lassen. Sich am besten nicht daran erinnern, daß sie eine der Befürworterinnen des Verkaufes vor wenigen Tagen in den Armen gehalten und geküßt hatte. Mit einem so intensiv verlangenden Gefühl, daß sie alles andere von sich weggeschoben hatte. Besonders, daß Jennifer sie nur verführen wollte. Es war eben passiert und nicht mehr zu ändern.

Bereust du es?

Diese Frage konnte Caroline sich beim besten Willen nicht beantworten. Sie ließ es dabei bewenden, daß die Antwort kein einfaches Ja oder Nein war, sondern irgend etwas dazwischen.

Caroline wußte aber um so sicherer, daß es besser war, ihre Beziehung zu Jennifer, oder wie immer man es nun bezeichnen wollte, vor den Kollegen auf jeden Fall zu verheimlichen. Doktor Reist hatte während ihres gestrigen Gespräches in der Kantine gewisse Anspielungen gemacht. Er hatte es nett formuliert, ohne Vorwurf, aber dennoch klar und deutlich, daß ihre Bekanntschaft zu Jennifer Feiler ihr nur zum Vorteil gereichen konnte. Doktor Reist war sicher nicht der einzige mit solchen Gedanken, und allein das würde ausreichen, Neider auf die Tagesordnung zu rufen. Sollten die näheren Umstände ihrer »Bekanntschaft« zu Jennifer bekannt werden, würde es zu mehr als nur Getuschel hinter ihrem Rücken kommen. Es konnte sogar soweit gehen, daß man sie schnitt. Oder noch schlimmer, versuchte sie zu sabotieren. In einer so angespannten Atmosphäre wie anstehende Entlassungen sie mit sich brachten, da reichten schon die kleinsten Gerüchte, wo jeder befürchtete, es könnte ihn treffen. Dann waren selbst Ärzte und Krankenschwestern nicht davor gefeit, zu unfairen Mitteln der »Verteidigung« zu greifen.

Wenn man Jennifer doch nur davon überzeugen könnte, daß die Privatisierung des Krankenhauses genausoviel Schaden wie

Nutzen bringen konnte. Innovation allein führte nicht automatisch zu Wachstum. Es brauchte Menschen, die das Wachstum trugen. Und damit sie das taten, mußte man ihnen die Sicherheit geben, daß die zu erwartenden Veränderungen die Anzahl der Stellen, zumindest für einen gewissen Zeitraum, nicht berührten. War das denn zuviel verlangt?

Caroline war in ihrem Büro angekommen, wo sie den Computer anschaltete und ihre Mails las. Eine davon war der Newsletter, der verkündete, daß sie alle ab dem 1.1. einen neuen Arbeitgeber haben würden. Nachdem der Stadtrat den Verkauf des Krankenhauses beschlossen hatte, würde über eine Ausschreibung der neue Eigentümer bestimmt werden. Was nicht in dem Newsletter stand, aber unvermeidbar war, bis dieser Eigentümer feststand, und sicher auch danach: Die Gerüchteküche würde brodeln, denn bekanntlich spekulierte es sich über nichts so gut wie über ungelegte Eier.

Ein Klopfen an der Tür ließ Caroline aufschauen. Jemand betrat das Büro. Mit größtem Erstaunen erkannte Caroline, daß dieser Jemand Jennifer war.

Ihre schlanke Gestalt wirkte wie gewohnt elegant, aber sie schien Caroline heute nicht so kühl, auch wenn Jennifer nach außen so wirkte. Das lag wohl daran, daß Caroline nun wußte, zu welcher Zärtlichkeit diese Frau fähig war.

»Weißt du es schon?« fragte Jennifer, ohne den von Caroline erwarteten Triumph in der Stimme.

»Ja«, sagte Caroline. Klang Jennifers Stimme nicht sogar eine Spur weich?

»Wie nehmen es die Leute auf?«

»Was glaubst du? Sie sind extrem verunsichert.«

»Wie nimmst *du* es auf?« konkretisierte Jennifer.

»Meine Begeisterung hält sich in Grenzen.«

»Wäre es ein Problem für dich, wenn meine Firma zur Käufergruppe gehörte? Du wärst dann sozusagen von mir abhängig.«

Caroline stand auf, ging um ihren Schreibtisch herum und lehnte sich gegen ihn. »Jeder ist von jedem irgendwie abhängig. Darüber zerbreche ich mir nicht den Kopf. Ich halte mich für einen in seinen Entscheidungen freien Menschen, egal welchen

Absender mein Gehaltszettel hat.«

Es könnte allerdings schwierig werden, Jennifer in Zukunft einfach aus dem Weg zu gehen, wenn es deren Name war.

Das Gefühl, das Caroline bei diesem Gedanken befiel, war zwiespältig. Ebenso zwiespältig wie jenes, das sie bei der Frage verspürte, ob sie die gemeinsame Nacht mit Jennifer bereute.

»Eine gute Einstellung«, meinte Jennifer.

»Weshalb bist du hier?« fragte Caroline nun direkt. Sie hatte den Eindruck, Jennifer wollte über irgend etwas mit ihr sprechen, fand aber keinen rechten Anfang. Sie lief wie die Katze um den heißen Brei herum, und das sah ihr gar nicht ähnlich.

Jennifer grinste verlegen. »Du kennst mich mittlerweile ganz gut.«

»Du würdest nicht herkommen, nur um mich zu fragen, wie ich damit klarkomme, daß du vielleicht bald mein Boss bist«, bestätigte Caroline leise lächelnd. »Aber es ist ja noch nicht raus, ob du es sein wirst.«

»Ich werde zumindest mein Bestes geben.«

»Und ich werde dich nicht aufhalten.« Caroline drehte sich um, kehrte hinter ihren Schreibtisch zurück, setzte sich und legte lässig die Arme auf die Stuhllehne. Jennifer griff nach dem Stuhl auf der anderen Seite des Schreibtisches, setzte sich ebenfalls.

»Das weiß ich, aber ... würdest du mir helfen? Ich möchte, daß du mal auf das Übernahmeangebot schaust. Besonders, was die technischen Fragen betrifft.«

Caroline war, zunächst noch lächelnd, dann zunehmend entgeistert, Jennifers Worten gefolgt. Eine Minute sagte sie gar nichts. Fragen schwirrten ihr durch den Kopf. Ganz besonders oft die, ob Jennifer verrückt geworden war. »Du glaubst doch nicht wirklich, ich würde dir dabei helfen, meinen Kollegen das Wasser abzugraben?«

Jennifer hatte eine Reaktion dieser Art erwartet und ihre Antwort schon parat. »Irgendein privater Träger *wird* das Krankenhaus kaufen. Was die anderen Anbieter für Pläne haben, weiß ich nicht. Wir jedenfalls wollen das Krankenhaus *betreiben*. Auf lange Sicht. Wenn das möglich ist. Wir bieten Chancen.«

»Den Leuten ist die Aussicht auf eine Chance aber zu wenig.

Sie wollen einen sicheren Arbeitsplatz.«

»Verstehe. Man muß den Leuten ihre Ängste nehmen? Ist es das, was du meinst?«

»Ja, zum Beispiel. Das wäre ein Anfang.«

Jennifer seufzte. Diese Denkweise war so typisch und so falsch, daß sie jedesmal, wenn sie ihr begegnete, aufs neue überrascht war. »Komischerweise fällt den Menschen die Unsicherheit ihres Arbeitsplatzes immer dann auf, wenn Veränderungen anstehen. Dabei vergessen sie, daß es auch vorher, in diesem Fall unter der Schirmherrschaft der Stadt, keine Arbeitsplatzgarantie gab. Daß es alle als selbstverständlich nahmen, daß die Stadt den Unterschuß des Haushaltes des Krankenhauses ausglich, ist nicht meine Schuld. Auch nicht, daß sich dadurch die Illusion einer gesicherten Arbeit in den Köpfen der Leute festgesetzt hat.

Nun hat die Stadt gesagt: Schluß. Das ist ein Faß ohne Boden. Wir wollen nicht mehr draufzahlen. Bevor wir zur letzten Alternative greifen und schließen, versuchen wir noch die ewige Baustelle zu verkaufen. Vielleicht findet sich jemand, der es besser kann als wir. Und will.

Und siehe da, es gibt auch ein paar Interessenten. Ein Vertreter sitzt hier. Und zum Dank dafür, daß meine Gruppe bereit ist zu investieren, wird mir vorgeworfen, für die Existenzängste der Belegschaft verantwortlich zu sein. Dabei habe ich mit ihnen gar nichts zu schaffen. Gerade ich bin es, die die Arbeitsplätze erhalten will. Zugegeben, es kann Entlassungen geben. Aber dazu wäre es sowieso gekommen, wahrscheinlich in noch viel verheerenderem Umfang.«

Caroline schaute Jennifer entgeistert an. »Die Stadt wollte das Krankenhaus schließen?«

»Ja.«

»Aber das hast du nicht gesagt.«

»Niemand machte sich die Mühe, danach zu fragen. Es ist einfacher, allen Beteiligten schlechte Motive zu unterstellen.«

»Na ja, ihr wollt das Krankenhaus ja wohl nicht aus uneigennützigen Motiven kaufen.«

»Laß uns bei einem gemeinsamen Abendessen weiter darüber sprechen. Dann erkläre ich dir in Ruhe, worum ich dich bitten möchte, und du kannst ja sagen oder ablehnen.«

»Ich habe bis zweiundzwanzig Uhr Dienst. Und morgen früh geht es gleich wieder um sieben Uhr weiter.«

Außerdem, in Erinnerung an das letzte gemeinsame Abendessen, wäre das vielleicht keine so gute Idee.

Jennifer nickte. »Gut. Dann morgen abend?«

Caroline zögerte mit einer Antwort.

Jennifer sah sie fragend an. Dann verstand sie. »Das hier hat nichts mit uns zu tun, Caroline.«

Caroline seufzte. *Das sagst du so. Für mich hat es sehr viel mit uns zu tun, wenn du nur in meiner Nähe bist.*

Jennifer hingegen schien tatsächlich alles, was die gemeinsame Nacht betraf, ausgeblendet zu haben. Keine einzige Andeutung, kein Kommentar, nicht die geringste Anzüglichkeit war aus ihrem Mund gekommen. War es so einfach für sie? Gewollt, bekommen, danke, die nächste bitte.

»Caroline?« Jennifers Ton klang jetzt drängend.

»Also gut. Morgen abend.«

»Ich hole dich ab. Sieben Uhr?«

Caroline nickte automatisch. Jennifer ging und ließ Caroline mit dem Gefühl zurück, dieser Frau nichts abschlagen zu können.

9.

Jennifer lenkte ihren Wagen durch den abendlichen Verkehr. Als sie in den Außenbezirk kam, in dem Caroline wohnte, fühlte sie ihr Herz ungewöhnlich schnell schlagen. Sie hatte Caroline gegenüber so getan, als wäre das Abendessen nur Kulisse für ein berufliches Gespräch zwischen ihnen. Doch die freudige Erwartung, die sie spürte, belehrte sie eines Besseren.

Die Nacht mit Caroline ging ihr nicht aus dem Kopf. Genauer gesagt, deren seltsames Verhalten am Morgen danach. Warum wollte Caroline, daß sie einander nicht wiedersahen? Das war doch kindisch. Und völlig übertrieben. Sie hatten eine so schöne Nacht miteinander verbracht. Jennifer fühlte bei dem Gedanken daran immer noch den rasenden Puls und das Rauschen in ihren Ohren, beides Vorboten der Leidenschaft – die sie aus Rücksicht auf Caroline unter Kontrolle hielt. Wann hatte sie das jemals getan? Sich zurückgenommen? Aus Vorsicht, um die andere nicht zu erschrecken.

Nie. Dabei gab es einige Frauen, die Caroline ähnlich gewesen waren. Zurückhaltende, sanfte Frauen, die sie mit ihrem Ungestüm überfallen und damit förmlich unter sich begraben hatte. Wohl nicht immer zum gegenseitigen Vergnügen, auch wenn keine der Frauen sich beschwert hatte.

Der Gedanke kam Jennifer urplötzlich und erschreckte sie. Bisher hatte sie nie darüber nachgedacht. Wäre nie auf die Idee gekommen, ihre Art zu hinterfragen. Warum es bei Caroline anders war, wußte sie nicht zu sagen. Es war auch keine Frage, die sie sich gestellt hatte. Sollte sie sich zurücknehmen oder nicht? Sie tat es einfach. Und wurde mit einer völlig neuen Erfahrung dafür belohnt. Eine Erfahrung, die ihr Innerstes berührte. Zumindest für den Moment. Für diese eine Nacht. Und irgendwie auch darüber hinaus. Jennifer wußte sich nicht zu erklären, warum dieses Gefühl so anhaltend war. Es lag doch in der Natur der Sache: Eine Leidenschaft loderte auf, eine Leidenschaft erlosch. So war das nun mal. Oder?

Warum fühlte sie auch heute ihren Puls schneller schlagen, gerade jetzt auf dem Weg zu Caroline? Nein, kein Rauschen in den Ohren, aber eine beschwingende Vorfreude. Absurd! Und dennoch unbestreitbar.

Jennifer parkte den Wagen vor Carolines Haus, ging durch den Vorgarten und klingelte an der Tür.

»Verdammt, ich habe heute keine Blumen dabei. Jetzt sieht es so aus, als werde ich schon beim zweiten Date nachlässig«, sagte sie grinsend, als Caroline ihr die Tür öffnete.

»Ich dachte, das heutige Abendessen hätte nichts mit uns zu tun«, erwiderte Caroline.

»Aber das hast du doch nicht geglaubt?« fragte Jennifer augenzwinkernd.

Caroline stellte fest, daß Jennifer zu ihrer direkten Art zurückgefunden hatte. Merkwürdigerweise fühlte sie sich dadurch nicht unangenehm berührt. Daß Jennifer das Interesse an ihr nicht verloren hatte, oder doch zumindest so tat, gab Caroline Auftrieb. Sie wunderte sich darüber, aber es war so.

Nein, Caroline wollte sich nicht auf ein weiteres Abenteuer mit Jennifer einlassen. Ganz bestimmt nicht. Trotzdem fühlte sie sich besser, jetzt, da Jennifer ihr praktisch wieder den Hof machte.

Du bist dabei, dich in einen einzigen Widerspruch zu verwandeln, Caroline.

Caroline hob hilflos die Arme, ließ sie wieder sinken. »Ehrlich gesagt, ich weiß nicht, ob ich es geglaubt habe. Ein Teil von mir wollte es, ein anderer nicht. Das ist ja mein Problem. Im Moment weiß ich nicht, was ich will.«

Jennifer schaute Caroline erstaunt an. *Na, das sind doch mal interessante Neuigkeiten.*

Der perfekte Moment, die Frau in den Arm zu nehmen und sie zu küssen. Damit sie *gezeigt* bekam, was sie will. Allerdings konnte ein solcher Vorstoß auch ins Gegenteil umschlagen. Nicht, daß Jennifer Angst hatte, sich eine einzufangen. Das wäre das geringste Übel. Caroline würde sie schon nicht gleich umhauen. Aber sie riskierte, daß Caroline sich in sich zurückzog. Und weil Jennifer die gerade wie durch ein Wunder erbaute Brücke zwischen ihnen nicht zum Einsturz bringen wollte, beschränkte sie sich auf eine laxe Erwiderung. »Ich habe schon viele Frauen getroffen, auf die das zutrifft, aber noch keine, die es zugibt.«

Jennifer kam der Gedanke, daß sie bis vor wenigen Tagen – vor Caroline – ohne zu überlegen riskiert hätte, sich eine einzufangen und sich um den Rest nicht gesorgt hätte. Sie runzelte die Stirn.

Caroline sah es, bezog es auf ihre Äußerung und versicherte: »Keine Sorge, ich werde nicht kompliziert. Laß uns einfach essen gehen. Und dann erzählst du mir, was du mir erzählen wolltest. Deshalb bist du schließlich gekommen.«

»Ich . . .« *Hatte schon vergessen, weswegen ich gekommen bin,* gestand Jennifer sich verwirrt ein. »Wenn du willst, wir müssen nicht übers Krankenhaus reden.« Sie gingen zu Jennifers Wagen und stiegen ein.

Caroline sah Jennifer skeptisch von der Seite an. »Worüber denn dann?«

»Wir könnten ...« Jennifer brach ab. An den Strand fahren, hatte sie gedacht. Uns in den Armen halten, küssen und viel mehr.

Jennifer verharrte wie hypnotisiert, weil ihr in diesem Moment klarwurde, wie sehr sie sich danach sehnte. Nicht einfach so, um an eine bereits erlebte aufregende Nacht anzuknüpfen, sondern ... sie sehnte sich nach Carolines zarter Berührung. Deren Lippen auf ihrer Haut. Jennifer stand ganz unter dem Eindruck dieser Erinnerung und der damit verbundenen Erkenntnis, daß ihr die Situation entglitt.

»Wir müssen ja nicht über etwas Bestimmtes reden, sondern können einfach nur einen netten Abend zusammen haben«, sagte sie benommen von dieser Erkenntnis, bemüht, sich ihre Erstarrung nicht anmerken zu lassen. Sie startete den Volvo, fuhr los.

»Ach, das meinst du«, sagte Caroline leise.

»Nein! Gerade *das* meine ich nicht!« erwiderte Jennifer. »Aber ich kann verstehen, daß du das denkst. Wie solltest du auch nicht.«

»Was meinst du dann?«

Jennifer schwieg. Wie sollte sie Caroline erklären, was in ihr vorging? Dazu müßte sie es ja erst einmal selbst verstehen. Doch davon war sie weit entfernt.

Caroline sah Jennifer fragend an. Die warf ihr einen schnellen Blick zu.

»Ich denke an nichts Konkretes«, wich Jennifer aus.

Carolines zweifelnder Gesichtsausdruck sagte alles. »Wir sollten uns an den ursprünglichen Plan halten«, sagte sie.

»Wie du willst«, meinte Jennifer. Im Grunde war das auch das beste. Schließlich wollte sie bald ein Geschäft abschließen. Ein sehr wichtiges Geschäft. Um das abzusichern, war sie hier. Nicht um ihren aufrührerischen Hormonen auf den Grund zu gehen. Dennoch blieb ein enttäuschtes Gefühl zurück. Das immer noch andauerte, als sie im Restaurant saßen und das Essen bestellten. Jennifer kämpfte dagegen an, doch ein Rest überlebte jede Abwehr, ging über in Unzufriedenheit mit sich selbst.

Caroline entging Jennifers Unruhe nicht. Doch deutete sie die lediglich als eine ihrer unauslotbaren Stimmungen.

»Lammkeule klingt gut. Die nehme ich«, sagte Caroline.

Jennifer nickte. »Ja, warum nicht.« Sie bestellte bei der Kellnerin zweimal Lammkeule und eine Flasche Rotwein.

»Also«, sagte Caroline. »Laß uns darüber reden, wobei konkret ich dir helfen soll.« Sie fuhr sich in einer verzweifelten Geste durch die Haare. »Ich glaube nicht, daß ich das sage.«

Jennifer lächelte wissend. »Weil ich dich indirekt auffordere, deine Prinzipien zu verraten.«

»Ja. Ich bin strikt dagegen, die medizinische Betreuung in Zahlen zu messen. Und ich weiß genau, daß, wenn ich dir helfe, alles darauf hinausläuft«, sagte Caroline.

Kopfschüttelnd erwiderte Jennifer: »Ach Caroline. Niemand kann es sich auf Dauer leisten, etwas zu verschenken. Du beziehst doch auch ein Gehalt für deine Arbeit. Und kaufst du im Supermarkt nicht die Waren mit dem besten Preis-Leistungsverhältnis?«

»Das ist doch nur normal.«

»Natürlich. Ich sage nichts anderes.«

Die Kellnerin brachte den Wein und schenkte ein. »Entschuldigen Sie. Es gab eine Panne in der Küche. Mit dem Essen wird es etwas länger dauern. Der Wein geht auf Kosten des Hauses.«

Jennifer nickte. »Kein Problem«, sagte sie und wandte sich dann wieder Caroline zu. »Ich weiß, es ist manchmal frustrierend. Alles wird in Zeit und Geld gemessen. Es ist wie in einem großen, reißenden Fluß. Um jeden rettenden Ast am Ufer herrscht ein Kampf. Jeder will ihn ergreifen und sich ins Trockene retten.«

»Du hast es geschafft. Du stehst am Ufer.«

»Wo großes Gedrängel herrscht und man aufpassen muß, nicht wieder in die Fluten zu fallen. Aber ab und zu, wenn die Gelegenheit günstig, das Wasser nicht ganz so reißend und der Boden unter den Füssen fest ist, dann kann man den Arm ausstrecken und versuchen jemanden aus dem Fluß zu ziehen. Genau das ist unser Angebot, das Krankenhaus zu kaufen: Der Versuch, es den Fluten zu entreißen, es auf ein solides Fundament zu stellen. Je besser wir den Grund befestigen, je größer die Chance, daß das Fundament hält. Unser Angebot ist dieser Grund. Ich bitte dich, es dir anzusehen. Würdest du auf diesen Grund bauen?« Jennifer räusperte sich umständlich. »Natürlich werde ich dir deinen Zeitaufwand vergüten. Du bekommst ein Beraterhonorar. Und es ergibt sich von selbst, daß die Unterlagen streng vertraulich zu behandeln sind.«

Caroline hatte aufmerksam zugehört. War das Jennifers Lebensphilosophie? Ein reißender Fluß, der alles Schwache mit sich in das Chaos zog? Das Leben ein ständiger Kampf um einen Platz am sicheren Ufer, den es zu behaupten galt? Das erklärte so einiges. Ihre Stärke genauso wie ihre Grobheit, ohne die Jennifer nicht dort stünde, wo sie war. Ihren Stolz, sich dort zu behaupten. Ihren gelegentlichen Zynismus, hinter dem sie sich in Momenten der Schwäche versteckte. Ihre Affären, mit denen sie jeder menschlichen Nähe aus dem Weg ging, weil sie niemanden vertraute außer sich selbst.

Arme Jennifer.

Doch sofort wurde Caroline klar, daß Mitleid überflüssig war. Jennifer würde sie dafür auslachen. In Jennifers Augen war ihr Leben so, wie es war in allerbester Ordnung.

Besser wäre wohl: Arme Caroline. Denn dir muß klar sein, daß du in Jennifers Leben nie einen Platz einnehmen wirst. Egal wie nett oder gar sanft Jennifer gelegentlich zu dir ist. Es wird nie von Dauer sein.

»Du mußt nicht gleich antworten. Denk darüber nach«, sagte Jennifer jetzt. Sie bemerkte Carolines abwesenden Blick. »Und es ist nur eine Bitte. Wenn du nein sagst, ist es absolut in Ordnung.«

Caroline nickte. »Ja, ich weiß.« Immer noch drückte sie die Erkenntnis nieder, daß Jennifer für sie unerreichbar war. Und immer sein würde.

Aber du wußtest doch vorher, daß Jennifer nur Affären hat. Genau deshalb hast du ihr gesagt, du willst den Kontakt zu ihr abbrechen.

Die Umstände verhinderten das aber. Und ganz automatisch hatte sich in Caroline die Hoffnung ausgebreitet, daß ihre Beziehung zu Jennifer sich irgendwie entwickeln würde. Irgendwie positiv. Hin zu einer gewissen Nähe.

Caroline war den Rest des Abends über sehr schweigsam.

Jennifer glaubte, sie dächte über ihr Angebot nach. Deshalb forschte sie nicht weiter nach dem Grund.

Auf der Heimfahrt sprachen sie auch nur wenig miteinander. Erst, als Jennifer ihren Wagen vor Carolines Haus parkte, schien die wie aus einem Tagtraum zu erwachen, lächelte Jennifer entschuldigend an. »Danke für den Abend. Das Essen war sehr gut. Ich war leider nicht sehr gesprächig. Es lag nicht an dir. Du warst die perfekte Begleiterin. In der letzten Zeit habe ich einfach nur so viel um die Ohren . . .«

Weiter kam Caroline nicht. Jennifers Hand strich sanft ihr Gesicht, legte sich in ihren Nacken und zog Caroline zu sich. Sie fanden sich in einem innigen, zärtlichen Kuß.

Nach einer Weile löste Jennifer sich. »Das wollte ich schon den ganzen Abend tun«, sagte sie weich.

Caroline öffnete verwirrt die Wagentür. »Ich rufe dich an wegen des Angebots.« Damit stieg sie aus, ging eilig zur Haustür, schloß auf und betrat den Flur ihrer Wohnung. Ein letzter Blick zu Jennifer, die den Wagen bereits wieder gestartet hatte.

Bevor sie losfuhr, sah Jennifer noch einmal zum Haus. Ihre Blicke trafen sich. Jennifer lächelte.

Caroline senkte den Blick und schloß die Tür.

10.

Caroline ließ das aufwendige und sicher sehr teure Design der Eingangshalle auf sich wirken. Ja, sie war beeindruckt. Und genau das lag wohl auch in der Absicht der Firmengruppe, die hier ihren Sitz hatte. Die Feiler AG, an deren Spitze Jennifer stand. Das hier war also Jennifers »Reich«.

Die Dame an der Rezeption lächelte Caroline freundlich an. »Kann ich Ihnen behilflich sein?«

»Ich möchte zu Jennifer Feiler.«

»Haben Sie einen Termin?«

»Nein. Aber . . . es dauert auch nicht lange.«

Die Frau hinter dem Tresen tippte kurz auf der Tastatur eines

Computers herum. »Frau Feiler ist in einer Besprechung mit einem Kunden.«

»Oh. Tja, na dann.« Caroline hatte auf dem Heimweg kurzerhand einen Abstecher gemacht. Ihre Entscheidung war gefallen. Sie würde sich dieses Angebot ansehen. Und ihre Meinung dazu abgeben. Wenn es wirklich etwas gab, was sie beitragen konnte, um die Sache fachlich besser zu stützen, warum sollte sie es nicht tun? Jennifer hatte recht. Es nützte nichts, sich der Realität zu versperren. Viel mehr mußte man die bestmöglichen Voraussetzungen für die Übernahme schaffen.

»Möchten Sie warten? Nach der Besprechung ist Frau Feiler frei. Es ist ihr letzter Termin für heute. Vielleicht hat Sie Zeit für Sie. Sicher sagen kann ich es aber nicht.«

»Ja, danke, ich warte.«

»Wen darf ich Frau Feiler melden?«

Caroline nannte ihren Namen, ging dann zu einer der Sofagruppen und stellte sich auf eine längere Wartezeit ein. Sie blickte erstaunt auf, als jemand eine Tasse Kaffee auf den Tisch neben sie stellte.

»Bitte.« Die Dame von der Rezeption lächelte Caroline an.

Caroline bedankte sich überrascht. Das war ja wirklich Service. Dann vertiefte sie sich in eine der Zeitungen.

Die Berührung einer Hand auf ihrer Schulter ließ Caroline aufsehen, direkt in Jennifers Augen. Caroline erhob sich. »Hallo«, sagte sie verlegen. Warum hatte sie nicht einfach angerufen?

»Schön, dich zu sehen.« Jennifer legte kurz ihren Arm um Caroline, führte sie einen Meter mit sich mit, bevor sie sich wieder von ihr löste. »Gehen wir in mein Büro.«

Caroline folgte Jennifer zum Fahrstuhl, weiter durch helle Gänge, bis Jennifer eine Tür öffnete und Caroline den Vortritt ließ. Auch dieser Raum beeindruckte in erster Linie durch augenscheinlich teures Design. Angefangen bei den Möbeln, über die technische Ausstattung bis hin zur Dekoration.

Jennifer wies auf eine Sitzgruppe. Sie setzten sich.

»Du hast dich entschieden?« fragte Jennifer ohne lange Umschweife.

»Ja.« Caroline nickte. »Das habe ich.«

Jennifer lächelte. »Ich hoffe, du hast nicht die ganze Zeit gewartet, nur um mir eine Absage zu erteilen.«

»Nein.«

Jennifers Lächeln vertiefte sich. »Das freut mich zu hören.« Sie stand auf, ging zu ihrem Schreibtisch und kam mit einer Mappe zurück. »Dann ist das hier deine Lektüre. Hast du Zeit, daß wir es kurz durchgehen?«

»Ja.«

»Ich erkläre dir das Konzept. Dich möchte ich bitten, die Details zu prüfen, besonders die Investitionsvorschläge. Du weißt doch, was dem Krankenhaus an Ausstattung fehlt.«

»Verstehe.«

Jennifer setzte sich wieder in den Sessel Caroline gegenüber. Die schlug die Mappe auf. »Oben auf liegt das ausformulierte Angebot«, erklärte Jennifer. »Die genaue Spezifikation folgt dahinter.« Jennifer führte weiter aus, während Caroline blätterte. Hin und wieder stellte Caroline eine Frage, nickte oder runzelte die Stirn bei Jennifers Antwort.

Nach einer Dreiviertelstunde hatte Caroline sich ein Bild gemacht – und wunderte sich. »Bei der Stadt verbleibt eine Sperrminorität, mit der sie zukünftige Entscheidungen beeinflussen kann?«

»Ein Zugeständnis, um langwierige Verhandlungen über den von uns geplanten Haustarifvertrag zu umgehen«, erläuterte Jennifer.

»Lohnkürzungen?«

»Anpassungen. Immerhin übernehmen wir die horrende Schuldensumme von fünfzehn Millionen Euro.«

»Das wird die Moral der Mitarbeiter nicht eben heben«, gab Caroline zu bedenken.

Natürlich wußte Jennifer das. »Das Konzept wird ihnen ihre Beschäftigung sichern. Das *Gesamt*konzept«, erwiderte Jennifer emotionslos.

»Schon klar.« Caroline winkte ab.

»Und? Was sagst du sonst dazu?« Jennifer sah Caroline abwartend an.

»Soweit ich es sehe, sind die Investitionen zu niedrig angesetzt. Einige Zahlen sind vom Verwaltungsdirektor in der letzten Besprechung genannt worden. Ich erinnere mich nicht im Detail. Ich weiß nur, daß sie weit höher als die hier angegebenen waren. Ihr werdet mehr Mittel brauchen. Es sei denn, das ist eine absichtliche Sparmaßnahme.«

»Nein, ist es nicht.«

»Dann muß dieser Teil nachgebessert werden.«

»Hm, das bedeutet, der Angebotspreis wird fallen. Wir haben uns schließlich ein Limit gesetzt.« Jennifer machte ein unzufriedenes Gesicht. Mehr zu sich selbst als zu Caroline sagte sie: »Aber wenn der Angebotspreis fällt, vermindern sich die Übernahmechancen durch das Konsortium. Gehen wir dagegen zu hoch ran, weil wir die Investitionen unterschätzen, erhöht sich der spätere Sparzwang, um die gewünschte Effektivität zu erreichen.«

»Das bedeutet dann Abbau von Arbeitsplätzen«, ergänzte Caroline bedrückt.

Jennifer nickte. »Ja. Es ist einfach sehr schwer, das Terrain einzuschätzen. Unmöglich, das Optimum zu finden. Informationen zu den Details würden natürlich weiterhelfen.« Sie sah Caroline an. »Kannst du solche Details besorgen?«

»Wäre das nicht unfair den anderen Mitbewerbern gegenüber?« *Wer sagt denn, daß die Interessengruppe um Jennifer wirklich der beste Investor für das Krankenhaus ist?*

Jennifer grinste. »Du versuchst doch nicht gerade, dein Honorar in die Höhe zu treiben?«

»Ich tue das hier nicht wegen des Honorars«, erwiderte Caroline ernst.

»Sondern?«

»Schon vergessen? Ein fester Untergrund für ein stabiles Fundament. Ich liebe meine Arbeit. Mir liegt daran, sie in *dieser* Stadt, an *diesem* Krankenhaus und vor allem mit *diesen* Kollegen fortzusetzen.«

»Na dann, wo ist das Problem?«

»Wer sagt denn, daß du und deine Geschäftspartner die beste Lösung für das Krankenhaus bieten?« Caroline lächelte kurz. »Aber ich kann dir anbieten, daß ich mit Hausfeld spreche. Er weiß sicher mehr über die verschiedenen Angebote und welches uns am meisten zuträglich ist. Vielleicht bekommst du ja die Zahlen.«

»Mit Hausfeld habe ich schon gesprochen. Er, also das Krankenhaus, und mit ihm die Stadt, hält sich bedeckt, was derlei Auskünfte betrifft.« Jennifer lachte. »Man will soviel wie möglich für den Gebrauchtladen herausschlagen«, sagte sie spöttisch. »Meine Verbindungen im Rathaus helfen mir in diesem Fall nicht weiter.«

Caroline sah Jennifer entgeistert an. Hatte sie gerade zugegeben, daß sie sie benutzen wollte, um an nicht zugängliche Informationen zu gelangen? Um so einen unlauteren Vorteil gegenüber den anderen Anbietern herauszuschlagen?

Caroline war sprachlos. All das Gerede Jennifers über Errettung aus dem reißenden Fluß war nur eine rührselige Geschichte, um sie, Caroline, einzufangen. Und sie war auch prompt darauf hereingefallen. Auch der Kuß gestern beim Abschied war demnach nur Mittel zum Zweck gewesen. Jennifer hatte längst bemerkt, wie leicht sie sie beeinflussen konnte und sich das zunutze gemacht.

»Eigentlich sollte mich das nicht überraschen«, murmelte Caroline tonlos. *Aber es tut es doch.* Sie stand auf. »Es wird sich zwar nicht vermeiden lassen, daß wir uns in Zukunft gelegentlich über den Weg laufen, aber bitte, sprich mich nicht mehr an.« Sie ging zur Tür.

Jennifer kam mit zwei langen Schritten hinterher und hielt sie fest. »Was ist denn nun schon wieder los?«

»Das fragst du noch?«

»Du bist sauer, das sehe ich. Aber warum?«

»Ich lasse mich doch von dir nicht auf den Arm nehmen! Glaubst du wirklich, du mußt mir nur mit einer Geschichte übers Leben kommen, ein paar nette Worte sagen, mich küssen, und schon liefere ich dir vertrauliche Informationen frei Haus?«

»Nein, wie kommst du darauf?« fragte Jennifer überrascht.

»Weil es genauso abgelaufen ist.« Caroline schüttelte Jennifers Griff ab und ging weiter in Richtung Tür.

»Ich habe dich gestern doch nicht geküßt, um dich zu manipulieren. Ich habe dich geküßt, weil . . . ich . . .« Jennifer brach ab.

Caroline drehte sich noch einmal um. »Ja? Warum?«

»Ach verdammt«, fluchte Jennifer.

»Ja, verdammt dumm gelaufen, was?« Caroline ging.

Die Tür schlug hinter ihr zu. Jennifer sah ihr stumm nach.

Caroline fuhr nach Hause. Immer noch aufgebracht. Und mit einem festen Vorsatz für die Zukunft: Nie wieder würde sie sich von Jennifer einwickeln lassen. Die konnte noch so viel Süßholz raspeln, Geschichten erzählen oder zärtlich tun. Das alles würde bei ihr nicht mehr wirken. Irgendwann mußte Schluß damit sein. Sie hatte sich oft genug blenden lassen. Einmal zuviel.

Als Caroline nach Hause kam, fand sie eine Nachricht von Jennifer auf dem Anrufbeantworter. »Ich habe dich aus genau dem Grund geküßt, den ich dir sagte. Ich hatte mich den ganzen Tag danach gesehnt, dich zu spüren. Das . . . tue ich auch jetzt.«

»Na toll«, brummte Caroline. »Was glaubt sie? Daß es sich besser anfühlt, Jennifer Feilers Lustobjekt zu sein, als deren Spielzeug?«

Caroline löschte die Nachricht, ging in die Küche und prüfte den Inhalt des Kühlschrankes. Angesichts der verheerenden Leere darin studierte sie die verschiedenen Flyer von Pizzadiensten und chinesischen Restaurants, die sie für genau diese Fälle in einer Schublade im Wohnzimmer aufbewahrte. Caroline nahm das Telefon. Gerade, als sie wählen wollte, klingelte der Apparat. Sie zuckte erschrocken zusammen und drückte auf die Empfangstaste.

»Malin«, meldete sie sich.

»Ich bin's.«

Caroline seufzte, als sie Jennifers Stimme erkannte. »Was willst du?«

»Mich entschuldigen. Ich habe dich offensichtlich gekränkt. Das lag nicht in meiner Absicht. Ich weiß nicht warum, aber du hast mich völlig mißverstanden.«

»Ach. Wolltest du etwa nicht, daß ich dir interne Informationen beschaffe?«

»Ja, schon. Aber . . .«

»Dann habe ich dich doch ausgezeichnet verstanden«, erwiderte Caroline kühl.

»Verdammt. Diese Informationen sind mir im Moment total Schnuppe!« entfuhr es Jennifer. »Ich will . . . dich sehen, mit dir reden, diesen dummen Irrtum aus der Welt schaffen. Ich wollte dich nicht manipulieren.«

»Na schön, kann sein. Trotzdem. Ich halte es für keine gute Idee, daß wir weitermachen. Ganz ehrlich, Jennifer. Du bist eine Spur zu anstrengend für mich. Ich kann das nicht. Deine Art . . . das ist nicht mein Ding.«

»Was meinst du?«

»Du weißt genau, was ich meine.«

»Aber du wußtest . . .«, begann Jennifer.

». . . ja, ich wußte es«, unterbrach Caroline sie. »Und habe es akzeptiert. Oder habe ich dich um irgend etwas gebeten? Ich wüßte nicht. Im Gegenteil. Ich sage dir, es ist in Ordnung. Du kannst gehen. Warum tust du es nicht endlich? Was willst du?«

Pause. Caroline lauschte in den Hörer.

»Noch eine Nacht mit dir«, sagte Jennifer leise.

Caroline glaubte sich verhört zu haben. »Was?«

Wieder Stille am anderen Ende. Keine Antwort. Dann ein Knacken in der Leitung. Jennifer hatte aufgelegt.

Langsam legte Caroline das Telefon zurück auf die Ladestation, Jennifers leise Worte immer noch im Ohr. Caroline wußte nicht, ob sie sich ärgern sollte. Dem Inhalt der Worte nach müßte sie es tun, aber dem Klang nach? Jennifers Stimme hatte so gar nichts Provokatives gehabt. Sie klang eher verwundert.

Jennifer hielt immer noch den Hörer fest, obwohl sie ihn schon lange aufgelegt hatte. Sie wurde nicht so sehr von der Frage beherrscht, was sie da eben gesagt hatte. Nein. Der Wunsch an sich bereitete Jennifer keine Sorgen. Es war nicht das erste Mal, daß sie so etwas gesagt hatte. Aber es war das erste Mal, daß sie sich *so* dabei fühlte. So – allein. Und was war das für ein seltsames Stechen in der Brust? Das alles irritierte Jennifer mächtig, machte sie unduldsam. Sie griff nach dem erstbesten Gegenstand und warf ihn unbeherrscht auf den Boden. Glas klirrte. Entgeistert blickte Jennifer auf die Scherben. Das war einmal eine schöne Kristallkaraffe gewesen.

Jennifer fuhr sich mit der Hand durchs Haar.

Hättest besser vom Büro aus angerufen. Da gibt es keine so zerbrechlichen Gegenstände.

Sie holte Handfeger und Schaufel und kehrte die Scherben zusammen.

Es klingelte an der Tür. Genervt warf Jennifer die Schaufel hin, die Scherben klirrten erneut auf den Boden.

»Hallo holde Schönheit«, begrüßte Beatrice sie gutgelaunt, als Jennifer die Tür öffnete. Einem prüfenden Blick folgte die Frage: »Welche Laus ist dir denn über die Leber gelaufen?« Sie ging an Jennifer vorbei, durchquerte zielsicher den Flur in Richtung Wohnzimmer und sah dort die Scherben am Boden liegen. »Oh«, rief sie. »Unfall oder Zerstörungswut?«

Jennifer brummte nur.

»Letzteres«, konstatierte Beatrice unbeeindruckt. »Wir sind gerade etwas gereizt.«

»Weshalb bist du gekommen?« fragte Jennifer.

»Und wir sprühen heute wieder vor Charme.« Beatrice ignorierte Jennifers schlechte Laune konsequent.

»Ja, ja.« Jennifer winkte ab.

»Also, wenn du *so* nett fragst: Ich soll einen Artikel über das Krankenhaus schreiben. Wie du ja weißt, wird es Veränderungen in den Besitzverhältnissen geben. Was wird das mit sich bringen? Es interessiert die Leute, welche medizinische Versorgung sie in Zukunft erwarten können. Ob sie mit einem akuten Blinddarm siebzig Kilometer bis zur nächsten Klinik fahren müssen oder nicht. Da dachte ich: Frag doch mal jemanden, der sich auskennt.«

»Fang du *auch* noch damit an! Als ob es nicht reichen würde, daß Caroline mir pausenlos nur Schlechtes unterstellt.«

Beatrice zog die Augenbrauen hoch. »Caroline? Ist das nicht ...«

»Ja!«

»Sie hält wohl nichts von deinen Plänen?«

»Nein.«

»Und?«

»Was und?«

»Macht das die Sache für dich schwierig?«

»Nicht im geringsten«, erwiderte Jennifer verbissen. »Du

glaubst doch wohl nicht, ich stoppe das Projekt, nur weil es Caroline nicht gefällt. Außerdem ist die Sache im Stadtrat beschlossen.«

»Du bist immerhin die Initiatorin des Ganzen. Du hast großen Einfluß im Stadtrat. Du könntest . . .«

»Werde ich aber nicht!« Jennifer sah Beatrice fest an. »Nur, weil ein paar verzagte Angestellte, und das schließt Caroline mit ein, sich mit Veränderungen schwertun, gebe ich doch nicht klein bei. Außerdem habe ich Partner! Das Projekt wird für *beide* Seiten von Nutzen sein. Auch wenn die eine Seite das noch nicht so sieht. Komm, laß uns in die Küche gehen. Ich mache Kaffee. Dann kann ich dir mehr darüber erzählen.«

Beim Kaffee erklärte Jennifer Beatrice die Situation mit ähnlichen Worten, wie sie es beim gemeinsamen Essen mit Caroline getan hatte. Beatrice hörte Jennifers Ausführungen aufmerksam zu, machte sich Notizen. Am Ende meinte sie: »Hört sich für mich wie eine durchdachte Maßnahme an. Die Stadt profitiert vom Verkauf. Der Käufer weiß, worauf er sich einläßt. Mit einem motivierten Team kann das Krankenhaus sich in zwei, drei Jahren in die schwarzen Zahlen arbeiten.«

»Ja, du sagst es. Nur, wenn ich Caroline höre, ist das Team weit entfernt davon, motiviert zu sein. Die ganze Sache wird noch ziemlich haarig werden. Aber das kenne ich schon von der letzten Übernahme. Bei der Klinik in Köln gab es ähnliche Schwierigkeiten.«

»Und gab es da nicht auch diese nette Ärztin, wie hieß sie doch gleich – Maren Schneider?« Beatrice' Beruf brachte es mit sich, daß sie ein phänomenales Gedächtnis für Namen hatte.

»Ja die gab es.« Jennifer senkte den Kopf. An Maren erinnerte sie sich noch gut. Sie war an der Klinik die stärkste Gegnerin der Privatisierung gewesen, hatte aus ihrer Meinung keinen Hehl gemacht. Genau deshalb hatte Jennifer sich Maren als Vertreterin für das Krankenhaus in das Projektteam geholt, das die neuen Maßnahmen nach der Übernahme durchsetzen sollte. Sie rechnete natürlich mit Marens Widerstand, doch rechnete sie auch damit, ihn über kurz oder lang zu brechen. Gelang ihr das, würden die anderen Widersacher ebenfalls aufgeben. Ihr Plan ging auf. Maren konnte sich auf Dauer ihren Argumenten nicht verschließen. Und erst recht nicht Jennifers wohldosierten Komplimenten. Die Affäre mit Maren hatte acht Wochen gedauert. Genau die Zeit, die Jennifer brauchte, sie auf ihre Seite zu ziehen. Als sie Marens Widerstand gebrochen hatte, war die Luft raus. Jennifer seufzte. Maren fühlte sich natürlich hintergangen und war seither nicht besonders gut auf sie zu sprechen. Und irgendwie hatte sie recht damit, fügte Jennifer zum ersten Mal ans Ende ihrer Überlegungen zu Maren an.

»Und war sie nicht anfangs auch skeptisch gewesen, was die Übernahme betraf? Aber du hast sie von deinen Plänen überzeugt. Mit den dir eigenen Methoden ...« Beatrice schaute Jennifer mißbilligend an. »... vermute ich.«

Jennifer zuckte jetzt mit den Schultern. »Das Ergebnis ist, was zählt.«

Beatrice hob die Augenbrauen. »Heißt das, du hast für die neue Übernahme ähnliches vor? Diesmal mit Caroline? Wirklich Jennifer, manchmal bist du mir unheimlich. Zählt denn gar nicht, was die Frau für dich getan hat?«

»Ich beabsichtige kein solches Manöver, wenn dich das beruhigt.«

»Wirklich nicht?«

»Nein.«

»Du siehst mich überrascht. Mir drängte sich gerade der Eindruck auf, sie gefällt dir.«

»Tut sie auch.« Jennifer biß sich auf die Lippe. Das hätte sie lieber nicht sagen sollen. Beatrice würde sofort ...

»Wenn ich mal ausschließe, daß du plötzlich dein Interesse an Frauen verloren hast, dann ... glaube ich, du bist krank. Oder schlimmer: Du *magst* sie wirklich.«

... vermuten, daß was dahintersteckte. Obendrein rutschte Jennifer heraus: »*Sie* mag mich aber ganz und gar nicht.« Statt einfach das Gegenteil zu behaupten.

Nun lachte Beatrice laut heraus. »Nicht zu fassen. Dein Ego ist gekränkt! Du schmollst!«

»Quatsch.«

»Seit wann hält es dich ab, wenn dir eine Frau einen Korb gibt?«

»Es hat mich nicht abgehalten. Wenn du es genau wissen

willst, wir fuhren zu meinem Haus am Strand und, nun ja, den Rest kannst du dir wohl denken.«

»Zu deinem Haus am Strand? Wow, du hast dir viel Mühe gegeben. Mit mir bist du nur ins Hotel gegangen.«

»Du hattest es eilig«, erinnerte Jennifer Beatrice.

Die grinste. »Stimmt.« Dann besann Beatrice sich auf das Thema zurück. »Jetzt verstehe ich aber eines nicht: Woher kommt deine schlechte Laune? Du wolltest Caroline, du hattest sie. Du wolltest das Krankenhaus. Die Tatsache, daß mich mein Chefredakteur zu dir schickt, um über die Zukunft der Einrichtung zu berichten, zeigt mehr als deutlich, wen alle als Käufer sehen. Also sag mir: Was fehlt?«

Jennifer sah Beatrice nur an. *Eine verdammt gute Frage.* Sie hätte gern sebst eine Antwort darauf gewußt.

11.

Ich habe keine Zeit für eine Journalistin«, sagte Caroline in den Hörer zur Kollegin von der Rezeption. »Sagen Sie Frau Sasse, sie soll sich an Herrn Hausfeld wenden. Der Verwaltungsdirektor ist über die ganze Verkaufschose viel besser informiert.« Sie legte auf.

Beatrice Sasse stand also am Eingang. So, so.

Caroline hatte den Namen nicht vergessen, wußte genau, wer die Frau war: Jennifers falsches Alibi, die Ex-Frau des Kommissars, und eine frühere Geliebte Jennifers. Und, wie sich gerade herausstellte, Journalistin.

Hatte Jennifer sie geschickt? Sollte Beatrice Sasse, unter dem Vorwand eines Interviews, für Jennifer die Lage sondieren? Gut Wetter machen?

Caroline schüttelte den Kopf. Nein. Jennifer schickte niemanden vor. Sie würde selbst kommen, wenn sie Antworten wollte. Ihr letztes Gespräch war auch von so privater Natur gewesen, es eignete sich selbst für Jennifer *Ich-stehe-über-den-Dingen* Feiler nicht, andere da mit hineinzuziehen. *Andererseits, was weißt du denn, wie Jennifer es meinte, als sie sagte, sie wolle noch eine Nacht mit dir?*

Zwei Minuten später war sie wahrscheinlich schon so weit, daß sie dachte: Ob mit der einen oder der anderen, was machte das schon. Vielleicht war Beatrice in den Genuß gekommen, Jennifers Verlangen zu stillen und wollte sich jetzt nur mal ansehen, für wen sie eingesprungen war.

Caroline spürte, wie sie sich bei dem Gedanken innerlich verkrampfte. Ihre Stimme klang daher auch belegt, als sie auf das Klopfen an der Tür mit »Herein« antwortete.

Eine nicht sehr hochgewachsene, aber sportlich aussehende Frau betrat ihr Büro. Schwarzes, kurzes, ungebändigtes Haar, aufmerksam blickende Augen. Als die Frau näherkam, entschied Caroline, daß sie grün waren.

»Was kann ich für Sie tun?« fragte Caroline.

»Beatrice Sasse«, stellte sich die Frau vor.

Caroline, die sich erhoben hatte, um die Frau zu begrüßen, mußte sich bemühen, ihre Hand nicht sofort wieder fallenzulassen, sondern sie Beatrice Sasse zu reichen, trotz des plötzlichen Abwehrgefühls in sich. Ebenso wie sie sich bemühen mußte, nicht in ihren Sessel zu plumpsen, sondern sich ganz normal und gelassen wieder hinzusetzen. Und nicht zuletzt ihrer Stimme einen freundlichen Ton zu geben, als sie mitteilte: »Ich sagte doch schon, daß ich in der Angelegenheit nicht die richtige Ansprechpartnerin bin.«

Beatrice setzte sich und lächelte. »Ich habe in einer Stunde einen Termin mit Herrn Hausfeld und wollte die Zeit vorher nutzen, um mit Ärzten und Pflegepersonal zu reden. Deren Meinung zum bevorstehenden Verkauf hören, die Stimmung einfangen.« Beatrice musterte Caroline aufmerksam. Eine schöne Frau. Mit viel Beherrschung. Sie ließ sich ihre Distanziertheit kaum anmerken. Doch als geübte Beobachterin entgingen Beatrice die winzigen, untrügerischen Zeichen nicht: erzwungenes Lächeln, starre Körperhaltung, wachsamer Blick.

»Und da kommen Sie ausgerechnet zu mir?«

Beatrice' Lächeln wurde eine Spur intensiver. »Sie haben recht. Ich war neugierig auf Sie. Jennifer hat mir von Ihnen erzählt . . .«

Nach der Erwähnung von Jennifers Namen versteifte sich Caroline endgültig. Das angedeutete Lächeln verschwand aus ihrem Gesicht.

»Nur Gutes natürlich«, fügte Beatrice schnell hinzu.

»Ach ja? Und welcher Teil war das?« fragte Caroline unbehaglich. Gehörte Jennifer zu allem Übel auch noch zu den Frauen, die ihre Eroberungen vor ihren Ex-Affären ausbreiteten? Wenn sie besagte Ex-Affäre gerade auffrischte?

Beatrice schüttelte den Kopf. »Keine Angst. Jennifer prahlt nicht mit ihren . . .« Beatrice stoppte.

». . . Eroberungen. Sprechen Sie es ruhig aus.«

»Na ja. Wie auch immer. Sie redet jedenfalls nicht viel darüber.«

»Das soll ich glauben?«

Beatrice lächelte so beruhigend wie möglich. Was aber keine Entspannung bei Caroline bewirkte. Beatrice zählte eins und eins zusammen. Jennifer und Caroline hatten ganz offensichtlich Probleme miteinander. Und da die Ärztin sich so verschloß, waren diese Probleme nicht beruflichen Diskrepanzen geschuldet. Da waren Gefühle mit im Spiel. Verletzte Gefühle.

Beatrice mahnte sich zur Zurückhaltung. *Bleib bei deinem Artikel und erwähne Jennifer so wenig wie möglich.*

»Wie gesagt, mich interessiert, wie Ärzte und Pflegepersonal über die bevorstehenden Veränderungen denken. Die Reaktionen sind ja, wie ich hörte, eher skeptisch.«

»Was angesichts der vorherrschenden Informationsleere niemanden verwundern kann. Es ist die Ungewißheit, die den Menschen am meisten zu schaffen macht. Das wissen Sie als Journalistin doch sicher.«

»Ja, das ist mir nicht neu. Aber mich wundert, daß Sie von Informationsleere sprechen. Als der Stadtrat den Verkauf des Krankenhauses beschloß, erschien gleich am nächsten Tag ein ausführlicher Artikel in der Zeitung, in dem die Interessen der Centrum Klinik AG erklärt wurden.«

»Nun, dann wissen wir ja schon mal, was einer der Haifische vorhat. Aber davon schwimmen ja wohl mehrere im Becken«, erwiderte Caroline ironisch.

Beatrice winkte ab. »Ich habe den Eindruck, es ist nur noch eine Formalität. Der Stadtrat wird das Angebot der Centrum Klinik AG, na sagen wir mal, mit größtem Wohlwollen prüfen.«

»Jennifer ist sich da wohl nicht so sicher. Sie bat mich immerhin, ihre Angebotsunterlagen zu prüfen. Und es schien mir nicht, daß das nur ein Vorwand war.«

»Sie meinen, es gibt andere Anbieter, die in Betracht kommen?« Beatrice' Interesse war geweckt.

»Muß es wohl. Warum sonst sollte Jennifer mich dazu bringen wollen, Informationen beizutragen, die ihr unzugänglich waren. Sie dachte doch tatsächlich, ich würde mich als Spionin einspannen lassen.«

Carolines Verärgerung war unüberhörbar.

In Beatrice' Kopf formte sich langsam ein Bild. Einmal darüber, was Caroline so gegen Jennifer aufbrachte, und zum anderen darüber, daß es wohl einen ernstzunehmenden Konkurrenten gab, der ebenso am Kauf des Krankenhauses interessiert war wie das Konsortium, dem Jennifers Firma angehörte. Beim Versuch, diesem Konkurrenten ein Schnippchen zu schlagen, hatte Jennifer sich bei Caroline mächtig in die Nesseln gesetzt. Deshalb war Caroline sichtbar schlecht auf Jennifer zu sprechen, und Jennifer – schien das tatsächlich etwas auszumachen. *Na sieh mal einer an.*

Eine nicht ganz uninteressante Frage, die sich Beatrice stellte, war: Fing Jennifer mit Caroline etwas an, um sie leichter benutzen zu können, oder wollte Jennifer Caroline benutzen, weil sie dachte, das wäre kein Problem, wo sie nun mal was mit ihr angefangen hatte?

Carolines Reaktion zeigte Beatrice, daß die Ärztin sich diese Frage wohl auch gestellt hatte. Und leider gab es, egal wie man es drehte und wendete, nur eine Erkenntnis: Benutzt wurde sie so oder so. Das kränkte die Ärztin verständlicherweise.

»Tja«, sagte Beatrice. »So ist Jennifer, leider. Ein Riesentrampeltier. Aber sie hat auch ihre guten Seiten. Sie werden sich daran gewöhnen.«

»Ich habe nicht die Absicht, mich an sowas zu gewöhnen!« sagte Caroline steif. »Das habe ich Jennifer auch klargemacht.«

Falls Beatrice es nicht schon erraten hätte, bekam sie hier die Bestätigung. Jennifer war so übelgelaunt gewesen, weil Caroline ihr die Meinung gesagt hatte. Das ärgerte Jennifer. Aber das nicht allein. Wie es aussah, hatte es Jennifer auch – o Wunder – getroffen. Nicht nur in ihrer Eitelkeit, sondern richtig, in ihrem Inneren. Da hatte Caroline etwas erreicht, was vor ihr, soweit Beatrice bekannt, noch keiner Frau gelungen war.

Sollte sie Caroline das sagen? So, wie die Ärztin im Augenblick drauf war, würde es kaum etwas nützen. Außerdem waren die beiden ja wohl alt genug, um ihr Problem allein in den Griff zu bekommen.

Beatrice hob bedauernd die Hände, stand auf und verabschiedete sich freundlich von Caroline. »Danke, daß Sie mir Ihre Zeit gewidmet haben.«

Sie verließ Caroline, machte einen Abstecher in die Kantine und sortierte ihre Notizen. Beatrice' Interesse galt vor allem einem: dem Konkurrenzunternehmen. Wer war der andere Anbieter? Mit keinem Sterbenswort hatte Jennifer den erwähnt. Aber vor allem: Warum blieb dieser Konkurrent selbst bisher im Verborgenen? Hatte er denn kein Interesse daran, sich der Öffentlichkeit zu präsentieren? Mit Versprechungen Sympathien zu sammeln, wie es alle taten?

Beatrice' Instinkt sagte ihr, daß hier etwas nicht stimmte.

Sie nahm ihr Handy, drückte die Nummer des Chefredakteurs. »Ich brauche einen Termin beim Bürgermeister, heute noch, so schnell wie möglich. Kriegen Sie das hin?« Er versprach es.

Das Gespräch mit dem Verwaltungsdirektor vermittelte Beatrice den Eindruck, daß dieser, gewöhnt mit Zahlen zu rechnen, der Privatisierung des Krankenhauses sehr viel positiver gegenüberstand als der Rest der Belegschaft. Endlich mal ein Realist, würde Jennifer sagen.

Als Beatrice eine Viertelstunde später das Gespräch mit Hausfeld beendete, meldete sich ihr Chefredakteur mitten in die Verabschiedung hinein. »Wenn Sie sich ranhalten, schaffen Sie es. Der Bürgermeister hat in einer Stunde einen Termin mit irgendeinem Ausschuß, will Ihnen aber gern vorher ein paar Minuten geben. Er weiß, es geht um das Krankenhaus, und da er wilde Spekulationen in der Öffentlichkeit vermeiden will, quetscht er Sie dazwischen.«

Beatrice beeilte sich zu ihrem Wagen zu kommen und fuhr zum Rathaus. Die Sekretärin wußte schon Bescheid und meldete sie gleich an.

»Ja, es wird ein zweites, ernstzunehmendes Übernahmeangebot geben«, eröffnete Ralf Dalberg Beatrice. »Die Corad AG hat deutliches Interesse signalisiert. Eine Klinikgruppe, die leider sehr bekannt dafür ist, daß sie kleine Krankenhäuser wie das unsere nur aufkauft, um schnell und komplikationslos unliebsame Konkurrenz auszuschalten«, klärte er sie weiter auf.

»Deshalb tritt Corad auch nicht an die Öffentlichkeit«, schlußfolgerte Beatrice. »Dann droht dem Projekt ja unter Umständen ein sehr drastisches Ende.«

»Das können Sie wohl sagen. Die Angriffe, denen Frau Feiler ausgesetzt ist, machen es nicht leichter. Gott sei Dank ist die Frau hartgesotten. So manches Mal habe ich ihretwegen geflucht. Dieses Mal hat sie allerdings meine volle Unterstützung.«

Beatrice verließ das Büro des Bürgermeisters. Jetzt würde sie mit Jennifer ein Hühnchen rupfen. Sie mußte ihr Rede und Antwort stehen. Wieso verschwieg Jennifer den Konkurrenten? Man konnte der Corad AG doch ganz einfach vor den Karren fahren, wenn man deren Absichten in einem Artikel offenlegte.

»Wozu hast du denn eine Journalistin als Freundin?« fragte Beatrice verschmitzt, als sie Jennifer in deren Büro gegenübersaß. »Warum hast du mir nichts von der Corad AG gesagt? Ich kann dich als rettenden Engel hinstellen. Seit wann scheust du positive Publicity?«

Jennifer schwieg.

»Was ist?« drängelte Beatrice.

»Ich bitte dich, Corad in deinem Artikel nicht zu erwähnen«, erwiderte Jennifer mit ernster Miene. »Ich kann es nicht brauchen, daß Corad sich in irgendeiner Weise veranlaßt sieht, den Kaufpreis seines Angebotes zu erhöhen. Zum Beispiel, weil sie sich gezwungen sehen, den Leuten den Blick auf die kaum bestreitbaren Schließungsabsichten zu verkleistern.«

Beatrice schnallte sofort, was Jennifer, wenn auch sehr versteckt, andeutete. »Heißt das, du kennst den Angebotspreis von Corad?«

»Sagen wir mal so. Ich habe eine ungefähre Ahnung.«

»Woher?«

»Das kann ich dir nicht sagen.«

»Du willst doch nicht, daß ich bei Corad herumstochere, um herauszufinden, wer dort für dich den Maulwurf spielt. Also sag es lieber. Ich will nur mit demjenigen reden. Mir die Absichten Corads bestätigen lassen.«

»Wozu, wenn du nicht darüber schreibst?« meinte Jennifer lakonisch.

»Für später, wenn der Verkauf unter Dach und Fach ist.« Beatrice grinste. »Dann kannst du doch nichts mehr dagegen haben, daß ich Corad als Konkurrenten oute. Einen von dir geschlagenen Konkurrenten. Zum Glück für die Stadt! Das bringt dir jede Menge Punkte.« Ihr Gesicht strahlte den Satz aus: Na, wie bin ich zu dir?

»Nicht nötig«, lehnte Jennifer ab.

»Seit wann so bescheiden? So kenne ich dich ja gar nicht.« Beatrice stutzte. »Ist da was, was du mir verheimlichst? Etwas, das eine Story werden kann? Dann raus damit. Du weißt, du schuldest mir noch einen Gefallen. Und nun biete ich dir noch gratis Beliebtheitspunkte. Da könntest du ja mal ein bißchen aus dir herauskommen und dich revanchieren.«

Jennifer seufzte. Das war ja das Problem. Sie erinnerte sich sehr gut, wie sie Beatrice, als die ihr das Alibi gab, hoch und heilig hatte schwören müssen, daß sie den ganzen Abend bei Sarah gewesen war. Wie konnte sie ihr da jetzt sagen, daß sie an dem Abend Frey aufgesucht hatte, um mit ihm ein Geschäft zu machen, das dem Konsortium den Zuschlag in der Krankenhaussache sichern sollte?

Frey war anfangs natürlich absolut unzugänglich gewesen, sagte ihr ins Gesicht, er würde die Angebotsdaten des Konsortiums an Corad verkaufen, egal, was sie ihm bot. Es wäre ihm auch ein Vergnügen, Jennifers Partner darüber aufzuklären, wessen Leichtsinn es zu verdanken war, daß das Geschäft platzte. Erst als Jennifer Frey darüber aufklärte, warum sie dessen Bank übernehmen konnte, wer sie eigentlich auf die Idee gebracht hatte, hörte Frey ihr überhaupt zu. Die Tatsache, daß Rainer Birch, ehemaliger Kompagnon Freys, sich hatte auszahlen lassen und diese Information teuer an sie, Jennifer, verkauft hatte, war nämlich Auslöser des Ganzen gewesen. Sonst wäre sie doch nie auf die Idee gekommen, das Bankhaus Frey auf ihre »Wunschliste« zu setzen. Von Birch wußte Jennifer, daß Freys Kapitaldecke durch die Auszahlung dünn wie Papier war. Das ermöglichte Jennifer, deren Firmengruppe auch auf dem Finanzmarkt tätig war, mit den richtigen Konkurrenzangeboten das Bankhaus Frey innerhalb kürzester Zeit in arge Bedrängnis zu bringen. Sie tat es, und Frey blieb am Ende nichts übrig, als zu verkaufen.

Markus Frey hielt Birch bis zu dem Augenblick, da er von Jennifer die Zusammenhänge erfuhr, für seinen Freund. Er wollte Jennifer zunächst nicht glauben, aber die versorgte ihn mit weiteren Details, die Birch ihr überlassen hatte, und schließlich mußte Frey einsehen: Birch hatte ihr Freys Unternehmen auf einem silbernen Tablett serviert. Hätte sie da nein sagen sollen? Birch wäre zu jemand anderem gegangen, und der hätte sich den Braten geschnappt.

Für diese Information ging Frey den Deal mit ihr ein. Kein billiger Deal. Aber das war Jennifer egal. Sie vereinbarten, daß Frey Corad falsche Daten verkaufte. Daten, die einen niedrigeren Angebotspreis auswiesen. Der Konkurrent würde sich etwas über diesen legen und sich damit in Sicherheit wiegen. In falscher Sicherheit.

Jennifer wußte, wenn sie Beatrice jetzt davon erzählte, würde die sie auf der Stelle lynchen. Beatrice reagierte sehr empfindlich auf Lügen, erst recht, da sie Jennifer ja ihr Versprechen abgenommen hatte.

Aber Jennifer wußte auch, sie konnte ebensowenig riskieren, daß Beatrice nach diesem Gespräch losging und in ihrer unbefriedigten Neugier bei Corad rumschnüffelte. Beatrice war Journalistin. Es war ihr Job, etwas zu finden, worüber es sich zu schreiben lohnte. Mit Corad hatte sie etwas gefunden. Beatrice zu sagen sie solle es lassen, soll nicht darüber schreiben, ohne ihr die Hintergründe zu erklären – das war aussichtslos.

Da hast du dich ja in was Schönes reinlaviert, Jennifer.

»Also gut«, gab sie sich geschlagen. »Hör zu. Ich weiß, was Corad anbieten wird. Ich sage dir aber gleich, es wird dir nicht gefallen, wenn du erfährst woher.«

Jennifer begann stockend zu erzählen. Von Sarah, dem eingeschleusten Computervirus, Freys Rolle in dem Spiel und schließlich von der Vereinbarung mit ihm.

Beatrice schüttelte fassungslos den Kopf. »Du warst an dem Abend bei Frey?« wiederholte sie immer wieder.

Jennifer beteuerte: »Als ich ging, war Frey quicklebendig!«

Um Beatrice' Aufmerksamkeit von ihrer Lüge wegzulenken, zeichnete Jennifer mögliche Konsequenzen auf, für den Fall, Beatrice würde all dies, oder auch nur einen Bruchteil davon, in einem Artikel veröffentlichen.

»Wenn du die Corad AG in deinem Artikel erwähnst und sie damit zwingst, sich zu zeigen, ist nicht vorherzusehen, wie man dort reagiert. Sehr wahrscheinlich aber wird es zu einem Machtkampf zwischen Corad und Centrum Klinik kommen. Corad steht finanziell stärker da, denn dort plant man keine teuren Modernisierungsmaßnahmen. Da kann man leicht ein oder zwei Millionen im Angebotspreis drauflegen. Es gibt Leute im Stadtrat, die bei der Vergabe von Projekten nur auf den Preis sehen. Nicht gerade wenig Leute. Wenn du Corad in das Interesse der Öffentlichkeit rückst, könnte dies das Ende für das Krankenhaus bedeuten.«

Jennifer brach ab. Eine Pause entstand.

»Beatrice?« fragte Jennifer nach einer Weile atemlos. »Was wirst du tun?«

Beatrice tat sich immer noch schwer, die Flut an Neuigkeiten zu verarbeiten. Sie kannte Jennifer und wußte, glaubte zu wissen, daß sie manchmal zwar eine rücksichtslose, aber immer eine ehrliche Frau war. *Die dich belogen hat, als sie ein Alibi brauchte.* Wie weit konnte sie Jennifer also glauben?

Zumindest, das bestätigte Beatrice' Gespräch mit dem Bürgermeister, daß Corad ein ernstzunehmender Konkurrent im Tauziehen um das Krankenhaus war. Und daß Corad sich schon mehrmals dadurch hervorgetan hatte, kleine Kliniken zu kaufen und zu schließen.

Beatrice schaute Jennifer eindringlich an. »Gut«, sagte sie.

»Ich werde Corad nicht erwähnen.« Sie machte eine Pause. Atmete tief durch. »Aber wir beide sind noch nicht fertig, meine Liebe«, fuhr sie dann nachdrücklich fort. »Gnade dir Gott, wenn sich herausstellt, du hast was mit Freys Tod zu tun. Dann sorge ich persönlich dafür, daß du fällst. Und richtig hart aufschlägst. Verlaß dich drauf.«

Daß Beatrice ihre Worte ernstmeinte, daran zweifelte Jennifer nicht eine Sekunde. »Wie weit sind denn die Ermittlungen gekommen? Hast du was gehört?« fragte sie vorsichtig.

»Nein. Aber das finde ich ganz schnell heraus. Du hörst von mir.« Beatrice stand auf, schniefte erbost und ließ Jennifer mit der Ahnung zurück, daß sie diesmal zu weit gegangen war.

12.

Beatrice hatte Sarah Wagner damals auf dem Polizeirevier nur flüchtig gesehen. Und daß es sich um Sarah handelte, hatte sie auch erst später erfahren.

Beatrice fing an dem Tag einfach den Blick einer Frau auf, die ein Kollege ihres Ex-Mannes an ihr vorbei aus dem Vernehmungsraum führte, in den man sie hineingebeten hatte.

Beatrice klingelte an Sarahs Wohnungstür. Sie fühlte eine gespannte Erwartung in sich. Wie würde Sarah auf ihren Besuch reagieren? Würde sie sich schützend vor Jennifer stellen? In bedingungslosem Vertrauen? Oder würde Sarah den gleichen Wunsch haben wie sie, Beatrice, und wissen wollen, was an dem Abend passiert war, bevor Jennifer zu Sarah gekommen war?

Die Tür wurde geöffnet. »Ja?« fragte eine angenehm sanfte Stimme.

»Beatrice Sasse«, stellte Beatrice sich vor. »Ich bin . . .« Beatrice zögerte. In welcher Eigenschaft war sie hier? Wie sollte sie sich vorstellen? Als Journalistin? Als Jennifers Freundin?

Sarah lächelte. »Ich weiß, wer du bist. Dein Mann war außer sich, als du Jennifer das Alibi gegeben hast.«

»Wir sind geschieden«, stellte Beatrice klar.

»Ja, ich weiß. Komm rein«, bat Sarah Beatrice in die Wohnung. »Möchtest du einen Tee oder Kaffee?«

»Danke, ein Tee wäre nett.«

Beatrice folgte Sarah in die Küche, die sehr klein, aber tiptop aufgeräumt war. Das nahm der Enge den bedrückenden Eindruck. Beatrice griff sich einen der beiden Stühle, die an dem höchstens einen Quadratmeter Fläche bietenden Küchentisch standen. Sarah hantierte mit Wasserkocher, Teekanne und Tassen.

Aus Sarahs fehlender Neugierde folgerte Beatrice, daß die auf ihren Besuch vorbereitet war. Jennifer hatte sie wohl angerufen und vorgewarnt. Beatrice schaute Sarah bei ihren Aktivitäten zu, bis ihr bewußt wurde, daß sie die junge Frau etwas zu neugierig betrachtete.

Sarah, die sich in diesem Moment umdrehte, um Beatrice zu fragen, ob sie Zucker in den Tee nahm, begegnete genau diesem Teil, der über die Neugier hinausging. Ihr »Zucker?« geriet deshalb etwas verlegen.

Beatrice nickte und ermahnte sich zur Zurückhaltung. Immerhin war Sarah Jennifers aktuelle Freundin. Nein, war da nicht diese Ärztin, die Jennifer im Moment beschäftigte? Was aber nicht heißen mußte, daß Jennifer und Sarah nicht gelegentlich ... Beatrice Gedanken verzettelten sich bei dem Versuch, die Verhältnisse zu analysieren.

Sarah setzte sich Beatrice gegenüber, stellte die kleine Teekanne mit dem frisch gebrühten Aufguß zwischen sie und schaute Beatrice an. Immer noch sagte Sarah nichts, lächelte nur.

Endlich begriff Beatrice, daß Sarah einfach darauf wartete, daß sie anfing. Beatrice räusperte sich. »Ich muß dich etwas zu dem bewußten Abend fragen. Und ich möchte dich bitten, mir eine ehrliche Antwort zu geben.« Beatrice merkte selbst, wie blöd das klang. Wie wollte sie denn einschätzen, ob Sarahs Antwort ehrlich war oder nicht? Sie kannte sie gerade erst fünf Minuten, wußte nicht, was Sarah für ein Mensch war. Die konnte einen noch so netten Eindruck machen.

»Das klingt sehr bedeutungsvoll«, meinte Sarah.

»Ist es auch.« Beatrice lächelte schief. »Ich gab Jennifer das

Alibi, weil sie mir hoch und heilig geschworen hatte, den ganzen Abend mit dir zusammen gewesen zu sein. Jetzt hat sie mir eröffnet, daß das nicht stimmt. Sie war zwar bei dir, aber vorher bei Frey. Als sie ging, war er wohlauf, sagt sie.«

Sarah entfernte den Teefilter aus der Kanne und goß ein. »Ja«, sagte sie schlicht. Und versetzte Beatrice mit den Worten in Erstaunen: »Ich glaube ihr. Auch wenn in ihrer Beichte ein Loch klafft.«

»Das spricht für deine Loyalität«, meinte Beatrice. »Aber woher nimmst du die Sicherheit?«

Sarah zuckte mit den Schultern. »Jennifer war zwar nervös, als sie an dem Abend zu mir kam. Aber nicht wie ...«

»... als hätte sie gerade jemanden getötet?« Beatrice machte eine kleine Pause. »Wie wirkt denn so jemand?« fragte sie dann, um Sarah vor Augen zu halten, daß das wohl kein Maßstab sein konnte.

»Wir reden nicht von jemand, wir reden von Jennifer«, erwiderte die jedoch. Was Beatrice so auffaßte, daß Sarah Jennifer so etwas generell nicht zutraute.

Na schön, sie selbst tat das ja eigentlich auch nicht. Aber andererseits ... »Wir wissen doch beide, daß Jennifer gewohnt ist, mit harten Bandagen zu kämpfen. Frey hatte ihr ganz schön einen reingewürgt.«

»Jennifer kämpft mit harten Bandagen. Und sie weiß, gelegentliche Niederlagen gehören zum Kampf dazu. Ihr Motto dazu lautet: Nicht wer hinfällt verliert, sondern wer liegenbleibt«, erwiderte Sarah.

Beatrice nickte. Ja, das stimmte. Aber ein kleiner Rest Zweifel blieb doch. Und diesen Zweifel mußte sie loswerden.

»Wie kam es eigentlich dazu, daß Frey dich engagiert hat?« wechselte sie das Thema. Beatrice wollte mit der Frage demonstrieren, daß Jennifer sie ins Vertrauen gezogen hatte und Sarah ihr ebenso vertrauen konnte. Zu spät fiel Beatrice auf, daß für Sarah dieser Teil der Geschichte wohl eher unangenehm war.

»Oh, davon weißt du?« Sarah schaute jetzt auch sehr betreten drein.

Erst Sarahs Loyalität, nun ihre Verlegenheit – Beatrice gefiel, was sie sah. Aber Sarah war offensichtlich immer noch in Jennifer verknallt. So, wie die sich für Jennifer einsetzte.

»Ich bin private Ermittlerin«, erklärte Sarah. »Frey kam in mein Büro. Er suchte jemanden mit Geschick in einer heiklen Angelegenheit. Einer nicht ganz legalen, aber dafür gerechten Sache, wie er sagte. Meine kleine Firma leidet unter einem Auftragsdefizit. Ich konnte es mir nicht leisten, mir zu viele Gedanken zu machen. Das andere, also das mit Jennifer, kam irgendwie ... weiß nicht. Es ging jedenfalls weiter als ursprünglich geplant.«

Beatrice lächelte Sarah zu. Es sollte soviel bedeuten wie: Ja, Jennifer ist in all ihren Facetten eine faszinierende Frau. Es ist schwer, sich ihr zu entziehen.

Sarah erwiderte verlegen Beatrice' Blick. Wobei sie verwirrt feststellte, daß Beatrice Sasse mindestens ebenso faszinierend war wie Jennifer, nur daß die Augen der Frau, die ihr gegenübersaß, wärmer waren. Woraus sie schloß, daß Beatrice Sasse in ihrem Inneren empfindsamer sein mußte. Denn woher sollte diese Wärme kommen, wenn nicht von innen? Das hatte sie bei Jennifer immer vermißt. Wärme.

»Private Ermittlerin? So, so«, hörte Sarah Beatrice sagen. »Schon mal daran gedacht, einen Mordfall aufzuklären?«

»Macht das nicht die Polizei?«

»Bisher ohne Ergebnis.«

»Wie soll ich das dann schaffen? Und was soll das bringen?«

Beatrice schmunzelte. »Jetzt, wo du eine Journalistin kennst – einen enormen Bekanntheitsgrad. Darüber hinaus ein gutes Honorar, wenn du mir die Rechte an der Geschichte zusicherst.«

»Ist das dein Ernst?«

»Ja. Hast du in deinem Büro ein Vertragsformular?«

»Aber ja.«

»Na, dann laß uns losfahren.«

»Fahren?« Sarah gluckste. »Das lohnt nicht. Komm mit.«

Sarahs führte Beatrice in ihr »Büro«, einem Schreibtisch im Wohnzimmer und griff zielsicher in einen der Ablagekörbe. »Bitte. Lies alles in Ruhe durch und sag, ob es in Ordnung ist.«

Beatrice überflog die zwei Seiten, nickte und unterschrieb.

»Damit bist du offiziell engagiert.« Sie lächelte und konnte sich nicht verkneifen hinzuzufügen: »Und für diesen Auftrag braucht es nicht solchen Körpereinsatz wie bei deinem letzten.«

Sarah wurde knallrot. »Es war nie was wirklich Ernstes mit Jennifer und mir.«

Beatrice kniff leicht die Augen zusammen. *Vielleicht nicht von Jennifers Seite, aber von deiner?* Laut sagte sie: »Es ist nie etwas Ernstes zwischen Jennifer und wem auch immer. Aber wie dem auch sei, Hauptsache, du bewahrst bei deiner Arbeit einen klaren Blick.«

»Das tue ich, verlaß dich drauf.«

»Gut. Was hältst du davon, wenn du – sagen wir in zwei Tagen – mir die ersten Ergebnisse deiner Recherchen präsentierst? Beim Abendessen?« schlug Beatrice vor. Irgendwie schade, daß Sarah so offensichtlich noch an Jennifer hing, dachte sie dabei. Und Bedenken kamen ihr. War Sarah unter diesen Umständen wirklich die Richtige für die Ermittlungen? Sie war doch deutlich befangen. Und jetzt lief sie schon wieder rot an. Warum das denn nun?

Na, dreimal darfst du raten, Beatrice. Wie würde es dir gefallen, mit der Ex-Freundin deiner Angebeteten zu Abend zu essen?

Beatrice sah sich eingedenk dieser Überlegung genötigt, Sarah einen Ausweg anzubieten. »Oder hast du schon was anderes vor? Dann komme ich einfach nur bei dir vorbei.« Jetzt war es ganz leicht für Sarah, irgendeinen Vorwand zu nennen, warum sie nicht mit ihr Essen gehen konnte.

»Nein«, nahm Sarah die Einladung zu Beatrice' Verwunderung jedoch an. »Wann und wo?« Sarah wollte gelassen geschäftlich klingen. Durch die freudige Aufregung über den plötzlichen Auftrag saß ihr jedoch ein Frosch im Hals, der die Frage eher krächzend herauskommen ließ.

Dadurch kam bei Beatrice der Eindruck an, Sarah wäre nicht besonders glücklich über die Einladung. *Aber dann hätte sie doch ablehnen sollen.* Beatrice zuckte mit den Schultern. »Schlag du was vor.«

»Die Pizzeria am Ende der Straße«, sagte Sarah. »Um sieben?«

»Abgemacht.«

Jennifer runzelte unzufrieden die Stirn. Irgendwie lief es in der letzten Zeit so gar nicht gut für sie. Der Diebstahl der Firmendaten durch Frey und ihre Verhaftung nach dessen Tod hatten einer Menge Projekten geschadet.

Nun begann Beatrice auch noch im Fall Frey herumzustochern. Was ging sie das an?

Jennifer dachte seufzend an die Ereignisse des Abends zurück, von denen sie Beatrice notgedrungen erzählt hatte. Und an die, die sie Beatrice immer noch verschwieg.

Sie fuhr mit ihrem Volvo gerade aus der Auffahrt von Freys Grundstück, da fiel ihr ein, daß sie noch eine wichtige E-Mail schicken mußte. Jennifer parkte den Wagen, schaltete den Laptop an und loggte sich ein. Da bemerkte sie im Rückspiegel einen Wagen, der sich langsam der Auffahrt näherte, aus der sie gerade gekommen war. Jennifer registrierte es eher beiläufig, meinte jedoch den Wagen zu kennen. Es war der von Rainer Birch.

Verfluchte Neugier, hatte sie sich seither schon tausendmal gesagt. Jedenfalls stieg sie aus ihrem Volvo, schlich sich zu Freys Haus, vor dem der VW Birchs parkte. Durch die hohen Fenster sah sie Frey, der sich mit Birch unterhielt. Es ging ziemlich heftig zu. Kein Wunder, jetzt wo Frey von Birchs folgenschwerer Indiskretion erfahren hatte.

Da tauchte eine dritte Person im Zimmer auf, Marianne Dalberg, die Frau des Bürgermeisters. Jennifer wußte, daß sie im Haus war. Marianne Dalberg war während Jennifers Gespräches mit Frey gekommen, und die Tatsache, daß Frau Dalberg nicht klingeln mußte, weil sie einen Schlüssel hatte und somit plötzlich vor ihnen stand, sagte alles. Die Frau des Bürgermeisters schien jetzt, etwa eine halbe Stunde später, allerdings angetrunken. Frey, offensichtlich verärgert darüber, daß seine Geliebte schon wieder in ein Gespräch platzte, fuhr sie an. Dann wandte er sich wieder Rainer Birch zu. Frau Dalberg trat ab, aber nur, um kurz darauf mit einer Waffe in der Hand zurückzukehren. Sie fuchtelte damit herum, hielt sie schließlich Frey hin, dann Birch. Jennifer ahnte nicht, weshalb.

Dann ging alles sehr schnell. Frey tat einen Schritt auf Marianne Dalberg zu, wollte ihr die Waffe abnehmen, und ein Schuß löste sich.

Frey brach zusammen.

Marianne Dalberg sank ohnmächtig zu Boden.

Birch behielt die Nerven, nahm ihr die Waffe weg, wischte sie ab und legte sie Frey in die Hand. Es sollte wohl wie Selbstmord aussehen. Immerhin, Freys Situation machte einen solchen verständlich. Birch zog die Dalberg mit sich aus dem Haus.

Jennifer vermutete, Birch hatte die verstörte Ehefrau beim werten Gatten abgeliefert. Die Spurensicherung hatte später die Möglichkeit eines Selbstmordes widerlegt. Sasse hatte sich Dank des immer noch unbekannten Zeugen alles so zusammengepuzzelt, daß er sie, Jennifer, als Verdächtige präsentiert hatte.

Dennoch hielt Jennifer es für das Klügste, von dem, was sie gesehen hatte, nichts zu erzählen. Die Beteiligten waren zu hochkarätig. Rainer Birch, der Baulöwe der Stadt und die Frau des Bürgermeisters. Wer würde ihr *das* glauben?

Jennifer verlegte sich lieber darauf, sich ein Alibi zu beschaffen. Der Mensch konnte schließlich nicht an zwei Orten zugleich sein. Das mußte auch Sasse akzeptieren.

Daß Beatrice jetzt anfing, ihre Nase in den Fall zu stecken, beunruhigte Jennifer sehr. Beatrice wußte ja nicht, wie brisant die Details waren. Daß alle in den Fall verwickelten Personen viel zu verlieren hatten. Wie würden sie reagieren, wenn Beatrice ihnen auf die Füße trat?

Am Ende bist du schuld, wenn Beatrice etwas passiert, weil du ihr wichtige Informationen verschweigst.

Jennifer runzelte die Stirn. Nein. In der letzten Zeit lief es gar nicht gut.

13.

Zum Diner des Bürgermeisters geladen zu werden, war für Jennifer nichts Ungewöhnliches. Alle Mitglieder des Stadtrats waren anwesend. Die anderen geladenen Gäste waren in der Regel Geschäftsführer oder Eigentümer von Firmen mit hoher wirtschaftlicher Bedeutung für die Region. Man kannte sich, sprach über erfolgreiche Geschäfte und versuchte Grundsteine für neue zu legen.

»Meine Frau fühlt sich heute leider nicht wohl«, begrüßte der Bürgermeister Jennifer. »Sie arbeitet zuviel. Treibt Raubbau mit ihrer Gesundheit. Ich sage ihr das jeden Tag, aber ...« Er hob vielsagend die Hände in die Höhe.

Jennifer hörte nur mit halbem Ohr hin. Marianne Dalberg mied die Öffentlichkeit. Das wunderte Jennifer nicht. Ebenso wie die wortreiche Erklärung des Bürgermeisters sie nicht über dessen Nervosität hinwegtäuschen konnte. Aber die war Jennifer egal. Ihre Aufmerksamkeit galt der Frau, die einige Meter weiter, von mehreren Rücken fast verdeckt, bei Hausfeld und einer anderen, wahrscheinlich dessen, Frau stand. Jennifer ließ einen verdutzten Bürgermeister stehen und ging zu der kleinen Gruppe.

»Guten Abend«, begrüßte sie Hausfeld.

»Frau Feiler«, erwiderte der Verwaltungsdirektor erfreut. »Guten Abend.«

Jennifer begrüßte freundlich Hausfelds Frau und dann die dritte im Bunde, Caroline. »Schön, dich zu sehen.«

Caroline nickte zurückhaltend, wollte sich Hausfeld zuwenden, ihr Gespräch mit ihm fortsetzen.

Doch Jennifer legte ihre Hand auf Carolines Arm und sagte: »Wenn du willst, mache ich dich mit einigen Leuten bekannt.«

Caroline unterdrückte ein Seufzen, lächelte gezwungen. »Warum nicht.« Sie ging mit Jennifer.

»Ich bin überrascht«, sagte Jennifer neben ihr. »Dich hätte ich hier nicht erwartet. Ich wußte nicht, daß du den Bürgermeister kennst.«

»Tue ich nicht. Und ehrlich, ich wäre lieber nicht hier.« Ob

Jennifer das auf sich bezog, überließ Caroline ihr. Fakt war, sie wäre wirklich lieber zu Hause. Die Aussicht, Jennifer hier zu treffen, hatte Caroline schon die ganze letzte Woche nicht behagt. Seit Hausfeld sie von der Einladung zum Diner informiert hatte.

Jennifer blieb stehen. »Ich freue mich jedenfalls, dich zu sehen.« Ein schuldbewußtes Lächeln. »Daß es dir da anders geht, weiß ich.«

»Warum läßt du mich dann nicht einfach in Ruhe?« fragte Caroline.

Jennifer lächelte entschuldigend. »Ich kann nicht. Außerdem ... schuldest du mir noch eine Antwort.« Ihre Augen durchdrangen Caroline.

Die sah Jennifer ebenso durchdringend an. »Die Antwort ist Nein. Was dachtest du denn?«

»Da sind Sie beide ja!« Dalberg hielt kurz bei ihnen an. »Nach dem Essen müssen wir drei uns unbedingt unterhalten. Bitte reservieren Sie mir ein paar Minuten Ihrer Zeit.« Er lachte in dem Bewußtsein, daß er alle Zeit bekommen konnte, die er wollte.

»Worum geht es denn?« fragte Jennifer. Doch Dalberg war bereits weitergegangen.

»Um das Krankenhaus«, antwortete Caroline statt seiner. »Er will sichergehen, daß die Krankenhausleitung mit dir am selben Strang zieht, wenn deine Firma den Kauf zugesprochen bekommt. Und weil der gute Mann, frag mich nicht, von wem, gehört hat, daß wir beide gut miteinander auskommen, soll ich als Vertreterin der Krankenhausleitung mit dir zusammenarbeiten. Je harmonischer der Eindruck ist, den wir beide ihm vermitteln, je mehr wird er sich dafür einsetzen, daß deine Firma das Rennen macht. So habe ich jedenfalls Hausfeld verstanden.«

»Und?« fragte Jennifer leise. »Was wirst du tun?«

»Hausfeld signalisierte mir, ich solle mich kooperativ zeigen.«

»So, so.«

»Das betrifft nur das Offizielle«, stellte Caroline klar.

»Was sonst«, bestätigte Jennifer. »Ich glaube, man hat zu Tisch gebeten«, Jennifer sah sich um. »Die Traube bewegt sich jedenfalls in Richtung Saal.«

Caroline atmete erleichtert auf, als sie feststellte, daß sie mit

Hausfeld und seiner Frau an einem Tisch saß. Jennifer nahm zwei Tische weiter Platz. Während des Essens schaute Jennifer gelegentlich zu ihr herüber. Caroline tat, als bemerkte sie es nicht.

Nach dem Dessert vertrat man sich die Füße.

Dalberg kam mit Jennifer im Schlepptau auf Caroline zu. »Ich bin froh, daß Sie beide unserer Stadt helfen wollen. Frau Feiler versicherte mir gerade, daß Sie einer Zusammenarbeit mit Ihnen aufgeschlossen gegenübersteht. Hausfeld versicherte mir dasselbe von Ihrer Seite. Das beruhigt mich wirklich sehr. Ich befürchtete, daß die Fronten verhärtet sind. Dann müßten wir am Montag, wenn wir über den neuen Besitzer des Krankenhauses entscheiden, der Corad AG vielleicht doch den Vorzug geben.«

»Corad AG?« fragte Caroline. Von der hatte sie noch nie etwas gehört.

»Ja, ein ernstzunehmender Konkurrent. Ein großer Fisch im Wasser, der schon viele kleine gefressen hat, und auch in Ihrem Fall schon die Zähne fletscht. Hat Frau Feiler das nicht erwähnt?« Dalberg sah Caroline fragend an.

Caroline sah Jennifer an. *Nein, hat sie nicht.*

»Nun ja, wir haben auch beschlossen, es nicht an die große Glocke zu hängen. Darum möchte ich auch Sie bitten, Frau Malin. Wir haben unsere Gründe. Frau Feiler wird sie Ihnen erklären.« Dalberg ging.

Caroline sah Jennifer verdattert an. »Ich verstehe das nicht. Was meint er?«

Jennifer setzte sie ins Bild.

»Aber warum hast du nichts gesagt? Ich habe dich ... völlig falsch eingeschätzt.« Caroline strich sich verwirrt durchs Haar.

»Nein, hast du nicht«, sagte Jennifer zu Carolines großem Erstaunen. »Meine Partner und ich sehen in dem Kauf des Krankenhauses ein Geschäft. Wir werden es schließen, wenn sich herausstellt, daß es mehr Geld schluckt als abwirft. Der Unterschied zur Corad AG ist nur der, daß unser Konzept im ersten Anlauf auf Profit durch Erhalt, nicht durch Schließung setzt. Im Falle, daß das Konzept fehlschlägt, verkaufen wir das Krankenhaus an den Höchstbietenden. Vielleicht sogar an die Corad AG.«

»Verstehe«, sagte Caroline ernüchtert.

»Ich habe dir nie etwas vorgemacht, Caroline. Und so wird es auch *immer* bleiben.«

Der ernste Ton in Jennifers Stimme hinterließ in Caroline ein seltsames Gefühl. Sie nickte mechanisch. In ihr formte sich die Gewißheit, daß Jennifers Verhalten sie nicht zum letzten Mal durcheinandergebracht hatte. Jennifer war wie ein Buch, dessen Inhalt sich ständig änderte. Jedes Mal, wenn man aufsah, um sich zu sammeln und über die Geschichte nachzudenken, fand man den Abschnitt, an dem man zu lesen aufgehört hatte, nicht mehr. Man mußte von vorn anfangen, bekam nie ein fertiges Bild. Denn der Inhalt des Buches war zu kompliziert, um es in einem Zug zu lesen. Normalerweise legte man so ein Buch früher oder später zur Seite, gab auf, es jemals zu erfassen. Aus einem Caroline eher verschwommen bewußten Grund tat sie es nicht.

Jennifer wurde jetzt von anderen Gästen in Beschlag genommen. Mit einem bedauernden Blick zu Caroline ließ Jennifer sich mitführen.

Am Ende des Abends stand Caroline wie viele andere Gäste auch wartend im Foyer. Die Taxizentrale war überlastet. Caroline schaute ungeduldig auf die Uhr. Schon halb zwölf. Jennifer hatte sich vor wenigen Minuten verabschiedet. Sie war klug genug gewesen, mit dem eigenen Wagen zu kommen.

Carolines Handy forderte ihre Aufmerksamkeit. Ein Notfall in der Klinik? Wer sonst rief sie jetzt noch an? Ohne weiter aufs Display zu schauen, drückte Caroline auf Empfang, in Erwartung der aufgeregten Stimme einer ihrer Ärztekollegen.

»Ich stehe mit meinem Wagen an der gegenüberliegenden Straßenseite«, hörte sie statt dessen Jennifers warme Stimme. »Wenn du willst, fahre ich dich nach Hause.«

Caroline zögerte. Ob das eine so gute Idee war? Wer weiß, was Jennifer für Hintergedanken bei dem Angebot hatte.

Ja, wer weiß. Du weißt es nicht, und ihr solche zu unterstellen, ist nicht sehr nett. – Entspräche aber der Erfahrung.

»War nur ein Angebot. Wir sehen uns dann bei Gelegenheit.« Jennifer legte auf.

Kurz entschlossen warf Caroline ihre Bedenken über Bord.

Sie hatte keine Lust, die halbe Nacht mit Warten zu verbringen. Eilig verabschiedete sie sich von Hausfeld und seiner Frau und trat auf die Straße. Jennifers silberfarbener Volvo wartete noch. Caroline ging hin. Jennifer öffnete von innen die Beifahrertür.

»Danke«, sagte Caroline, als sie einstieg.

»Keine Ursache.« Jennifer fuhr los. »War das dein erstes Diner?« fragte sie, als sie die zweite Ampelkreuzung erreichten und Caroline immer noch kein Wort sagte.

»Ja. Und ich fand es ebenso spannend wie anstrengend. Und viel zu luxuriös. Wer bezahlt das alles? Die Stadt? Dann wundert es mich nicht, daß die Haushaltskasse leer ist.«

»*Darum* hast du dir die ganze Zeit Sorgen gemacht? Dann konntest du es ja gar nicht richtig genießen.« Jennifer schüttelte den Kopf.

»Das kannst du wohl nicht verstehen? Daß man beim Anblick solcher Verschwendung Gewissensbisse bekommt«, meinte Caroline. »Beim Anblick und erst recht bei Beteiligung daran.«

»Völlig überflüssige Gewissensbisse«, erwiderte Jennifer.

»Überflüssig? Wenn man mal bedenkt, daß ...«

»Stop! Bitte keinen Vortrag über soziale Ungerechtigkeit, Armut in der Dritten Welt oder ähnliches«, bat Jennifer. »Glaub mir, ein Diner mehr oder weniger ändert daran nichts.«

»Da kann man unterschiedlicher Auffassung sein«, widersprach Caroline.

»Ursache und Wirkung«, sagte Jennifer trocken.

»Was?«

»Die Gesellschaft ist ein unübersichtliches Geflecht aus Ursachen und Wirkungen«, erläuterte Jennifer. »Dieser, wie du es nennst, verschwenderische Luxus ist nicht *Ursache* für die Ungerechtigkeiten der Welt. Wobei ich es nicht Ungerechtigkeiten nenne, sondern Kräfteverhältnisse.«

»Nein, er ist nur ein weiterer Beweis der Gedankenlosigkeit mancher Leute«, erwiderte Caroline bissig.

»Passiert dir das oft? Dieses Weltverbesserungsgeschwafel?« attackierte Jennifer ungewollt scharf.

»Immer dann, wenn mir Zyniker wie du das Universum erklären«, konterte Caroline.

Jennifer wollte eben zu einer passenden Antwort ansetzen,

als Caroline ihr plötzlich einen Finger auf den Mund legte. »Schon gut«, sagte sie. »Entschuldige. An diesem Punkt waren wir bereits.« Sie hatte sich gerade erinnert, wie sie Jennifer schon einmal, bei ihrem ersten gemeinsamen Abendessen, Egoismus vorgeworfen hatte. Daß die nur dem Prinzip Geben und Nehmen folge. Und mußte hinnehmen, daß Jennifer ihr die Lektion erteilte, wie leicht es war, andere mit Vorwürfen zu überhäufen. »Ich glaube, wir müssen uns darauf einigen, daß jede für sich entscheiden muß, was ihr Gewissen aushalten kann.«

Caroline zog ihre Hand zurück. Sie wollte sie eigentlich einfach sinken lassen. Doch irgendwie konnte sie nicht verhindern, daß sie vorher sanft Jennifers Wange streifte. Als ihr bewußt wurde, was sie tat, brach sie mitten in der Bewegung ab.

Das leise Lächeln um Jennifers Mund zeigte Caroline, daß die den kleinen Umweg ihrer Hand sehr wohl bemerkt hatte. Welchen Reim sie sich darauf machte, behielt Jennifer allerdings für sich.

»Warum ist das so?« fragte sie nach einer Weile zusammenhangslos.

So daß Caroline sich genötigt sah zu fragen: »Was meinst du?«

Jennifer schaute Caroline so intensiv an, wie es die erforderliche Aufmerksamkeit für den Straßenverkehr zuließ. »Fällt dir das nicht auf? Wir beide haben kaum ein Gespräch, ohne uns früher oder später zu streiten.«

»Wir haben eben in den meisten Dingen unterschiedliche Auffassungen«, erwiderte Caroline.

Jennifer nickte. »Ja. Das ist wahr.«

Wieder entstand eine Pause.

»Aber ... warum genieße ich deine Gegenwart, obwohl du so eine Nervensäge sein kannst?« fragte Jennifer weiter.

Tja, was fragst du mich?

Caroline stutzte. Moment mal, was sagte Jennifer da? Was bedeutete das nun wieder? Was für seltsame Selbstgespräche führte die Frau neben ihr? Oder fragte Jennifer das ernsthaft?

»Fragst du dich das nie ... in Bezug auf mich?« Wieder ein intensiver Blick Jennifers.

Caroline schluckte. *Andauernd! Doch ich binde es niemandem auf die Nase. Schon gar nicht dir.* Das stand für Caroline fest. Felsenfest. »Genießen nenne ich was anderes«, entgegnete sie zurückhaltend.

Jennifer lachte leise.

Sie setzten die Fahrt schweigend fort. Vor Carolines Haus angekommen, hielt Jennifer den Wagen an, ließ den Motor aber laufen. Das leise Surren durchbrach die Stille der Nacht.

Caroline schaute Jennifer an. »Danke fürs Bringen.« Sie zögerte. Eigentlich sollte sie jetzt aussteigen, doch das unbestimmte Gefühl, noch irgend etwas sagen zu müssen hielt Caroline davon ab. Sie setzte mehrmals an, doch kein einziges Wort kam über ihre Lippen.

Diesmal war es Jennifer, die ihren Finger auf Carolines Mund legte. Dann beugte sie sich zu ihr. Caroline fühlte das sanfte Streicheln von Jennifers Lippen auf ihren. Ohne jegliches Drängen brachte Jennifer sie dazu, ihren Mund zu öffnen und den Kuß zu erwidern.

»Gewisse Dinge genießt du doch«, sagte Jennifer leise, als sie sich von Caroline löste.

Caroline senkte den Blick. »Ich habe leider ... eine Schwäche für dich, fürchte ich.« Zwecklos, es länger zu leugnen.

»Das geht mir genauso mit dir«, Jennifer lächelte. »Wie sich das trifft.«

»Aber ich bin nicht sehr glücklich darüber«, sagte Caroline leise. »Schlimmer noch. Es beunruhigt mich.«

»Warum?«

Carolines vielsagender Blick traf Jennifer. Warum wohl? Hatte sie das nicht bereits deutlichgemacht? Sie legte keinen Wert auf eine Affäre. Es war bereits viel zu viel zwischen ihnen passiert. Damit mußte Schluß sein.

»Weil ich das nicht will!«

»Und was willst du?«

Wissen, was ich dir bedeute. Ob ich dir etwas bedeute.

Das zu sagen, traute sich Caroline aber nicht. Sie ängstigte sich vor Jennifers Antwort, die nur eine unverbindliche Formulierung sein würde.

O je, heißt das etwa ... ich wünsche mir etwas Verbindliches? Mit

Jennifer? Und wie soll das aussehen?

Caroline seufzte. »Keine Ahnung.« Damit beantwortete sie sowohl Jennifers als auch ihre eigene Frage. Oder auch nicht. Denn »keine Ahnung« war nicht gerade eine Antwort. Wohl eher ein Ausdruck der Hilflosigkeit.

Jennifers fragender Blick verriet ihre Irritation. Caroline konnte regelrecht deren Alarmglocken läuten hören. *Noch eine Nacht mit dir* – das galt der distanzierten Caroline, der Frau, die sich erobern ließ und dann zurückzog. Nicht einer nachdenklichen, gefühlsbetonten Caroline, einer Frau, die verworren von Schwäche redete und nicht wußte, was sie wollte. Das sah doch sehr nach Gefühlsduselei aus. Dafür war Jennifer gar nicht zu haben.

»Keine Ahnung?« wiederholte Jennifer Carolines Worte. Das sollte sie glauben? Klang mehr so, als wüßte Caroline schon, was sie wollte, traute dem, was sie wollte, aber selbst nicht. *Na, dann geht es Caroline doch ähnlich wie dir. Dir selbst fehlt ja auch jede Ahnung, warum du nicht die Finger von Caroline lassen kannst. Im Grunde hattest du doch, was du wolltest.* »Ich verstehe«, murmelte sie daher.

»Was verstehst du?« wollte Caroline wissen.

Jetzt war es Jennifer, die nach einer Antwort suchte. »Das Ganze«, Jennifer machte eine ungewisse Handbewegung, »entwickelt sich anders als gedacht.« *Viel komplizierter*, setzte sie für sich hinzu. Üblicherweise entging sie dem, weil sie nicht zuließ, daß eine Frau ihr mehr als körperlich nah kam. Dies hier, die Sache mit Caroline, war anders. Da gab es die körperliche Nähe – und eine irgendwie permanent vorhandene Ahnung von etwas.

»Ja, das tut es.« Caroline nickte still. Sie öffnete die Beifahrertür.

»Caroline?« hielt Jennifer sie zurück.

Caroline wartete.

Jennifer sah sie eindringlich an. »Ich kann nicht einfach damit aufhören. Ich *will* nicht. Ich . . . habe mich an dich gewöhnt.«

Caroline blinzelte verstört. *Gewöhnt? Was heißt das denn nun wieder?*

Sie schüttelte den Kopf und stieg aus. »Gute Nacht.«

14.

Die Pizzeria bot eine ausgesprochen gemütliche Atmosphäre. Beatrice war angenehm überrascht.

Auch von Sarah, die heute wie ausgewechselt schien. Entkrampft und selbstbewußt. Zur Begrüßung hatte Sarah sie offen angelächelt und gesagt: »Wie wäre es mit einem Vorschuß? Dann lade ich dich ein.«

Beatrice war so verdattert, daß sie vergaß etwas zu erwidern.

Und jetzt, während Beatrice die dünne Mappe aus ihrer Tasche zog und sagte: »Das ist eine Kopie der polizeilichen Ermittlungsunterlagen. Die werden dir bei deinen Nachforschungen helfen«, nahm Sarah, statt beeindruckt oder wenigstens verblüfft zu sein, ihr einfach die Mappe ab mit der Bemerkung: »Sagtest du nicht, die hätten keine Ergebnisse? Frag lieber, was *ich* herausgefunden habe.«

»Was hast du herausgefunden?« fragte Beatrice erheitert.

Sarah klappte die Speisekarte zu. »Daß ich Appetit auf Pasta Funghi habe.«

Beatrice grinste. »Du willst mich auf die Folter spannen? Darf ich annehmen, es gibt etwas, weswegen sich das Warten lohnt?«

»Ich glaube schon.« Sarahs Augen funkelten.

Der Kellner kam, nahm ihre Bestellung auf und ging, um sie an die Küche weiterzugeben.

»Schieß schon los«, forderte Beatrice.

»Warum konnte Jennifer ihrer Unternehmensgruppe das Bankhaus Frey einverleiben?« begann Sarah mit einer Frage.

»Weil sie von Frey jede Menge lukrative Kunden abgezogen hat«, antwortete Beatrice automatisch. »Sie bot Kredite weit unter dem geltenden Marktzinssatz an.«

Sarah nickte. »Genau. Frey zog eine Zeit lang mit, aber dann konnte er bei dem Dumping nicht mehr mithalten. Er versuchte es mit einem waghalsigen Geschäft an der Börse, hatte Pech und mußte noch froh sein, als Jennifer ihm das Übernahmeangebot machte. Der Knackpunkt an der Sache ist aber der Zeitpunkt. Jennifer hätte Frey niemals was anhaben können, wenn der nicht gerade seinen ehemaligen Teilhaber hätte ausbezahlen müssen. Dadurch war Freys Liquidität stark geschwächt. Deshalb konnte er dem Druck der Konkurrenz nicht standhalten. Ansonsten wäre das kein Problem gewesen.«

Beatrice beugte sich interessiert vor. »Davon habe ich nichts gehört. Und normalerweise erreichen den Verlag Informationen dieser Art auf die eine oder andere Weise. Woher weißt *du* davon?«

Sarah lächelte verlegen. »Du kennst Jennifer doch auch. Wenn sie von Dingen begeistert ist, ihr durch Zufall oder geschicktes Verhandeln ein besonderer Clou gelingt, teilt sie den Triumph gern. Die Übernahme von Freys Geschäft war ja gerade in vollem Gang, als wir ... uns begegneten. Und ich bin eine gute Zuhörerin, darauf spezialisiert, aus winzigen Details Bilder zusammenzusetzen. Ich habe noch mal unsere Gespräche in meinem Kopf Revue passieren lassen und kam zu dem Schluß, daß Jennifer *gewußt* haben muß, daß Frey seinen Teilhaber ausgezahlt hatte und deshalb gerade finanziell angeschlagen war.«

»Von wem?« wollte Beatrice wissen.

»Da kommt eigentlich nur einer in Frage. Der Teilhaber selbst. Es muß ja einen Grund gehabt haben, warum er sich auszahlen ließ. Wahrscheinlich hatten er und Frey sich dermaßen verkracht, daß ihm der Rückzug aus Freys Unternehmen und das Geld nicht genügten. Oder es gab einen anderen Grund. Aber meinen Überlegungen zufolge kann nur er Jennifer diese Information gegeben haben.«

»Und wer war dieser Teilhaber?« fragte Beatrice. Ungeduld schwang in ihrer Stimme mit.

Sarah wollte die Antwort eigentlich hinauszögern, die Spannung erhöhen, doch es gelang ihr nicht. »Birch«, platzte sie heraus.

»*Der* Birch?« versicherte Beatrice sich. »Der Bauunternehmer?«

»Genau der.« Sarah nickte heftig. »Und wie es der Zufall will, hatte Frey an dem bewußten Abend einen Termin mit ihm. Das weiß ich von Birchs Assistentin. Vielleicht haben Frey und Birch ja miteinander gestritten. Und dann ...«

»Birch tötet Frey? Warum? Umgekehrt wäre es einleuchtend.«

»Es könnte Notwehr gewesen sein«, meinte Sarah.

Beatrice ließ die Information sacken. »Ich könnte unter einem Vorwand ein Interview mit Birch machen«, sagte sie nach einer Minute des Nachdenkens. »Ihm dabei ein wenig auf den Zahn fühlen.«

»Nein«, sagte Sarah.

»Nein?«

»Das ist es ja: Birch scheint seit einigen Tagen verschwunden zu sein. Komisch, was?«

»Was sagt denn Birchs Frau, wo er ist?«

»Der ist das, gelinde gesagt, schnuppe. Birch ist wohl ein ziemlicher Schwerenöter. Frau und Herr Birch leben jeder ihre eigenen Leben.«

»Und Birchs Angestellte?«

»Von denen weiß auch keiner was. Die machen einen konfusen Eindruck. Sind führungslos. Ihr Chef ist noch nie länger als einen halben Tag weggewesen.«

Beatrice schaute Sarah anerkennend an. »Du warst sehr fleißig.«

Als müßte sie dafür eine Belohnung erhalten, brachte der Kellner das Essen und wünschte guten Appetit. Den hatten sie beide, und eine kurze Weile schwiegen sie wie verabredet, um die ersten Bissen zu genießen.

»Das alles ist aber leider nichts Handfestes«, nahm Sarah das Gespräch als erste wieder auf. »Vielleicht hat Birch und sein Verschwinden auch überhaupt nichts mit Freys Tod zu tun. Vielleicht hat er einfach nur eine Geliebte, von der er nicht loskommt.«

»Er ist Geschäftsmann. Ich glaube nicht, daß er sich so lange vergessen würde.«

»Seine Hormone könnten verrücktspielen«, sagte Sarah. »So was soll es ja geben.«

»Unwahrscheinlich.«

»Tja, dann haben wir einen – ich will nicht sagen Vermißten – aber Verschwundenen, der kurz vor Freys Tod mit ihm gesprochen hat. Möglicherweise die letzte Person, die Frey lebend sah. Damit in jedem Fall tatverdächtig.«

Beatrice kam aus dem Staunen nicht mehr heraus. Ihr Blick

lag fasziniert auf dem frischen Gesicht der um einige Jahre jüngeren Frau ihr gegenüber. Welch eine Verwandlung. Vergessen war das schüchterne Mädchen, das ständig einen roten Kopf bekam, wenn von Jennifer die Rede war.

Ihre Blicke trafen sich. Beatrice lächelte. *Ihre Augen sind tiefsamtig, falls man das von Augen sagen kann.* Beatrice fühlte sich von dem sanften Braun in Sarahs Augen in den Bann gezogen. Was sie merkwürdig nervös werden ließ. Besonders als ihr klarwurde, daß diesmal Sarah es war, die *sie* musterte. Bisher war es immer umgedreht gewesen. Ob Sarah sich dabei auch so gefühlt hatte? So durchsichtig?

»Was ist?« fragte Beatrice unsicher.

»Wie machen wir weiter?« wollte Sarah wissen.

»Du bist die Detektivin, sag es mir.«

»Idealerweise finden wir Birch.« Sarah zuckte mit den Schultern. »Aber ich habe keine Ahnung, wo wir ihn suchen sollen.«

»Die Ehefrau weiß bestimmt was«, vermutete Beatrice. »Wir müssen sie nur dazu bringen, es uns zu erzählen.«

»Und wie?«

»Jennifer muß ran. Unter irgendeinem Vorwand darauf drängen, Birch zu sehen. Ein Vertrag zu einem Geschäft, bei dem Birchs Unterschrift fehlt oder so was.«

»Macht Jennifer denn Geschäfte mit Birch?«

»Ist doch egal. Woher soll seine Frau das wissen. Ich werde Jennifer nachher gleich anrufen. Vielleicht fahre ich auch vorbei. Liegt ja auf meinem Weg.«

Sarah schwieg nachdenklich. Wie jetzt? Beatrice wollte ausgerechnet Jennifer um Mithilfe bei den Nachforschungen bitten, die sie anstellten, um Jennifers Rolle in dem Fall zu durchleuchten? Fiel Beatrice der Widerspruch nicht auf?

»Sarah?« Beatrice fragender Blick traf die junge Frau.

»Ja?«

»Was hältst du davon?«

»Ich dachte, du wolltest etwas *über* Jennifer herausfinden, nicht *mit* ihr. Da halte ich es nicht für besonders klug, ausgerechnet sie in die Sache zu involvieren«, erwiderte Sarah vorsichtig. Und sie machte auf das Manko der Idee aufmerksam: »Hast du denn keine Bedenken, daß Jennifer die Nachforschungen manipuliert?«

Beatrice sah da kein Problem. »Ich werde Jennifer natürlich zu Frau Birch begleiten. Frau Birch kennt mich nicht. Ich mime Jennifers Assistentin.«

Sarah schüttelte den Kopf. Was war mit Beatrice los? Sie war es doch, die noch vor zwei Tagen von einem klaren Blick in der Sache gesprochen hatte. Nun schien dieser Blick bei Beatrice getrübt.

Jennifer in die Ermittlungen einbeziehen? Völlig absurd, fand Sarah. Selbst sie, die nach wie vor an Jennifers Unschuld glaubte, käme nie auf so einen Gedanken. Immerhin war Jennifer irgendwie in die Sache verwickelt. Wie genau, das wollten sie ja herausfinden.

»Jennifer könnte Frau Birch einen versteckten Wink geben«, gab Sarah zu bedenken. »Sie vorher anrufen, was weiß ich. Vielleicht hat sie es schon getan, weil sie weiß, daß wir früher oder später bei der Frau auftauchen.«

»Jennifer kann ja viel, aber die Zukunft vorher sehen wohl kaum«, spöttelte Beatrice.

»Hast du in den letzten zwei Tagen mit ihr gesprochen?« fragte Sarah.

»Natürlich. Aber nicht über diese Sache.«

»Du hast ihr nicht gesagt, daß du mir den Auftrag gegeben hast, die Umstände des Abends, an dem Frey starb, zu ermitteln?«

»Doch. Aber auch nur das. Keine Silbe darüber, wie du vorgehen wirst. Bis eben wußte ich es ja selbst nicht.« Beatrice legte die Stirn in Falten. »Was ist los? Ich dachte, ich wäre von uns beiden diejenige mit dem Mißtrauen. Habe ich was verpaßt?«

»Wie es aussieht, ja. Nämlich den Moment, da Jennifer dich um ihren kleinen Finger gewickelt hat.«

Beatrice lachte nur. »Werd nicht albern.«

»Hat Jennifer dir ihre Hilfe angeboten?« wollte Sarah wissen.

»Ja natürlich. Sie will ja, daß meine Zweifel so schnell wie möglich ausgeräumt werden.«

»Du weißt, wie Jennifer ist. Wenn sie irgendwo mitmacht, dann nur als diejenige, die das Steuer in der Hand hält. Beziehen wir sie in die Ermittlungen ein, wird genau das passieren.«

»Nun mach mal halblang. So schlimm ist Jennifer ja auch wieder nicht. Außerdem, wir beide werden uns doch nicht die Butter vom Brot nehmen lassen.« Beatrice zwinkerte Sarah zu. »Oder?«

Sarah, bis eben noch übersprudelnd vor Energie und guter Laune, fühlte beidem jetzt einen deutlichen Dämpfer versetzt. Das sah ja ganz so aus . . . hatte Beatrice etwa ihre alte Neigung für Jennifer wiederentdeckt? Und merkte es nicht einmal? Oder wie sollte sie Beatrice' plötzlich wiedergefundenes Vertrauen in Jennifer deuten?

Seit Beatrice vor zwei Tagen in Sarahs kleine Wohnung und damit in ihr Leben getreten war, ging ihr die Frau nicht aus dem Kopf. Deren warmer, offener Blick. Das Funkeln in den Augen. Sarah war sofort klar, daß sie sich in Beatrice verguckt hatte. Und nun stellte sich heraus, daß Beatrice' Interesse Jennifer galt. Sarah war enttäuscht. Sie wußte, mit Jennifer konnte sie nicht konkurrieren. Das war eine Nummer zu groß für sie.

»Laß dich nicht aufhalten, wenn du noch zu Jennifer willst.« Sarah gab sich Mühe, sich von ihren Gefühlen nichts anmerken zu lassen. »Nächstes Mal treffen wir uns einfach zu einer Tasse Kaffee. Dann sind wir schneller fertig. Das hier«, sie machte eine ausholende Handbewegung über den Tisch, »ist ja nicht notwendig.«

»Wieso?« wollte Beatrice wissen. »Schmeckt es dir nicht?«

»Das Essen ist sehr gut.«

»Warum sollten wir es dann nicht wiederholen?« Beatrice verstand Sarah nicht. Woher dieser plötzliche Stimmungswechsel?

»Wie gesagt wir sind dann schneller fertig, und . . .« Sarah brach ab. *Und ich will dich nicht aufhalten. Dieser erwartungsfrohe Blick, den du hast, dieses Lächeln im Gesicht, weil du an Jennifer denkst . . .*

»Ach herrje.« Beatrice glaubte das Problem gefunden zu haben. »Meine Gesellschaft ist dir unangenehm. Weil ich und Jennifer . . . liiert waren? Bevor du und sie . . .«

Sarah schaute Beatrice an, schüttelte resigniert den Kopf. »Aber nein.«

»Was ist es dann?« fragte Beatrice. Sarah schwieg. Aber ihr

Blick, glaubte Beatrice, sagte alles. *Sie ist noch in Jennifer verschossen. Glaubt sie, ich bin es auch?* Beatrice legte ihre Hand auf Sarahs. Die zuckte regelrecht unter der Berührung zusammen. »Sorry«, sagte Beatrice statt der geplanten aufklärenden Worte und zog ihre Hand zurück. »Willst du mitkommen?« fragte sie spontan.

»Mitkommen?«

»Zu Jennifer.« Das Angebot sollte Sarah doch klarmachen, daß sie falsch lag. Man nahm schließlich keine störenden Gäste mit, wenn man die Angebetete besuchte.

»Nein«, lehnte Sarah ab. *Das fehlte noch.* »Ich bin müde«, gab sie vor.

»So plötzlich?« wunderte Beatrice sich.

Sarah überging die Bemerkung. »Ich gehe jetzt nach Hause. Du kannst mich ja anrufen.«

»Okay. Mach' ich«, sagte Beatrice und hatte Mühe, Sarah zu folgen. Die war bereits auf dem Weg, das Lokal zu verlassen. Schnell legte Beatrice Geld für die Rechnung auf den Tisch und eilte Sarah nach.

Vor der Tür wandte Sarah sich nach links, die Straße hinunter.

»Soll ich dich nicht nach Hause bringen?« fragte Beatrice. Sie fühlte sich angesichts Sarahs fluchtartigem Aufbruchs recht hilflos.

»Nein«, lehnte Sarah ab. Sie schien es sehr eilig zu haben. Kein *Danke*, kein *Ein anderes Mal vielleicht*.

Beatrice griff nach Sarahs Arm, zwang sie stehenzubleiben. »Wenn es wegen Jennifer ist, vergiß sie lieber. Eure Zeit ist vorbei.« Das klang vielleicht brutal, aber besser Sarah begriff das so schnell wie möglich.

Sarah schaute Beatrice traurig an. »Ich weiß«, sagte sie ruhig.

Beatrice hätte sich ohrfeigen können, als ihr klarwurde, daß Sarah die Worte ganz falsch auffassen mußte. *Weil du dich ja auch dämlich ausdrückst, Beatrice!* Sarah interpretierte die Worte »Eure Zeit ist vorbei« natürlich mit der Fortsetzung ». . . weil meine und Jennifers neu anfängt«. Aber so war das nicht gemeint. Sie wollte Sarah doch nur die Aussichtslosigkeit ihrer Gefühle für Jennifer klarmachen.

Sarah löste ihren Arm aus Beatrice' Griff und ging weiter. Beatrice blieb ratlos zurück, folgte Sarahs schlanker Gestalt mit den Augen, bis sie hinter den Rücken anderer Passanten verschwand.

Verdammt! Hätte sie doch bloß den Mund gehalten! Beatrice schalt sich eine Idiotin. Sie entschloß sich, mit ihrem Besuch bei Jennifer bis zum nächsten Morgen zu warten. Irgendwie war ihr jetzt nicht mehr danach. Sie würde Jennifer anrufen und sich zum Frühstück einladen. Heute abend wollte Beatrice mit niemandem mehr reden. Heute abend wollte sie bei einem Glas Rotwein an den, wenn zum Schluß auch verpatzten, aber dennoch schönen Abend mit Sarah denken. An die anfangs so fröhlichen und später traurigen Augen, die so viel Gefühl ausdrückten. Leider nicht für sie.

15.

Auf dem Weg zum Krankenhaus fuhr Carolines Wagen heute morgen einfach eine ganz andere Strecke. Wie von selbst bog er statt nach links nach rechts ab und umgekehrt. Schließlich kam er irgendwann vor Jennifers Haus zum Stehen.

Ich habe mich an dich gewöhnt, hatte Jennifer gestern beim Abschied gesagt. Wie hatte sie das gemeint? Diese Frage beschäftigte Caroline unaufhörlich, bescherte ihr eine unruhige Nacht und würde ihr solange weiter im Kopf herumgeistern, bis sie eine Antwort bekam. Die würde sie jetzt einholen.

Caroline stieg aus dem Wagen, ging zielstrebig zu Jennifers Haus und klingelte. Jennifers verblüfftes Gesicht ignorierend ging sie an ihr vorbei in das Zimmer, zu dem die Tür offenstand. Das Wohnzimmer, wie Caroline feststellte – und wo ein freundliches, ziemlich erstauntes »Guten Morgen« von Beatrice sie empfing. Wie angewurzelt blieb Caroline stehen.

Das kann nicht sein, hämmerte es in Carolines Kopf. Nicht mal Jennifer bringt es fertig, erst der einen Frau den Kopf zu verdrehen und gleich darauf mit der anderen ins Bett zu gehen.

Doch es gab keine andere Erklärung für dieses gemeinsame Frühstück. Morgens um neun. Sonntags.

»Auch eine Gewohnheit, die du nicht ablegen kannst?« fragte Caroline an Jennifer gewandt, die hinter ihr den Raum betrat. Ehe Jennifer zu einer Antwort ansetzen konnte, war Caroline schon an ihr vorbei in den Flur gegangen.

»Das ist ein Mißverständnis!« rief Jennifer ihr nach.

Die Haustür fiel leise ins Schloß.

»Wieder mal«, fluchte Jennifer leise vor sich hin.

Beatrice war der Szene gefolgt. »Irgendwie denken in jüngster Zeit alle Frauen, ich hätte wieder was mit dir. Erst Sarah und nun Caroline. Und beide scheinen darüber gleichermaßen erfreut. Wie machst du das nur, daß dir alle Frauen verfallen? Liebesschwüre können es ja nicht sein.«

Jennifer setzte sich an den Tisch zu Beatrice. »Sarah?« brummte sie. »Kann nicht sein.«

»Sie ist in dich verknallt. So, wie sie mich angesehen hat, als ich von dir geredet habe. In diesem einen Fall bin ich übrigens auf dich eifersüchtig.«

»Grundlos. Sarah ist ganz lieb, aber ... doch kein Vergleich zu Caroline«, sagte Jennifer.

»Sie«, Beatrice machte eine Kopfbewegung in Richtung Tür, aus der Caroline gerade verschwunden war, »interessiert dich wohl sehr?«

Jennifer zuckte ratlos mit den Schultern. »Ich weiß nicht, wie weit ich gehen will ... kann ... soll. Ich meine, wohin führt das Ganze?« Resigniert winkte sie ab. »Na ja, jetzt habe ich sowieso erst wieder damit zu tun, ihr das hier zu erklären.« Jennifer deutete auf den gedeckten Frühstückstisch. »Caroline glaubt mir doch niemals, daß wir beiden Frühaufsteherinnen uns hier zum Morgen verabredet haben, weil wir an diesem verdammten Fall dran sind.«

»Tja, so ist das«, seufzte Beatrice theatralisch.

»So ist was?«

»Irgendwann erwischt es jede.«

»Was meinst du denn damit?« fragte Jennifer böse.

»Warum zerbrichst du dir den Kopf darüber, ob Caroline dir glaubt? Ist das denn so wichtig? Wenn sie es nicht tut, na und?

Dann suchst du dir eben 'ne neue Gespielin. Eine, die nicht so schwierig ist. Was soll dieses ganze Theater? – So oder ähnlich hättest du jedenfalls früher gesprochen.«

Jennifer wußte nur zu genau, daß Beatrice recht hatte. Dennoch wehrte sie sich entschieden gegen deren Andeutungen. »Du siehst Gespenster!« erwiderte sie wirsch. »Ich will nur nicht, daß Caroline etwas Falsches von mir denkt. Ihre Meinung von mir ist eh schon nicht die beste.«

Beatrice lächelte. »Und warum ist dir ihre Meinung so wichtig?«

»Warum, warum«, äffte Jennifer gereizt. »Sind wir hier in einer Quizshow? Schluß jetzt damit. Laß uns losfahren und der Dame Birch auf den Zahn fühlen.« Sie stand abrupt auf.

Beatrice schmunzelte in sich hinein, schwieg aber.

Während der Fahrt schimpfte Jennifer auf die blöden Sonntagsfahrer, fuhr an den Kreuzungen scharf an, nur um beim Rot an der nächsten Ampel scharf zu bremsen. Beatrice sagte zu alldem nichts. Erst als sie vor Birchs Haus standen, ermahnte sie Jennifer, sich zusammenzunehmen.

Der sonntägliche Vormittagsbesuch überraschte Frau Birch bei der Gartenarbeit, wie die Rosenschere in ihrer Hand zeigte.

»Guten Tag, Frau Birch«, grüßte Beatrice.

»Guten Tag«, erwiderte die freundlich.

»Dürfen wir Sie einen Moment stören?«

»Worum geht es denn?«

»Um Ihren Mann. Ist er zu Hause?«

»Nein.« Die Freundlichkeit wich einer vorsichtigen Zurückhaltung.

»Ich bräuchte dringend seine Unterschrift unter einem Vertrag«, sagte Jennifer jetzt wie mit Beatrice abgesprochen. »Jennifer Feiler ist mein Name. Ihr Mann und ich haben geschäftlich miteinander zu tun.«

»Geschäftlich?« Frau Birch lächelte wissend. »Aber sicher.«

Jennifer wandte sich an Beatrice. »Gib mir doch bitte mal den Entwurf.«

Beatrice kramte in ihrer Tasche, holte einen Briefumschlag hervor. »Bitte.«

Jennifer gab den Umschlag an Frau Birch weiter, darauf bauend, daß die ihn nicht öffnete, denn er enthielt nur zwei leere Blatt Papier. »Es ist sehr wichtig, sonst würden wir Sie doch nicht am Sonntag stören.«

Frau Birch zuckte mit den Schultern. »Ich weiß nicht, wann mein Mann nach Hause kommt. Es kann ... spät werden.«

»Es ist sehr dringend.« Jennifer betonte *dringend.* »Ich habe schon versucht, ihn auf seinem Handy anzurufen, aber er geht nicht ran. Hat er noch eine andere, vielleicht private Nummer, für Notfälle?«

»Sicher hat er die, aber mir hat er sie nicht gesagt.« Frau Birch lächelte. »Ich kann Ihnen nicht helfen, bedaure.« Für sie war das Gespräch damit beendet, die Tür schloß sich bereits, da fragte Beatrice: »Hat ihr Mann Markus Frey erschossen? Ist er untergetaucht?«

Die Tür öffnete sich langsam wieder. »Wie bitte?«

»Ihr Mann wurde seit ein paar Tagen von niemanden mehr gesehen. Er war nicht in der Firma. Wissen Sie das?«

»Wer sind Sie?«

»Wir sind nicht von der Polizei, wir wollen nur mit Ihrem Mann sprechen«, beruhigte Beatrice Frau Birch.

Nach kurzem Zögern sagte die: »Ich nehme an, er ist bei seiner Geliebten«, sagte sie dann. Und fügte achselzuckend hinzu: »Wer immer das auch gerade ist. Da fragen Sie besser seinen Sozius, Konrad Falz.«

»Könnten Sie uns dessen Telefonnummer geben?«

»Tut mir leid. Die habe ich auch nicht. Aber ich weiß, er wohnt in der Hubertusstraße. Wir waren mal bei ihm zum Essen eingeladen. Ab und zu nimmt mein Mann mich zu solchen Gesellschaften mit, wissen Sie. Um den Schein zu wahren. Als ob nicht alle wüßten ...«

»Danke, Frau Birch.«

Jennifer und Beatrice gingen zum Wagen. »Warum läßt sie sich nicht scheiden?« fragte Beatrice kopfschüttelnd.

»Was fragst du mich? Frag sie. Vielleicht gefällt es ihr ja so, wie es ist. Finanzielle Sicherheit, ohne Verpflichtungen. Auch eine Art Paradies.«

Jennifer öffnete mit der Fernbedienung den Wagen und stieg ein. »In die Hubertusstraße?« fragte sie.

»Wohin sonst. Diesmal bitte etwas weniger holprig«, bat Beatrice sich aus.

»Ja, ja«, antwortete Jennifer wirsch.

Falz zuckte auf ihre Frage hin nur mit den Schultern. »Donnerstag und Freitag sind diverse Termine geplatzt, weil Birch nicht in der Firma war. Was glauben Sie, wo ich den Mann schon alles gesucht habe. Ohne Erfolg. Ich bin beunruhigt. Es ist nicht seine Art, Termine nicht wahrzunehmen, ohne Bescheid zu geben.«

»Glauben Sie, ihm ist etwas zugestoßen?« fragte Beatrice.

»Tja, wer weiß. Ich befürchte es fast. Vielleicht hatte er einen Unfall«, ließ Falz seine Vermutung laut werden.

Jennifer schüttelte den Kopf. »Dann hätte man seine Frau informiert. Die weiß aber nichts von einem Unfall.«

Genauso ergebnislos wie von Frau Birch fuhren sie auch von Falz weg.

»Da sind wir ja kein Stück weiter gekommen als Sarah«, sagte Beatrice enttäuscht. Sie hatte sich weitaus mehr versprochen.

Wieder bei Jennifer stieg Beatrice in ihren Wagen um, winkte und fuhr weg.

Jennifer sah ihr nach. Auch sie war davon ausgegangen, daß sie Birch aufspüren würden. Ob der dann was über den wahren Hergang an dem Abend erzählt hätte, stand auf einem anderen Blatt. Daß Birch seine Termine nicht wahrnahm, daß niemand wußte, wo er war, machte Jennifer nachdenklich.

Birch, einziger Zeuge für den Tatabend, war eine sehr unbequeme Person für Dalberg. Darüber hinaus bekanntermaßen ein unsicherer Partner. Frey hatte diese Erfahrung machen müssen. Und andere vor ihm vielleicht auch. Was, wenn Dalberg es nicht soweit kommen lassen wollte, daß ihm ähnliches widerfuhr? Daß seine Karriere ein abruptes Ende nahm, weil Birch sein Wissen über Frau Dalberg verkaufte. Oder wenn Birch eine Gegenleistung für sein Schweigen verlangt hatte. Eine Gegenleistung, die zu hoch war und vor allem, die sicher nicht die einzige bleiben würde. Kurz und gut: Birch bedeutete eine permanente Unsicherheit für den Bürgermeister. Wie sollte er ihn mundtot machen? Eigentlich gab es da nur eine Möglichkeit.

Jennifer erschauerte. War das möglich? Hatte Dalberg Birch

aus dem Weg geräumt? Würde er so weit gehen, um seine Karriere zu schützen?

Das fragst du nicht im Ernst, Jennifer! Du weißt doch selbst am besten, wie es zugeht. Je mehr man verlieren kann, je mehr riskiert man, um den Verlust abzuwenden.

Es war wohl doch klüger, Beatrice in den Hergang des Abends einzuweihen, damit die und Sarah ihre Recherchen einstellten. Die Sache konnte gefährlich werden. Sollte sie Beatrice nicht besser hinterherfahren?

Nein, entschied Jennifer. Erst würde sie herausfinden, ob Birch in einem der Krankenhäuser der Umgebung lag. Die Wahrscheinlichkeit, daß er nämlich einfach nur einen Unfall gehabt hatte, lag doch weit höher als die, daß er ... Man hatte seine Frau nur aus irgendeinem Grund nicht benachrichtigt. Zum Beispiel, weil er keine Papiere bei sich gehabt hatte, oder es einfach nicht wollte.

Jennifer ging ins Haus, nahm das Telefonbuch und machte sich an die Arbeit. Es kostete sie zwei Stunden, dann wußte sie, daß in den letzten Tagen im Umkreis von fünfzig Kilometern kein Mann namens Birch in ein Krankenhaus oder eine Klinik eingeliefert worden war und auch kein Mann, dessen Personalien unbekannt waren. Aber was sagte das schon? Vielleicht war Birch zu einem Kunden nach Hamburg oder Dresden gefahren. Sie konnte nicht alle Krankenhäuser Deutschlands abtelefonieren.

Wenn sie doch nur mit jemanden sprechen, sich eine andere Meinung einholen konnte, wie die Situation zu bewerten war. Heilmann vielleicht? Bei dem riskierte sie jedenfalls nicht, daß sie morgen in der Zeitung las, worüber sie mit ihm gesprochen hatte. Wohingegen Beatrice ... es war verflixt noch mal nicht einfach mit ihr. Sie sah in allem einen Aufhänger für einen Artikel. Beatrice gab selbst zu, daß ihre Storys nicht immer der Aufklärung der Leute dienten, sondern oft auch reine Sensationshascherei waren. Sie mußte ihrer Redaktion etwas liefern.

In diesem Fall waren die Umstände aber sehr heikel. Für die Beteiligten stand viel auf dem Spiel, wenn die Geschichte an die Öffentlichkeit kam. Das machte die Dinge unvorhersehbar. Waren Beatrice und Sarah in Gefahr, weil sie ihre Nase da hineinsteckten?

Jennifer stellte lakonisch fest, daß sie an diesem Punkt der Überlegung schon einmal angelangt war, ohne sich zu einem Entschluß durchgerungen zu haben. Sie seufzte, griff zum Telefon und wählte Heilmanns Nummer. Das Tuten in ihrem Telefon zeigte an, daß die Verbindung hergestellt wurde. Einmal, zweimal ... zehnmal ... – es nahm niemand ab. Jennifer fluchte in sich hinein.

Wen gab es sonst noch, mit dem sie reden konnte?

Caroline! Ob sie Rat wüßte? Sicher den, zur Polizei zu gehen und eine Aussage zu machen. Und so das eigene Alibi platzen zu lassen. Nein, so einen Rat brauchte sie nicht. Falls Caroline ihr nach dem verunglückten Zusammentreffen heute morgen überhaupt zuhören würde.

Jennifer seufzte. Da stand ihr sicher einiges bevor. Andererseits, wenn sie Caroline nun sowieso schon erklären mußte, warum Beatrice da war – vor allem, daß sie erst am Morgen gekommen war – wenn sie also Caroline nun schon erzählte, daß sie an dem Abend bei Frey gewesen war und einen Deal mit ihm gemacht hatte, konnte sie doch auch noch den Rest der Geschichte erzählen. Den entscheidenden Rest.

Und wer weiß, vielleicht hatte Caroline ja wirklich einen brauchbaren Rat.

Caroline hatte mit einem Anruf Jennifers gerechnet. Daß sie nun in ihrem Büro stand, wertete sie als Zeichen des schlechten Gewissens, das Jennifer plagte. Sie kam hierher, weil sie wußte, sie hatte schlechte Karten. Meinte aber wohl, mit den richtigen Worten das Blatt wieder zum Guten wenden zu können. Jennifer war wirklich unübertroffen von sich eingenommen.

»Was willst du?« fragte Caroline kühl.

»Fünf Minuten«, bat Jennifer. »Ein Kaffee in der Kantine. Dabei erkläre ich dir, was du heute morgen gesehen hast.«

»Ich habe wirklich keine Zeit für irgendwelche Erklärungen«, wehrte Caroline ab. »Und auch kein Interesse an solchen.«

Jennifer schüttelte den Kopf und ging um den Schreibtisch zu Caroline.

»Beatrice hat *nicht* bei mir geschlafen. Schon gar nicht mit mir. Sie kam zum Frühstück vorbei, weil sie meine Hilfe wollte. Du hast keinen Grund, eifersüchtig zu sein.«

»Ich und eifersüchtig? Das hättest du wohl gern.« Caroline schaute angestrengt auf den Bildschirm ihres PCs. Jennifers Hand auf ihrer Schulter ließ sie leicht zusammenzucken.

»Ja, das hätte ich gern«, sagte Jennifer leise. *Dabei kann ich sowas sonst gar nicht vertragen. Dieses Herz, Schmerz, verlaß mich nicht.*

Die Tatsache, daß sie hier stand und darum bat, etwas erklären zu dürfen, behagte Jennifer absolut nicht. Erstens war sie es nicht gewohnt in der Position der Bittstellerin zu sein. Zweitens konnte sie tun und lassen, was sie wollte, egal was andere darüber dachten. Warum fühlte sie sich zur Erklärung gezwungen, weil Caroline annahm, das gemeinsame Frühstück mit Beatrice wäre der Abschluß einer gemeinsamen Nacht mit ihr gewesen? Es gab keinen Grund, hier zu stehen und sich zu rechtfertigen. Erst recht bestand kein Grund, nervös darauf zu warten, daß Caroline ihr wieder wohlgesonnen war. Diese Nervosität machte Jennifer ganz fuchsig. Sie stand kurz vor der Übellaunigkeit und wußte gleichzeitig, das ein Lächeln Carolines genügte, alles zu ändern. Sie milde stimmen und ihre gute Laune zurückkehren lassen würde.

Caroline stand auf, was Jennifer zwang, einen Schritt zurückzutreten. »Warum sagst du das?« fragte Caroline vorwurfsvoll. »Weißt du, was das normalerweise bedeutet?«

»Nein. Nein, ich weiß es nicht«, wehrte Jennifer sich gegen das Offensichtliche. »Ich weiß auch nicht, warum mir ständig der Gedanke im Kopf herumgeht, daß du mich verlassen könntest. Solche Gedanken mache ich mir normalerweise nicht. Man kann doch auch nur verlassen werden, wenn man einem Menschen nah ist. Aber wir ... ich ...« Sie brach hilflos ab.

»Du tust alles, keine Nähe aufkommen zu lassen«, vervollständigte Caroline den Satz.

»Ja, so muß es für dich aussehen«, gab Jennifer kaum hörbar zu. Sie hob ihre Hand. Caroline spürte Jennifers Fingerspitzen an ihrem Hals entlangstreichen. »Laß uns zusammen Essen. Heute abend«, bat sie leise. »Bitte. Ich will ...«, ... *einfach nur mit dir zusammen sein.*

»Was?«

»... dich in einer Sache um Rat fragen.«

»Nur zu, frag«, sagte Caroline kurz angebunden, ging einen Schritt zurück, so daß Jennifers Hand in der Luft hing und sie sie automatisch sinken ließ.

Jennifer zögerte. »Es ist eine längere Geschichte. Mir wäre es lieber, wenn wir dazu eine etwas ruhigere Atmosphäre hätten. Hier kann jeden Moment jemand reinplatzen.«

»Fang an«, wiederholte Caroline. »Oder laß es. Aber bilde dir nicht ein, du kriegst mich noch mal rum, mit dir Essen zu gehen. Das endet jedesmal in einer neuen Katastrophe.«

»Bitte, Caroline. Wenn dir etwas an mir liegt ... nur das geringste ...«

»Hör auf!« rief Caroline da wütend. »Wie kannst du es wagen, daran zu zweifeln?«

»Aber ...«

»Nichts aber«, schnitt Caroline ihr das Wort ab. Resigniert fragte sie: »Wie schaffst du das nur immer?«

»Was meinst du?«

»So verletzend zu sein.«

Jennifer schwieg betreten. »Das ... ist keine Absicht«, verteidigte sie sich schließlich schwach.

»Ach hör doch auf.«

»Wirklich«, versicherte Jennifer, trat nah an Caroline heran. »Ich will dich nicht verletzen. Glaub mir. Es ist nur ... ich weiß nicht, wie so etwas geht. Dieser ... Beziehungskram ... liegt mir nicht. Warum können wir nicht einfach genießen, was wir haben?«

»Hast du schon mal daran gedacht, daß du eine falsche Einstellung zum Leben hast? Du lebst ausschließlich mit dem Kopf, verschließt dein Herz. Das ist ein Fehler.«

»Nicht nach meiner Erfahrung. Wer mit dem Herzen lebt, wird ausgenutzt, enttäuscht, verlassen. Der einzige Fehler wäre, daraus nicht zu lernen. Liebe ist etwas für Träumer.«

»Ist sie das?« fragte Caroline, überrascht, daß Jennifer *dieses* Wort überhaupt gebrauchte. Sie sah Jennifer eindringlich an. Sprach sie von sich? Ging ihre Weigerung, Gefühle zuzulassen, auf schlechte Erfahrungen zurück?

Sensible Menschen konnten darauf durchaus mit extremer

Abschottung reagieren. Nur war Jennifer Carolines Erfahrung nach kein besonders sensibler Mensch. Oder war Jennifers oft überhebliche und verletzende Art ein Schutzmechanismus? Und gar nicht, wie Caroline bisher dachte, purer Zynismus? Immerhin gab es Momente, da war Jennifer anders gewesen. Sanft, gefühlvoll.

»Bedeutet etwas zu lieben nicht, etwas mit all seinen Facetten zu mögen, es haben zu wollen?« sann Caroline laut nach. »Nicht an diesem Wunsch, es haben zu wollen, zu zweifeln. Und deshalb alles zu unternehmen, sich diesen Wunsch zu erfüllen. Darin steckt unheimlich viel Energie. Begeisterung. Liebe kann ungeahnte Kräfte in einem freisetzen. Als erfolgreiche Geschäftsfrau solltest du diese Eigenschaften schätzen. Und damit auch ihre Quelle.«

Jennifers Gesicht verschloß sich bei Carolines Worten mehr und mehr. »Worüber reden wir hier eigentlich?« fragte sie mit Skepsis in der Stimme.

Caroline war dicht davor zu antworten *»Na über die Liebe!«*, als ihr aufging, wie absurd das war. Sie mußte sich getäuscht haben. Jennifer eine verletzte Seele? Eher glaubte sie an den Weihnachtsmann. Natürlich sprachen sie *nicht* über die Liebe. Oder irgendwelche anderen Gefühle ähnlicher Natur. Sie sprachen ... »Darüber, ob wir heute abend gemeinsam essen oder nicht«, besann Caroline sich auf den Ausgangspunkt.

»Das war vielleicht keine so gute Idee«, entschied Jennifer. Carolines Laudatio über die Liebe war ihr nicht geheuer. »Lassen wir es einfach. Ich werde mir Rat bei meinem Anwalt holen. Dafür bezahle ich den Mann schließlich.«

»Es handelt sich also um einen juristischen Rat?« wollte Caroline wissen.

Jennifer zögerte. »Nur zum Teil«, räumte sie ein. »Den Rest werde ich eben selbst entscheiden müssen.« Besonders glücklich sah Jennifer bei der Feststellung nicht aus.

Caroline erriet, daß Jennifer wohl schon versucht hatte besagte Entscheidung zu finden, ohne rechten Erfolg. *Deshalb fragt sie ja dich.* Sie merkte, zu ihrem eigenen Unmut, daß sie schon wieder auf dem besten Weg war, Jennifer zu verzeihen. Sie konnte nicht anders. »Also gut«, ergab sie sich seufzend.

»Abendessen.«

Daß Jennifer sie zu sich nach Hause einlud statt in ein Restaurant, deutete Caroline als Fortschritt. Mit dem Einblick in ihr persönliches Umfeld gab Jennifer immerhin auch mehr Einblick in sich selbst frei. Irgendwie. Oder wünschte sie sich das nur?

Was Jennifer während des Essens, das sie zu Carolines Überraschung selbst zubereitet hatte, erzählte, ließ Caroline alle Spekulationen um Einblick oder nicht vergessen. Nicht im Traum wäre sie darauf gekommen, daß Jennifers Bitte um Rat den Fall Frey betreffen würde. Caroline hielt alles, was das betraf, für ausgestanden.

»Du glaubst, Dalberg hat Birch ... aus dem Weg geräumt?« fragte Caroline ungläubig.

»Ich weiß es nicht.« Jennifer schenkte Caroline Wein nach. »Wirklich. Ich weiß es nicht!« wiederholte sie ratlos.

»Wem hast du noch von deinem Verdacht erzählt?«

»Niemanden. Nur dir.«

Caroline blinzelte unsicher. »Beatrice?«

»Sie weiß nur, daß ich an dem Abend bei Frey war, um den Deal wegen der Daten zu machen. Ich konnte ihr nicht die ganze Geschichte erzählen. Sie ist Journalistin.«

»Sie ist deine Freundin«, erinnerte Caroline.

»Eine Freundin. Beatrice und ich hatten miteinander ein entspanntes, erotisches Abenteuer. Das war's.«

Caroline senkte den Blick. *Erotisches Abenteuer. Das sind die Frauen, mit denen du schläfst, also für dich. Na, da weiß ich ja jetzt Bescheid.* Gleich darauf ermahnte sie sich: Das tut nichts zur Sache, Caroline. Es geht um das Verschwinden eines Mannes. Eingedenk aller Umstände, da gab Caroline Jennifer Recht, mußte man dieses Verschwinden aufklären. Aber so kompliziert, wie Jennifer es machte, fand Caroline die Angelegenheit nicht. »Frau Birch soll eine Vermißtenanzeige aufgeben, ganz einfach. Damit wird automatisch eine offizielle Suche nach dem Mann eingeleitet. Die Behörden können Hotels und Fluglisten checken, sein Bild in den Tageszeitungen abdrucken lassen, oder was die sonst so machen.«

Jennifer grinste. »Frau Birch vermißt ihren Mann aber nicht.«

»Ja, das sagtest du bereits. Trotzdem sollte sie die Anzeige aufgeben. Denn wenn es jemand anderes vor ihr tut, könnte der Verdacht entstehen, sie will nicht, daß man nach ihm sucht . . .« Caroline stutzte, hielt mitten im Satz inne. »Vielleicht, weil sie weiß, daß er tot ist?« sagte sie dann langsam.

»Frau Birch soll ihren Mann . . .?« fragte Jennifer skeptisch.

»Ehestreits haben manchmal ziemlich unschöne Folgen. Glaub mir, ich weiß, wovon ich spreche. Ich habe schon so manchen Messerstich behandelt, den eine ängstliche oder wütende Ehefrau ihrem Mann zugefügt hat und umgedreht.«

»Daran habe ich überhaupt noch nicht gedacht«, gab Jennifer zu. »Das wäre natürlich auch eine Erklärung. Eine Überschneidung der Ereignisse. Wir sollten noch mal mit der Frau sprechen.«

»Wer wir? Euer Hobbydetektivinnenclub?« Caroline lächelte nachsichtig. »Überlaßt das besser den Behörden.«

»Den Behörden?« In Jennifers Stimme schwang deutliche Ablehnung. »Fällt dir an der Geschichte, die ich erzählt habe, nichts auf? Sie ist zwar spannend, aber sie killt auch mein Alibi. Sasse wird sich die Hände reiben und mich sofort wieder festnehmen.«

»Wenn Birch gefunden wird, wird deine Unschuld durch seine Aussage bewiesen.«

»Ja, wenn! Und was, wenn nicht? Oder wenn Birch lügt? Nein, nein. Das ist keine gute Idee. Ich hatte, ehrlich gesagt, auf einen besseren Rat gehofft.«

»Wie sollte der aussehen? Wenn du weder Beatrice noch der Polizei vertraust.«

Jennifer stand auf, ging zur Terrassentür, öffnete sie und atmete tief die kühle Nachtluft ein. Eine Weile stand sie still da. »Würdest du es an meiner Stelle tun? Würdest du zur Polizei gehen?« fragte sie schließlich.

Caroline ging zu Jennifer, blieb dicht hinter ihr stehen. »Nein, wohl nicht«, gab sie zu und ertappte sich bei dem Gedanken, wie schön es jetzt wäre, Jennifers Nacken zu küssen.

Jennifer drehte sich um und zerstörte damit Carolines Phantasie. »Siehst du«, sagte sie.

Caroline blinzelte verwirrt über ihre kurzzeitige Geistesabwesenheit und ermahnte sich, sich zusammenzureißen. »Wenn du nicht zur Polizei gehst, *mußt* du Beatrice und Sarah einweihen«, sagte sie.

Jennifer seufzte. »Ja, darauf läuft es wohl hinaus. Beatrice wird mir den Kopf abreißen.«

Caroline lächelte. »Dann werde ich ihn dir wieder annähen.«

In Jennifers Augen blitzte es auf. Sie sagte aber nichts, außer: »Nett von dir.«

Sie standen schweigend voreinander. Jede spürte die Anspannung der anderen, das Wollen und dagegen Ankämpfen. Beide warteten sie auf ein Zeichen der anderen. Warteten vergebens. Caroline unterdrückte diesmal konsequent ihr Verlangen, Jennifer zu berühren. Sie wollte nicht das Nachsehen haben, wenn Jennifer sich nach einer, zweifelsfrei sehr schönen Nacht, in sich zurückzog. Jennifer dagegen wußte, daß sie Caroline im Ganzen nicht geben konnte, was sie wollte. Bisher hatte Jennifer das nie als Hinderungsgrund angesehen, nahm sich dennoch, was sie kriegen konnte. Daß dies auch jetzt möglich war, daran zweifelte Jennifer keine Sekunde. Aber etwas hielt sie zurück? Jennifer konnte es nicht benennen. Doch sie wollte Caroline nicht Worte ins Ohr flüstern, die ihr selbst wenig, Caroline aber alles bedeuten würden. Es gab immerhin so etwas wie – Anstand. Gerade nach ihrem letzten Gespräch in Carolines Büro, wo diese mit deutlicher Klarheit gesagt hatte, wie verletzt sie war.

Weil du Carolines Gefühle für dich in Frage gestellt hast.

Jennifer sah ein: In dieser Situation hatte sie es am nötigen Feingefühl fehlen lassen. Jetzt würde sie beweisen, daß sie Carolines Gefühle achtete – und sich zurückziehen.

»Möchtest du noch einen Schluck Wein?« fragte Jennifer, obwohl Carolines Glas noch halb voll war. Aber ihr war ja auch nur daran gelegen, die Spannung aufzulösen, da konnte sie auf solche Feinheiten nicht achten. Sie ging an Caroline vorbei zurück ins Zimmer.

»Nein, danke«, lehnte Caroline ab. »Ich bin mit dem Wagen da.«

»Ich kann dir ein Taxi rufen.«

»Heißt das, ich soll jetzt gehen?«

»Nein!« Jennifer seufzte. Warum mißverstand Caroline sie nur fortwährend? Die Antwort gab Jennifer sich gleich selbst.

Caroline ist verletzlich, weil sie dich mag. Das solltest selbst du mittlerweile begriffen haben. Caroline spricht es nicht aus, aus Rücksicht zu dir. Und weil sie stark ist. Sie will nicht, daß du aus Mitleid so tust, als würdest du ihre Gefühle erwidern.

Normalerweise war das der Zeitpunkt, an dem Jennifer den Kontakt zu einer Frau abbrach. Allerspätestens! *Warum tust du es diesmal nicht?*

Weil in Carolines Fall die Dinge anders liegen, sagte Jennifer sich. Weil sie beide durch die Arbeit miteinander verbunden waren.

Du könntest das Krankenhausprojekt an jemand anderes übergeben. Fähige Manager hast du genug.

Nein, das wäre nicht gut. Es stand zuviel auf dem Spiel, widersprach sie sich sofort. Sie mußte die persönlichen Dinge einfach außen vor lassen. In ihrem eigenen und Carolines Interesse. Das kriegte sie schon hin. Wäre ja gelacht, wenn sie plötzlich zittrige Knie bekäme, nur weil eine Frau Gefühle für sie hegte. Wie schön es auch immer war, mit dieser Frau zusammenzusein. Sie, Jennifer, erwiderte diese Gefühle nicht.

»Ich glaube, trotzdem es ist an der Zeit«, sagte Caroline. »Danke für das wundervolle Essen. Wer hätte gedacht, daß in dir eine so gute Köchin steckt.« Sie ging in den Flur.

Jennifer, verblüfft über den plötzlichen Aufbruch, blieb keine Zeit zu reagieren. Sie folgte Caroline automatisch. Caroline öffnete schon die Tür, da fragte Jennifer, auch für sich selbst völlig unvermutet: »Würdest du mir den Gefallen tun und dabeisein, wenn ich mit Beatrice rede?«

Erstaunt drehte Caroline sich um. »So schlimm wird es schon nicht werden.« Dann schmunzelte sie. »Dein Kopf sitzt übrigens ziemlich fest auf deinen Schultern.«

»Ja, anatomisch gesehen vielleicht, aber du kennst Beatrice nicht, wenn sie wütend wird.« Jennifer schaute Caroline bittend an. »Ich würde mich einfach ... wohler fühlen, wenn du dabei wärst.«

Caroline seufzte. »Also schön«, meinte sie. »Wann willst du es ihr denn beichten?«

Jennifer überlegte nicht lange. »Jetzt.« Sie nahm ihre Jacke vom Haken.

Caroline sah auf ihre Armbanduhr. Halb neun. Na ja, warum nicht.

Auf der Straße sagte Jennifer: »Wir fahren besser mit meinem Auto. Du kannst deines hier stehenlassen. Die Parkplätze sind knapp, wo Beatrice wohnt. Es ist nicht weit.«

Daß Jennifer die Parkraumsituation in Beatrice' Straße so gut kannte, ernüchterte Caroline. Sagte es ihr doch, daß das angeblich unbedeutende Abenteuer immerhin lang genug gewährt hatte, um derartige lokale Kenntnisse zu haben. Warum hatte Jennifer versucht den Eindruck zu erwecken, ihre Beziehung zu Beatrice sei von flüchtiger Natur gewesen?

Aber hatte sie das wirklich? Caroline erinnerte sich: Sie war davon ausgegangen, als Jennifer von einem »entspannten erotischen Abenteuer« gesprochen hatte, es hatte sich um eine kurze Affäre gehandelt. Weil sie es glauben wollte.

Was spielt es überhaupt für eine Rolle, welcher Art Jennifers Beziehung zu Beatrice war? Bei der Vielzahl, der man ihr nachsagte. Die Jennifer übrigens nicht bestritt.

Es spielte *keine* Rolle, sagte Caroline sich. Es *durfte* keine Rolle spielen! Tat es aber. Denn die Vielzahl war weg, Beatrice war noch da.

Nachdem Jennifer Beatrice reinen Wein eingeschenkt hatte, war die erst mal sprachlos.

»Das ist ja 'ne dolle Geschichte!« sagte sie nach anfänglicher Fassungslosigkeit. »Marianne Dalberg, die Frau des Bürgermeisters. Das wird einige Wellen schlagen.«

»Du willst doch wohl nicht darüber schreiben?« rief Jennifer entsetzt. Sie hatte es befürchtet. »Es gibt keinerlei Beweise dafür.«

»Du warst Zeugin. Das ist doch Beweis genug.«

»Für wen? Für dich und deine Zeitung vielleicht. Frau Dalberg wird alles abstreiten. Wem wird man wohl mehr glauben? Mir oder der Frau des Bürgermeisters?«

»Aber die Geschichte an die Öffentlichkeit zu bringen ist die beste Möglichkeit, den Fall aufzuklären. Die Redaktion bekommt vielleicht einen Hinweis von jemanden, der Birch gesehen hat.«

»Sie wird nur einen Haufen wichtigtuerische Anrufe bekommen. Das ist alles.«

»Und wenn nicht?« fragte Caroline in den Disput der beiden hinein.

Jennifer winkte ab. »Da halte ich jede Wette. Da kommt nichts Brauchbares bei rüber.«

»Nein. Ich meine, wenn Frau Dalberg es gar nicht leugnet.«

Sowohl Jennifer als auch Beatrice sahen Caroline an, als wäre sie etwas zurückgeblieben.

Doch Caroline ließ sich nicht beirren. »Erinnere dich«, sagte sie zu Jennifer. »Der Bürgermeister hat seine Frau beim Diner entschuldigt. Sie fühle sich nicht wohl. Was, wenn er sie abschirmt. Aber nicht, um *sie* zu schützen, sondern *sich*! Vielleicht will *sie* ja die Wahrheit sagen. Wohingegen *er* den Skandal verhindern will.«

Jennifer und Beatrice machten nachdenkliche Gesichter.

Was Caroline als Aufforderung nahm, ihre Theorie zu erläutern. »Ist es nicht denkbar, daß Frau Dalberg lieber zugeben will, ihren Liebhaber im Handgemenge erschossen zu haben, als sich ein Leben lang mit dem Ereignis das Gewissen zu belasten? Der Frau kann strafrechtlich nicht so viel passieren, zumal sie, als die Sache geschah, doch wohl alkoholisiert war. Aber für ihren Mann ist der Vorfall natürlich das politische Aus. Das weiß der auch.«

»Du meinst ... wir sollen mit Frau Dalberg sprechen?« fragte Jennifer.

Caroline nickte. »Genau.«

»Aber wenn dem so ist, wie Sie vermuten, wird Dalberg uns nicht an sie ranlassen«, warf Beatrice ein.

»Wir fragen ihn natürlich nicht«, sagte Jennifer.

»Wie stellst du dir das vor?« fragte Beatrice. »Wir können ja nicht in sein Haus eindringen.«

Sie sahen einander ratlos an.

»Dann warten wir, bis sie das Haus verläßt«, sagte Beatrice schließlich. »Sarah kann sich auf die Lauer legen.«

Jennifer nickte. »Gute Idee. Am besten, du rufst sie gleich mal an.«

Beatrice lächelte ruhig zurück. »Mach' ich dann.«

Jennifers Augen blitzten. Sie hatte nicht vergessen, daß Beatrice ihr heute morgen gesagt hatte, sie wäre nicht glücklich darüber, daß Sarah von ihr, Jennifer, nicht loskam. »Verstehe. Du willst dabei lieber ungestört sein.«

Beatrice blitzte zurück. »Und wenn?«

Caroline folgte dem Geplänkel der beiden. Sie verstand gar nichts mehr. Stritten sie sich um Sarah?

»Dann lassen wir dich jetzt mal allein«, sagte Jennifer spitzbübisch und gab Caroline ein Zeichen.

Nein, sie stritten nicht, entschied Caroline. Es sah mehr so aus, als ob Jennifer . . . Beatrice neckte?

»Sarah soll mich anrufen, sobald Frau Dalberg das Haus verläßt«, sagte Jennifer im Hinausgehen. »Aber sie soll sie auf gar keinen Fall ansprechen, nur beobachten.«

»Ich richte es ihr aus«, sagte Beatrice, bevor sie die Tür hinter ihnen schloß.

Auf der Rückfahrt zu Jennifer sagte Caroline: »Auf mich machte Beatrice einen ganz friedlichen Eindruck. Mein Beistand war nicht nötig.«

Jennifer gluckste. »Ja, sie war *verdächtig* friedlich. Ich habe den Eindruck, sie ist abgelenkt.«

»Abgelenkt?«

»Ich glaube, sie hat ein Auge auf Sarah geworfen.«

»Armes Ding«, konnte Caroline sich nicht verkneifen zu sagen, denn sie ging davon aus, daß es Beatrice mit ihren Frauen ähnlich hielt wie Jennifer. Wollen, nehmen, fallenlassen.

»*Ich* bin die Frau mit den Affären«, erwiderte Jennifer, die Carolines Gedanken erriet. »Nicht jede Frau, die was mit mir hatte, ist eine Femme fatale.« Seitenblick zu Caroline. »Das solltest *du* doch wissen.«

16.

Der Anruf Sarahs kam am übernächsten Tag. Allerdings brachte er nicht die Nachricht, daß Frau Dalberg das Haus verlassen hatte, sondern Sarah verkündete: »Sie ist gar nicht im Haus!«

»Hat ihr Mann sie in eine Klinik gebracht?« fragte Jennifer.

»Nein. In ein Ferienhaus auf Mallorca. Absolut unerreichbar für alle.«

»Wieso unerreichbar? Hast du keine Adresse?«

»Doch.«

»Sehr gut. Meine Sekretärin wird einen Flug buchen. Ich sage dir Bescheid, wann wir fliegen.«

»Häh?« machte Sarah.

Jennifer legte auf, doch nur, um sofort wieder zum Hörer zu greifen und Caroline anzurufen. »Pack ein paar Sachen zusammen, wir fliegen nach Mallorca.«

»Häh?« machte auch Caroline.

Jennifer erläuterte ihr, wie die Dinge lagen. »Also fliegen wir hin, wir alle vier«, schloß sie ihre Erklärung ab. »Du kommst natürlich mit.«

»Wieso?«

»Du bist Ärztin. Falls die Frau unter Schock steht, bist du diejenige, die weiß, was zu tun ist.«

»Da nimmst du dir lieber eine Psychologin mit«, riet Caroline. »Das wäre angebrachter.«

»Ja, möglich. Ich kenne aber keine Psychologin«, erwiderte Jennifer mit belustigter Stimme.

»Schon vergessen? Du hast dir gerade ein Krankenhaus gekauft«, erwiderte Caroline. Die Entscheidung am Montag war, wie vom Bürgermeister beim Diner angedeutet, zu Gunsten der Centrum Klinik AG gefallen. »Da wird sich doch wohl die eine oder andere Psychologin finden.«

»Mir ist *die ein oder andere* nicht gut genug«, sagte Jennifer bestimmt. »Zumal ich nicht irgendwelche fremden Leute bei der Sache dabeihaben möchte.«

»Ich kann nicht. Ich bin hier im Krankenhaus nicht abkömmlich«, wehrte Caroline sich immer noch.

»Wer sagt das?«

»Mein Dienstplan.«

»Und was sagt dein Urlaubskonto? Wieviel Tage stehen da wohl zu viel drauf?«

Caroline schwieg. Den letzten Urlaub hatte sie vor etwa neun Monaten genommen. Eine Woche, weil sie ihr Bad hatte renovieren lassen und es für besser gehalten hatte, ein Auge auf das zu haben, was die Handwerker machten.

»Soll ich erst beim Personalleiter anrufen?« fragte Jennifer.

»Ein paar«, gestand Caroline widerwillig.

»Gut. Dann ordne ich als deine Chefin an, daß du die jetzt nimmst.«

»Das könntest du tun. Du kannst aber nicht anordnen, was ich in meinem Urlaub mache.«

Jennifer seufzte. »Dann ordne ich eben an, daß du keinen Urlaub machst, sondern mich auf einer Geschäftsreise begleitest.«

Caroline gab sich geschlagen. »Also gut. Wann?« fragte sie ergeben.

»Halte dich bereit, ich lasse den Flug und ein Hotel buchen. Ich rufe dich wieder an.«

Na toll, dachte Caroline. *Jennifer, ihre beiden Ex und ich. Womit habe ich das verdient?*

Nun tu nicht so, als hättest du gar nichts dazu beigetragen, Caroline. Wer wird denn jedes Mal weich, wer gibt denn immer Jennifers Willen nach? Wer hat es denn gerade wieder getan?

Jennifer ist ja im Grunde gar nicht so übel, wie alle sagen. Nur manchmal etwas – gedankenlos, was die Gefühle anderer betrifft.

Caroline lächelte vor sich hin. Ein paar Tage raus aus dem Krankenhausalltag, weg vom Streß, warum eigentlich nicht? Es gab schlimmeres als eine Einladung nach Mallorca. Ja gut, Einladung war zuviel gesagt. Anordnung traf es besser. Jennifer verband keine romantischen Gedanken damit. Es ging lediglich darum, Licht in die Sache um Freys Tod zu bringen. Sonst würde Jennifer doch nicht Beatrice und Sarah mitschleppen.

Also entspann dich, Caroline.

Es war dann auch Jennifers Sekretärin, die Caroline eine Stunde später anrief und ihr den Abflugtermin für den nächsten Morgen mitteilte. »Rückflug ist in drei Tagen«, fügte die Sekretärin noch hinzu.

Caroline war zufrieden. Da blieb ja sogar etwas Zeit für Faulenzen am Strand. Einen kurzen Moment beschlich Caroline der Verdacht, daß das von Jennifer so arrangiert war, um ... Nein, entschied sie dann. Wahrscheinlich gab es einfach keinen früheren Rückflug. Immerhin war die Buchung sehr kurzfristig. Erstaunlich, daß es überhaupt so schnell geklappt hatte.

Caroline organisierte ihre Vertretung. Was so kurzfristig nicht einfach war. Auf Fragen nach dem Grund für ihre Abwesenheit hielt Caroline sich bedeckt. Sollte sie etwa sagen, daß sie einen Trip nach Mallorca machte? Von oben angeordnet? Alle würden glauben, die Reise sei eine Art Bestechung. Der Versuch des neuen Eigentümers, das Entgegenkommen der ärztlichen Direktorin zu erkaufen. Caroline schob einen Besuch bei einer alten Freundin vor.

Nachdem das Organisatorische erledigt war, schrieb Caroline ein paar E-Mails mit Anweisungen. Ganz zum Schluß eine E-Mail an Jennifer. »Ich gehe jetzt packen. Wir sehen uns morgen.« Während sie die Mail abschickte, stellte Caroline fest: Sie freute sich auf die kommenden Tage.

Das Taxi kam pünktlich um acht Uhr morgens und brachte Caroline zum Flughafen. Sie schaute sich in der Halle um, ging zu einem der Bildschirmterminals und suchte nach dem Check-in-Schalter für den Flug nach Palma.

Beatrice war die erste und bisher einzige der Gruppe. Sie winkte Caroline zu, als sie sich dem Schalter näherte. »So schnell sieht man sich wieder.«

»Ja, wer hätte das gedacht«, erwiderte Caroline verlegen. Sie fühlte sich in Beatrice' Nähe befangen. Vor allem, weil sie nicht wußte, was Jennifer und Beatrice miteinander über sie sprachen.

»Sie begleiten Jennifer auf dieser Reise?« fragte Beatrice.

»Jennifer wollte es so«, erwiderte Caroline reserviert.

Ihr fiel sofort auf, wie das klang, und so wunderte es sie nicht, daß Beatrice schmunzelnd sagte: »Sie dürfen ihr nicht alles geben, was sie will.«

»Als Ärztin«, versuchte Caroline richtigzustellen.

Beatrice lächelnder Blick zeigte ihr, daß die Carolines Erklärung für eine ziemlich durchsichtige Ausrede hielt.

»Ereignisse, die außerhalb der normalen menschlichen Erfahrung liegen, können psychische Traumata auslösen«, erläuterte Caroline deshalb. »Ich bin keine Psychoanalytikerin, aber sicherlich erkenne ich Anzeichen eines solchen Traumas eher als Sie und weiß, wie ein Gespräch mit einer traumatisierten Person zu führen ist. Oder wollen Sie es verantworten, wenn Frau Dalberg, während Sie sie befragen, einfach zusammenbricht?«

Beatrice mußte zugeben: »Anscheinend hat Jennifer weitergedacht als ich. Entschuldigen Sie, wenn ich ... etwas vorlaut war.«

Caroline wurde einer Antwort enthoben, da Jennifer plötzlich neben ihnen stand. »Na, da sind wir ja fast vollzählig. Fehlt nur noch Sarah. Wo bleibt sie denn?«

Wie aufs Stichwort erschien Sarah in der Halle. Beatrice ging ihr entgegen.

Jennifer zwinkerte Caroline zu. »Hab' ich es nicht gesagt?«

Als die beiden heran waren, verteilte Jennifer die Tickets. »Aufgrund der kurzfristigen Buchung habe ich nur zwei nebeneinander liegende Plätze.« Sie zögerte. »Hier, ihr beiden«, sagte sie dann zu Beatrice und Sarah. Und an Caroline gewandt: »Für uns bleiben somit die Einzelplätze.«

Sarah nahm verblüfft ihr Ticket entgegen, Beatrice' Augen warnten Jennifer, weitere Kommentare abzugeben. Sie checkten ein und begaben sich in die Wartehalle.

Den Flug verbrachte Jennifer vertieft in Unterlagen, Caroline las Zeitung. Beatrice und Sarah saßen schweigend nebeneinander. Bis es Beatrice zu dumm wurde.

Seit dem Abend, als Sarah sie vor der Pizzeria stehengelassen hatte, wartete Beatrice auf eine Gelegenheit, den Irrtum aus der Welt zu schaffen, dem Sarah offensichtlich aufsaß. Nämlich, daß sie ihre Nebenbuhlerin bei Jennifer war.

»Was muß ich tun, damit du mir eine Chance gibst?« fragte Beatrice Sarah sanft und ignorierte den irritierten Blick des Herrn, der den dritten Platz in der Reihe hatte, direkt am Gang.

Sarah lief rot an. Obwohl ihr nicht ganz klar war, von welcher Chance Beatrice sprach, würde das Gespräch sicher Themen berühren, die nicht für die Ohren unbeteiligter Zuhörer geeignet waren. Sarah entschuldigte sich mit einem verlegenen Blick bei dem Herrn neben ihr. »Nicht jetzt«, sagte sie mit gepreßter Stimme zu Beatrice.

»O doch, jetzt. Der Herr wird weghören, wenn er höflich ist.« Sie lächelte den Mann an. Der brummelte was von Toilette und entfernte sich.

»Was soll das?« fragte Sarah.

»Ich möchte, daß du zwei Dinge begreifst«, sagte Beatrice eindringlich mit leiser Stimme. »Erstens: Ich bin definitiv nicht in Jennifer verliebt und will sie dir nicht wegnehmen. Zweitens: Selbst wenn ich wollte, ich kann sie dir nicht wegnehmen, weil sie dir nicht mehr gehört. Sie ist bereits weitergezogen. Das mußt du akzeptieren.« Beatrice wies auf Caroline, die zwei Reihen vor ihnen saß und bei der Jennifer gerade stand. Die beiden unterhielten sich. »Schau hin.«

Sarah schaute hin, dann zu Beatrice und blinzelte verstört.

Beatrice seufzte. »Genaugenommen gehört Jennifer nie jemanden, außer sich selbst. Natürlich bedeutet es, wenn man einen Menschen liebt und das über ihn weiß, nicht automatisch, daß es weniger schwer ist, ihn gehen zu lassen, aber ... du kommst darüber hinweg. Glaub mir. Es gibt andere Frauen. Frauen, die Gefühle gern zulassen. Du findest schon noch die Richtige.«

Sarah hörte Beatrice mit wachsender Verwunderung zu. »Versuchst du gerade mich zu trösten?« fragte sie jetzt.

»Na ja, ich sehe doch, wie du Jennifer hinterherhängst und ...«

»Das tue ich doch gar nicht«, unterbrach Sarah.

»Nein?«

»Nein!«

»Aber du hast mich immer so merkwürdig angeschaut, wenn ich von Jennifer geredet habe. Weichst mir aus. Bist zurückhaltend.«

»Ich dachte, *du* wärest dabei ... na ja, alte Gefühle für Jennifer wiederzuentdecken ... das fand ich irgendwie schade ... für dich.«

Und für mich. Aber das behielt Sarah für sich. Sie war ohnehin sprachlos.

Beatrice gluckste. »Soll das heißen, ich strample mich die ganze Zeit ab wegen nichts?«

Jennifer kam bei ihnen vorbei, auf dem Weg zu ihrem Platz. »Hier geht es ja sehr heiter zu«, meinte sie.

Beatrice grinste. »Es ging um dich«, klärte sie Jennifer auf.

»Und das ist so heiter?«

»Eigentlich ging es darum, daß es nicht mehr um dich geht«, verbesserte Sarah.

»Oh«, Jennifer kräuselte verständnislos die Stirn und ging weiter.

Von ihrem Platz aus konnte sie beobachten, wie Sarah und Beatrice sich den Rest des Fluges bestens unterhielten.

Zwanzig Minuten nach der Landung waren sie alle im Besitz ihres Gepäcks und nahmen ein Taxi zum Hotel. Dort angekommen fragte Jennifer an der Rezeption sofort nach dem Dorf, in dem die Finca der Dalbergs lag. Sie bekam eine wortreiche, meist spanische Erklärung, bestellte für den nächsten Tag einen Leihwagen und kaufte eine Straßenkarte der Insel.

Nachdem das geklärt war, wandte Jennifer sich an die drei anderen. »So Mädels. Den Rest des Tages machen wir blau. Oder hat jemand Einwände?«

Die hatte niemand.

Nach einer erfrischenden Dusche saß Jennifer auf dem Bett, und den Laptop vor sich checkte sie ihre Mails, als es klopfte. »Ja«, rief sie.

Beatrice trat ein. Ihr Blick erfaßte den angeschalteten Computer. »Nennst du das blaumachen?«

»Ja, das weißt du doch«, antwortete Jennifer leichthin.

»Ich dachte, wir könnten etwas schwimmen gehen. Falls es dir entgangen ist, wir befinden uns nur zweihundert Meter vom Strand entfernt. Einem perfekten weißen Sandstrand übrigens.«

»Ich habe gerade geduscht.«

»Geduscht«, wiederholte Beatrice.

»Ja. Ganz ehrlich, ich mache mir nichts aus Massenbaden, Gerempel von Ellenbogen und Füßen, Kinder, die ins Wasser pinkeln.«

»Du bist ...« Beatrice fiel kein passendes Wort ein. Sie zuckte mit den Schultern, drehte sich um und ging.

Jennifer wandte sich wieder ihrem Laptop zu. Eine der Mails bereitete ihr Kopfzerbrechen. Absender war die Buchhaltung der Centrum Klinik AG. In der Mail hieß es, die Vorjahresbilanz des Krankenhauses, die Grundlage der Wirtschaftlichkeitsanalyse für den Kauf war, sei offenbar an mehreren Stellen beschönigt worden. Buchungen waren bis zum neuen Jahr zurückgehalten worden. Das hatte das Gesamtbild sehr verfälscht und dem aktuellen Geschäftsjahr einen verdammt schlechten Start beschert. »Im Ergebnis dessen scheint die Schließung einer der drei inneren Abteilungen sowie des Zentrums für Schlaf- und Beatmungsmedizin nicht abwendbar. Die Idee der plastischen Abteilung rückt erneut ins Licht«, las Jennifer nun bereits zum dritten Mal und seufzte. Eine Idee, die der Geschäftsleitung des Krankenhauses bisher nicht vorgetragen worden war. Es gab auch so schon genug Widerstand.

Plastische Chirurgie war ideal für die Substitution unwirtschaftlicher Abteilungen. Und die Centrum Klinik AG schloß nicht aus, daß sich solche herauskristallisieren würden. Deshalb gab es diesen Alternativplan in der Schublade. Plastische Chirurgie! Eine sichere Sache. Die Lizenz zum Gelddrucken.

Genau das würde Caroline ihr vorwerfen. Jennifer sah es schon ganz deutlich. Immerhin hatte sie Caroline versichert, es seien keine Schließungen geplant. Waren sie ja auch nicht. Sie waren nicht *geplant*. Allerdings nicht auszuschließen. Für diesen Fall sah man vor, die bestehen bleibenden Abteilungen zusammenzuziehen und die freiwerdenden Gebäudeteile der neuen plastischen Chirurgie zuzuschlagen. Das war alles.

Doch würde Caroline ihr das glauben? Würde sie nicht vermuten, man schlösse die bestehenden Abteilungen, um Platz für die plastische Abteilung zu machen? Und nicht umgedreht, nämlich daß der freiwerdende Platz einer neuen Nutzung zugeführt wurde?

Aber war es ihre, Jennifers, Schuld, wenn irgendwelche Zahlenjongleure sich für superschlau hielten? Nicht, daß Jennifer das überraschte. Solche Stolpersteine gab es immer wieder bei einer Übernahme. Sie hatte gelernt, derartiges einzukalkulieren. Deshalb ja der Alternativplan.

Normalerweise würde sie den jetzt triumphierend aus der

Tasche ziehen, ihn der Geschäftsleitung mit zufriedener Überlegenheit präsentieren und damit klarstellen, daß man Jennifer Feiler nicht so leicht aus dem Konzept brachte. Normalerweise.

Jennifer straffte sich. Ja, und genau das würde sie auch diesmal tun. Was Caroline darüber dachte, war ihr zwar nicht gleichgültig, aber deshalb durfte sie das Projekt nicht gefährden, indem sie einen kostspieligen Rettungsversuch dieser Abteilungen unternahm. Wenn die Mitglieder der Geschäftsführung des Krankenhauses, Caroline eingeschlossen, anderer Meinung waren, *na mein Gott*, dann war das eben so. Damit konnte sie leben. Leute in ihrem Job standen auf der Beliebtheitsskala nun mal nicht besonders weit oben. Das brachte die Sache so mit sich.

Jennifer schrieb eine Mail an die Buchhaltung: »Bereiten Sie die Daten für eine Präsentation vor. Defizitabweichung – Prognose, Alternative – Prognose. Machen Sie einen Termin mit der Leitung des Krankenhauses für Freitag. JF.«

Senden.

Jennifer schaute auf die rechte untere Ecke ihres Bildschirmes, in der sie den Ausgang der Nachricht mitverfolgte. So, das war erledigt. Und am besten erfuhr Caroline von der neuen Situation, wie ihre Kollegen, erst in der offiziellen Besprechung. Das zwang Caroline, erst einmal die Erklärung anzuhören, wie es zu dieser neuen Situation gekommen war. Anschließend konnte man dann in die Debatte gehen. Allerdings würde das nichts an der Entscheidung ändern.

Beatrice stieß beinah mit Sarah zusammen, als sie aus Jennifers Zimmer kam. »Hallo«, sagte sie überrascht.

»Hallo«, erwiderte Sarah.

»Wo soll's denn hingehen?«

Sarah zuckte mit den Schultern. »Einfach nur bummeln.«

»Zum Strand?«

»Mal sehen.«

»Ich wollte schwimmen gehen. Jennifer himmelt lieber ihren Computer an, statt mitzukommen. Was ist mit dir? Hast du Lust?«

»Warum nicht. Ich gehe schnell und ziehe mir einen Bikini

drunter.«

Beatrice nickte erfreut. Sie folgte Sarah, die die wenigen Meter zu ihrem Zimmer zurückging, aufschloß, zielstrebig zum Schrank steuerte, aus dem sie einen Bikini hervorzog und damit im Bad verschwand.

Beatrice wartete. »Warst du schon mal auf der Insel?« fragte sie laut, so daß Sarah es im Bad hören konnte, obwohl die Tür geschlossen war.

»Ja, einmal«, rief die aus dem Badezimmer. »Vor vier Jahren.«

»Und dann nicht wieder? Hat es dir nicht gefallen?«

Sarah kam aus dem Bad. »Ich bin nicht der Typ, der jedes Jahr an denselben Ort fährt, um Urlaub zu machen. Ich finde, man verschenkt sich damit die Möglichkeit, seinen Horizont zu erweitern.«

Beatrice nickte zustimmend. »Ja, da gebe ich dir Recht.«

»Leider erlaubt mir meine Ökonomie keine allzu großen Sprünge, was meine Reiselust betrifft«, gestand Sarah. »So gesehen wäre es besser, wenn Frau Dalberg statt einer Finca auf Mallorca ein Haus in der Toskana hätte. Dann hätte ich mal was anderes gesehen.« Sie grinste. »Gehen wir?«

»Warum suchst du dir nicht eine spendable Freundin?« witzelte Beatrice.

Sarah vergaß den Aufbruch. Ihr Gesicht, eben noch offen und fröhlich, verschloß sich. Sie schaute Beatrice ernst an. »So wichtig sind mir Reisen nun auch wieder nicht.«

»Schade«, meinte Beatrice, wobei sie versteckt lächelte.

»Schade?« fragte Sarah etwas unwillig. Das sollte Beatrice ihr erklären.

»Ich . . . hätte mich sonst vielleicht angeboten«, meinte Beatrice lax. »Ich bin zwar nicht so gut betucht wie Jennifer, aber . . .«

Sarah senkte den Blick. »Verstehe.« Sie hatte sich schon gewundert, warum Beatrice so nett zu ihr war. Jetzt glaubte sie es zu wissen. »Du denkst, wegen der Geschichte mit Jennifer . . . aber du irrst dich. Ich verkaufe mich nicht.«

»Das habe ich nicht gesagt«, wehrte Beatrice ab. Sarah hatte da offensichtlich was in den falschen Hals bekommen.

»Aber gemeint.« Sarah seufzte. »Schade.«

»Schade?« fragte diesmal Beatrice.

»Daß ihr euch so ähnlich seid. Du und Jennifer. Sie glaubt auch, alles und jeden bekommen zu können. Wenn nicht anders, dann mit Geld.«

Das war Beatrice nun doch zu viel. Auf keinen Fall wollte sie das auf sich sitzen lassen. »Erstens«, stellte sie fest, »du tust Jennifer Unrecht. Mich hat sie jedenfalls nicht bezahlt. Und dich, so weit ich weiß, auch nicht. Es waren andere, die *dir* Geld gaben, damit du dich an Jennifer ranmachst. Schon vergessen?«

Sarah schwieg betreten.

»Und zweitens«, fuhr Beatrice fort, »ich habe lediglich gefragt, ob du mit mir in den Urlaub fahren würdest. Okay. Vielleicht habe ich mich schlecht ausgedrückt. Aber wenn du vermutest, ich würde eine Gegenleistung an das Angebot knüpfen, dann liegst du falsch.«

»Willst du ernsthaft behaupten, du hättest nicht *daran* gedacht?« fragte Sarah ein wenig trotzig.

Beatrice wurde es jetzt zu bunt. Sie trat nah an Sarah heran. »Ja, ich habe *daran* gedacht. Aber ich will es nicht als Gegenleistung für irgend etwas.« Sie küßte Sarah kurzerhand auf den Mund. »Kannst du mir den Gefallen tun und dich an diesen Gedanken gewöhnen?« fragte sie schlicht.

Sarah errötete. »Ich ...« Sie kam nicht dazu, weiterzusprechen. Ein erneuter Kuß Beatrice' verschloß ihr den Mund. Sinnlich und langanhaltend.

Sarah, überrumpelt von Beatrice' Geradlinigkeit, hielt still.

Beatrice gab Sarah wieder frei. »Hm«, meinte sie aufgrund der fehlenden Reaktion Sarahs irritiert. »Da habe ich mich wohl doch überschätzt. Ich dachte, du ... ähm ... wie peinlich. Na, da stürze ich mich jetzt am besten mal in die Fluten, um mich abzukühlen. Ich nehme nicht an, daß du mich immer noch begleiten willst.« Beatrice wollte an Sarah vorbei zur Tür huschen. Dabei stieß sie Sarah aber an. Die kam, immer noch benommen von Beatrice' Kuß, ins Straucheln. Beatrice griff nach Sarah, sah sie verwundert an. »Alles in Ordnung? Ich meine ...« Sie räusperte sich. »Tut mir leid, daß ich dich so überfallen habe«, sagte sie zerknirscht. »Ich wollte dich nicht bedrängen. Es kommt nicht wieder vor. Versprochen.«

Von Sarah fehlte weiterhin jede Reaktion. Beatrice hob entschuldigend die Hände. »Na, ich gehe dann mal.« Sie hatte schon die Türklinke in der Hand, als sich in ihrem Rücken etwas tat.

»Was . . .«, hörte sie Sarahs Stimme.

Beatrice drehte sich um, sah Sarah fragend an, die Türklinke immer noch in der Hand.

»Was heißt das?« fragte Sarah.

»Was heißt was?«

»Ich . . . werde aus dir nicht schlau.«

Beatrice ließ die Türklinke los, ging den einen Schritt auf Sarah zu, den sie von ihr weg stand, legte ihren Finger unter Sarahs Kinn, so daß sie automatisch aufsah. »*Du* wirst aus mir nicht schlau? Ich beauftrage dich mit einer Nachforschung, die ich leicht selbst hätte machen können. Ich lade dich zum Essen ein, an dessen Anschluß *du* mich stehenläßt. Ich flirte mit dir im Flugzeug. Ich küsse dich, und du . . .« Beatrice brach ab.

»Du betrachtest alles so . . . lässig«, hielt Sarah entgegen. »Ohne tieferen Ernst. Ich weiß nicht, ob du *mich* ernstnimmst. Und ich will nicht schon wieder nur eine Abwechslung sein. Dazu bin ich mir zu schade.«

Beatrice setzte bereits zu einer scharfen Antwort an, doch dann – kniff sie die Augen zusammen. »Was willst du denn dann sein?« fragte sie langsam.

Sarah blinzelte. Beatrice' Frage stürzte sie in ein Dilemma. Sie konnte sie nicht beantworten, ohne sich einzugestehen, daß . . . aber das war völlig absurd. Sie kannte Beatrice viel zu kurz, um sich in sie zu verlieben. Und zu hoffen, daß Beatrice . . .

»Sarah?« fragte Beatrice eindringlich, da Sarah nicht antwortete.

Sarah schluckte. »Ich weiß nicht. Vielleicht will ich mir einfach nur sicher sein, daß du mich meinst.«

»Wen sollte ich denn sonst meinen?« fragte Beatrice sanft. »Kleines. Ich küsse nur Frauen, die ich wirklich küssen will. Ein Ersatz reicht mir da nicht aus. Warum glaubst du so einen Unsinn?«

Weil eine Frau wie Beatrice sich doch nicht ausgerechnet in sie verliebte, die in allem nur die Miniaturausgabe von Jennifer war, seufzte Sarah innerlich. Nicht annähernd so erfolgreich, nicht annähernd so schön und noch dazu zum Monatsende chronisch pleite. Nein, sie war nicht so blöd, das zu glauben. Beatrice spielte in einer anderen, einer höheren Liga. Ihr Interesse würde genau solange anhalten, bis sie einer Frau begegnete, die auch dieser Liga angehörte. Und dann würde sie, die kleine, naive Sarah, kurzerhand abgelegt. *Das muß ich mir nicht geben.* »Du und Jennifer, ihr seid euch sehr ähnlich. In Jennifers Fall hat es keine Rolle für mich gespielt, daß ich nur eine von vielen war. Da wollte ich gar nicht mehr sein. Allerdings ist das eigentlich nicht meine Art, also will ich es auch nicht zur Gewohnheit werden lassen.«

Beatrice konnte mit dieser Antwort offensichtlich nichts anfangen, denn sie schaute Sarah nach wie vor fragend an. Dann schüttelte sie den Kopf, hob zu einer Erwiderung an, doch das tiefe Einatmen endete nur mit dem lautlosen Entweichen der zuvor gesammelten Luft. Es folgte ein erneutes Kopfschütteln.

Beatrice fehlten die Worte. Was sollte sie auch sagen? Daß Sarah nicht eine von vielen war? Wo begann »viele«? Bei drei Frauen, bei fünf? Ja, sie hatte nach Jennifer andere Frauen gehabt. Auch ein oder zwei, wo sie von Anfang an gewußt hatte, daß diese Frau nur eine Affäre sein würde. Warum denn nicht? Aber generell war sie durchaus monogam veranlagt. Doch wie sollte sie Sarah, die sie eindeutig in die Schublade »Vamp« gepackt hatte, davon überzeugen?

»Ich passe«, blieb Beatrice da nur zu sagen.

Sarah nickte still.

Beatrice ging. Die Lust zum Schwimmen war ihr allerdings vergangen. Auf ihrem Zimmer schaltete sie den Fernseher an, ließ sich berieseln. Während sie auf dem Bett lag und die Mattscheibe anglotzte, konnte sie nicht umhin, immer wieder mit dem Kopf zu schütteln.

So traf Jennifer Beatrice an, als sie gegen sieben Uhr an die Tür klopfte und den undefinierbaren Laut hinter selbiger als »Herein« interpretierte.

»Hey Frau Faul, los aufstehen.«

»Wozu?«

»Wir treffen die anderen beiden in zehn Minuten im Restaurant. Ich habe uns einen Tisch bestellt.«

»Bin nicht in Stimmung für Gesellschaft«, lautete die brummige Antwort.

»Nanu, hat dir beim Schwimmen das Wasser die gute Laune weggespült?«

»Mitnichten«, erwiderte Beatrice. »Denn bis zum Wasser kam ich gar nicht.«

»Was war es dann?«

»Ich traf auf dem Gang eine gewisse junge Frau, die ich eigentlich schon überredet hatte, mir Gesellschaft zu leisten, die es dann aber vorzog, meinen Charakter in Frage zu stellen. Das ist mir auf den Magen geschlagen, obwohl ich doch gar nicht so empfindlich bin. Seitdem liege ich hier.«

Jennifer hörte sich erstaunt die Kurzfassung von Beatrice' Nachmittag an. »Was hast du denn gemacht, daß sie ... äh ... dich rausgeschmissen hat?« fragte sie.

»Ich habe sie geküßt. Aber sie hat mich nicht rausgeschmissen.«

»Na, dann kann es ja gar nicht so schlimm gewesen sein.«

»Schlimm genug für mich. Sarah glaubt, ich bin eine notorische Verführerin.«

Jennifer grinste. »Na ja, eine Nonne bist du gerade nicht.«

»Danke.«

»Aber wo liegt denn das Problem?« wollte Jennifer wissen. »Sarah ist ja nun auch nicht gerade die Unschuld vom Lande.«

»O doch! Die gefallene Unschuld. Gefallen durch widrige Umstände. Und nun auf dem Weg zurück zum Pfad der Tugend.«

»Ist nicht dein Ernst.«

»Es ist *ihrer*. Und das blöde dabei ist ... ich würde gern mit ihr diesen Pfad entlangtrotten. Leider vergleicht Sarah mich ständig mit dir und schließt diese Möglichkeit deshalb von vornherein aus.«

»Dann sag ihr doch ...«, begann Jennifer.

Beatrice winkte ab. »Habe ich versucht. Hat nicht gefruchtet.«

»Dann war es nicht deutlich genug.«

»Ha, hier spricht die Expertin«, meinte Beatrice ironisch. »Laß mal hören. Wie würdest du es denn ausdrücken, wenn du deine Ungebundenheit zu Gunsten einer Frau aufzugeben die Absicht hättest?«

»Soviel Vorstellungskraft habe ich nicht, und nun steh endlich auf!« sagte Jennifer forsch.

Beatrice verzog lustlos das Gesicht, erhob sich aber dennoch von ihrem Bett. »Erwarte nicht von mir, daß ich besonders gesprächig bin.«

»*Ich* erwarte gar nichts. Aber vielleicht erwartet eine gewisse *sie*, daß du nicht gleich aufgibst. Sich hier hinzulegen und zu schmollen bringt dich jedenfalls nicht weiter.«

Caroline und Sarah warteten bereits im Vorraum des Restaurants.

»Da seid ihr ja endlich«, empfing Caroline sie.

»Die Verspätung geht auf mein Konto«, sagte Beatrice entschuldigend. »Ich . . .«, sie schaute Sarah ernst an, ». . . hatte einen kleinen Tiefpunkt.«

»Wer hat den nicht hin und wieder«, sagte Caroline höflich. Sarah schwieg.

Sie betraten das Restaurant. Eine Bedienung kam sofort auf sie zu, fragte nach ihren Wünschen, führte sie zu dem von Jennifer bestellten Tisch. Jede bekam eine Speisekarte gereicht.

»Ich habe einen Bärenhunger«, sagte Jennifer gutgelaunt. »Übrigens, meine Damen, der Leihwagen kommt morgen früh neun Uhr. Wir fahren direkt nach dem Frühstück.«

»Ich frage mich . . .«, begann Caroline zögerlich.

»Was?«

»Hältst du es für klug, wenn wir zu viert bei Frau Dalberg vor der Tür stehen?«

»Du meinst . . .«

». . . das würde jeden erschrecken. Trauma hin oder her.«

Jennifer überlegte. »Ja, da könntest du recht haben.«

Caroline fuhr fort: »Ich schlage vor, daß nur zwei von uns mit der Frau reden. Die anderen beiden warten im Wagen.«

»Gut.« Jennifer war einverstanden. »Dann wirst du mit Beatrice das machen müssen, während Sarah und ich warten.«

»Aber du bist diejenige, die an dem Abend alles beobachtet hat«, gab Caroline zu bedenken. »Du solltest deshalb bei dem Gespräch dabei sein. Es ist besser, Sarah und ich warten im Wagen.«

»Aber dich brauchen wir, um den Gesundheitszustand der Frau einzuschätzen. Deshalb bist du doch hier! Du mußt in jedem Fall dabei sein.«

»Ich möchte den Hergang des Abends schon direkt aus erster Quelle hören«, warf Beatrice ein. »Deshalb bin *ich* hier. Entschuldige Jennifer, aber deine Version kenne ich ja.«

Der Kellner kam zurück, um die Bestellung aufzunehmen. Als er damit fertig und gegangen war, nahm Jennifer das Gespräch wieder auf.

»Ich sage doch, Beatrice und Caroline, ihr beide geht ins Haus der Dame. Sarah und ich warten draußen. Du, Beatrice, stellst dich als Journalistin vor, Caroline als deine Kollegin. Ihr sagt, ihr habt einen Hinweis bekommen, was an dem Abend wirklich passiert ist. Dann werdet ihr ja sehen, wie sie reagiert.«

»Was, wenn sie alles abstreitet?« fragte Caroline und sah Beatrice an. »Wem werden Sie dann glauben, Beatrice?«

Die blickte ernst zurück. »Eine gute Frage.«

»Ich verstehe Sie nicht. Sie und Jennifer sind doch befreundet. Trotzdem sind Sie ihr gegenüber mißtrauisch.« Caroline fing den überraschten Blick Jennifers auf.

Beatrice dagegen lächelte entwaffnend. »Wer sagt denn, daß Freundinnen keine Fehler haben?«

»Danke, Caroline«, sagte Jennifer. »Es ist nett von dir, mir beizustehen. Aber ich weiß ja, wie Beatrice es meint. Überhaupt dachte ich bis eben, du glaubst auch, daß ich über die sprichwörtlichen Leichen gehe, wenn es mir nur nützlich ist.«

»Ich bin auch nicht deine Busenfreundin und Vertraute.«

Beatrice grinste Jennifer an. »Da hat sie recht. Sie darf so was also denken.«

»Ihr beide seid echte Zynikerinnen. Ehrlich«, meldete sich Sarah genervt zu Wort. Sie blickte zwischen Jennifer und Beatrice hin und her. »Ich wünsche mir fast, daß die Frau des Bürgermeisters morgen deine Geschichte nicht bestätigt, Jennifer. Dann seid ihr nämlich richtig in der Klemme. Dann müßt ihr euch endlich mal miteinander auseinandersetzen. Ernsthaft. Ohne laxe Sprüche.«

Jennifer schaute Sarah überrascht an. »Was ist denn mit dir los? Seit wann bist du so humorlos?«

»Das nennst du Humor? Auf eine ernstgemeinte Frage mit Ironie zu antworten! Oder ist euch beiden gar nicht aufgefallen, daß Caroline eine ernstgemeinte Frage gestellt hat? Findet ihr es lustig, daß sie sich Gedanken darüber macht, was ihr unter *befreundet sein* versteht?«

Beatrice versuchte Sarah zu beschwichtigen. »Niemand wollte ...« Weiter kam sie nicht.

»Nur, weil ihr beide nicht in der Lage seid, ernsthafte Gefühle zu entwickeln, müßt ihr nicht ständig auf denen anderer herumtrampeln!« brach es aus Sarah heraus.

Die anderen, auch Caroline, sahen Sarah erschrocken an.

Caroline legte ihre Hand beruhigend auf Sarahs. »Schon gut.«

»Gut? Nein. Das ist nicht gut. Das ist arm«, sagte Sarah kopfschüttelnd.

Jennifer sah Beatrice vielsagend an. Betretenes Schweigen machte sich breit. Glücklicherweise wurde das Essen gebracht. Bei zaghaften Bemerkungen über die Frische des Salates und den Geschmack der Soße kam das Gespräch langsam wieder in Gang.

Sarah lehnte Jennifers Einladung in die Bar nach dem Essen ab. Sie ging auf ihr Zimmer. Beatrice zögerte, ging dann aber mit den anderen beiden mit in die Bar. Sie fanden einen Tisch mit drei ausreichend Bequemlichkeit bietenden Korbsesseln.

»Ich will ja nicht unken, aber was ist, wenn Sarahs Wunsch in Erfüllung geht und Frau Dalberg deine Version des Abends nicht bestätigt?« fragte Beatrice, während sie mit ihrem Glas ein Zuprosten in Jennifers und Carolines Richtung andeutete und vom Whiskey kostete.

»Dann habe ich ein Problem, weil du mich weiterhin nerven und Beweise für meine Unschuld verlangen wirst, die ich nicht erbringen kann«, sagte Jennifer trocken.

»Du hättest ja nur ehrlich sein brauchen, als du mich um das Alibi gebeten hast.«

»Dann hättest du es mir doch nicht gegeben!«

»Ja, da hast du recht. Aber ich hätte dir geglaubt, daß du nichts mit Freys Tod zu tun hast. Vielleicht hätten wir eine andere Lösung des Problems gefunden.«

»Die wie hätte aussehen sollen? Du vergißt, daß dein Ex-Mann mich auf Teufel komm raus als Mörderin Freys festnageln wollte. Hätte ich da noch sagen sollen, daß ich am Tatort war?«

»Das kann ich in jedem Fall bestätigen«, sagte Caroline. »Der Kommissar war regelrecht besessen von der Schuld Jennifers.«

Beatrice seufzte. »Ja, ich weiß.«

»Also, was hätte ich tun sollen?« fragte Jennifer erneut. »Ich brauchte ein Alibi. Und da Sarahs Aussage verhindert wurde . . .«

»Apropos Sarah, ich glaube, ich sehe mal nach, ob sie sich wieder etwas beruhigt hat.« Beatrice stand auf. »Danke für den Drink. Wir sehen uns morgen früh.«

»Ja, bis morgen«, erwiderte Jennifer. Caroline nickte Beatrice zum Abschied zu.

»Wird Beatrice ihre Aussage zurückziehen, wenn Frau Dalberg deine Geschichte nicht bestätigt?« fragte Caroline Jennifer, während ihre Augen Beatrice folgten, wie sie die Bar verließ.

»Kaum. Sicher kann ich mir aber nicht sein.« Jennifer zuckte mit den Schultern. »Kommt darauf an, welchen Eindruck Beatrice von Frau Dalberg bekommt, würde ich sagen.«

»Aber Beatrice kennt dich doch viel besser als diese Frau.«

»Eben. Wie du ja selbst weißt, habe ich einen gewissen Ruf. Der beruht, wie du auch weißt, nicht auf Erfindung. Ich bin nicht unbedingt besonders feinfühlig, wenn ich Geschäfte mache.«

Caroline schaute Jennifer über ihr Glas hinweg an. Ihr Blick sagte alles.

»Ja, schon gut«, räumte Jennifer ein. »Ich bin auch privat nicht immer besonders feinfühlig.«

Caroline lächelte spitz. »Jetzt, wo du es sagst.«

»Es ist eben nicht meine Art. Mal ehrlich«, verteidigte Jennifer sich. »Hättest du dich mit mir eingelassen, wenn ich so ein sensibles Samt-Ei wäre? Vor lauter Rücksicht auf andere zu nichts kommen würde? Würde mich das attraktiv für dich machen?«

»Nein«, erwiderte Caroline ehrlich. »Das würde es nicht.«

»Wenigstens gibst du es zu.«

»Was aber nicht heißt, daß es mir gefällt, wie du über andere hinwegtrampelst. Sarah hat es richtig benannt: billiger Zynismus. Das macht dich auch nicht besonders attraktiv.«

»Was dann?« Jennifer lächelte. »Ich meine ... irgend etwas muß es ja sein.«

Caroline überhörte die kleine Provokation. Gelassen erwiderte sie: »Ganz ehrlich. Das frage ich mich schon die ganze Zeit.« Sie machte eine Pause, zögerte, dann sagte sie leise: »Vielleicht ist es ja wie mit allem, was man liebt – man tut es einfach. Ohne Grund.«

Jennifer hob abwehrend die Hände. »Bitte Caroline, nicht ...«

Caroline seufzte. »Du kannst statt lieben auch ein anderes Wort benutzen. Begehren zum Beispiel, wenn dich das beruhigt.«

Jennifer betrachtete Caroline nachdenklich. »Liebe«, sagte sie langsam. »Das am meisten abgenutzte Wort. Tut mir leid, aber alles in mir sträubt sich, wenn ich es höre.«

»Feigling«, sagte Caroline daraufhin.

»Wie bitte?«

»Du bist ein Feigling«, wiederholte Caroline überzeugt. »Ganz klar. Du hast Angst, dich auf Gefühle einzulassen.«

»Absolut nicht«, wies Jennifer den Vorwurf von sich. »Ich bin lediglich der Überzeugung, daß man sich von diesen Gefühlen nicht zu sehr leiten lassen darf. Sie sind eine viel zu unzuverlässige Größe, um wichtige Entscheidungen daran festzumachen.«

Caroline wiegte vage ihren Kopf hin und her. »Man kann es auch anders sehen.«

»Wie?«

»Manche Entscheidungen sind nur dazu da, von Gefühlen getroffen zu werden.«

Jennifer dachte kurz nach. »Zum Beispiel?« fragte sie dann.

»Zum Beispiel die Entscheidung, sich auf einen bestimmten Menschen einzulassen.«

»Ja?« Jennifer hob skeptisch die Augenbrauen hoch. »Glaubst du?« Wie immer, wenn Jennifer sich mit solchen Aussagen Carolines konfrontiert sah, hatte ihre Stimme einen spöttischen Klang.

»Allerdings. Und deine Ironie ändert daran nichts.«

»Ironie? Ich nenne es Realismus. Denn wohin führen diese Gefühlsentscheidungen letztendlich? Doch zu nichts weiter als millionenfachen Reinfall. Was eine Scheidungsrate von rund fünfzig Prozent sehr deutlich belegt.«

Caroline nickte schon, während Jennifer noch sprach. »Ich ahnte, daß du damit kommst. Ein sehr beliebtes Argument eingeschworener Beziehungsgegner. Schwer gegen anzukommen.«

»Du gibst es also selbst zu!«

»Was?«

»Daß das mit der Liebe nicht funktioniert.«

»Nein. Im Gegenteil. Ich denke, es kommt immer darauf an, welche Erwartungen man hat. Und was man bereit ist zu investieren. Es kann funktionieren. Die anderen fünfzig Prozent zeigen es ja.«

Jennifer nahm einen Schluck von ihrem Wein. »Du meinst, man soll seine Erwartungen herunterschrauben, dann wird man nicht so schnell enttäuscht?« fragte sie. »Das ist aber keine Alternative für mich. Ich gebe mich nie mit weniger zufrieden.«

»Da irrst du aber gewaltig«, widersprach Caroline. »Du tust es schon. Du gibst dich nicht nur mit weniger zufrieden, du verzichtest gleich ganz. In dem du einfach leugnest, daß auch du bestimmte Sehnsüchte hast. Den Wunsch nach Nähe zum Beispiel.«

Carolines Worte begannen Jennifer zu verunsichern. Deren »Beweisführung« enthielt unbestreitbar eine ebenso stichhaltige Logik wie ihre eigene. Nur führte sie zu einer ganz anderen Interpretation. Jennifer schwieg verwirrt.

Caroline schmunzelte. Jennifer schienen für den Moment die Argumente ausgegangen zu sein.

Jennifer räusperte sich. »Ich . . . ich bin müde. Ich glaube, ich gehe ins Bett.«

»Eine gute Idee.« Caroline erhob sich aus ihrem Sessel. »Wir starten ja morgen zeitig.«

Jennifer stand ebenfalls auf. Sie verließen die Bar.

Ihre Zimmer lagen in einem der Nebenhäuser der Hotelanlage. Der Weg führte vorbei am Pool, einem schmalen Pfad unter Dattelpalmen entlang, die am Tag angenehmen Schatten spendeten, jetzt, in der Dunkelheit des Abends, allerdings etwas bedrohlich wirkten.

Jennifer, die etwas vor Caroline ging, blieb plötzlich stehen. Gerade wollte Caroline fragen, was los sei, da fühlte sie Jennifers Arme um sich, deren Lippen auf den ihren und Jennifers Finger sanft ihren Nacken streicheln.

»Wenn es legitim ist, Gefühle über sich bestimmen zu lassen ...«, flüsterte Jennifer in Carolines Ohr. »... dann auch *dieses* Verlangen nach Nähe.«

Caroline ließ sich von Jennifers Kuß zunächst nur führen. Dann änderte sich ihre Reaktion. Sie erwiderte Jennifers Kuß ungewohnt spielerisch, ging schließlich in ein heftiges Fordern über. Als Jennifer sich lösen wollte, ließ Caroline das nicht zu, hielt Jennifer fest, küßte sie erneut. Erst eine ganze Weile später gab sie Jennifer frei, nicht ohne vorher noch einmal mit Nachdruck ihre Lippen auf Jennifers zu pressen.

Verwundert sah Jennifer Caroline an. »Was war das denn?« Sie hatte eigentlich erwartet, Caroline würde auf diesen Überfall distanziert reagieren. Wie sie es immer tat. Zumindest im Nachhinein. Statt dessen entwickelte Caroline eine ungeahnte Leidenschaft und blickte sie jetzt verschmitzt schmunzelnd, wenn nicht sogar frech an. Das war verdammt irritierend.

»Nichts«, sagte Caroline. »Warum?«

»Du bist sonst nie so – locker, wenn ich ... wir ... uns küssen. Normalerweise wird hinterher eine Staatsaffäre draus. Und plötzlich ...« Jennifer kannte sich nicht mehr aus. Was war nur in Caroline gefahren? Der Wein konnte es kaum sein. So viel hatte sie nicht getrunken.

»Ich genieße einfach mal, was mir geboten wird«, erklärte Caroline leichthin. »Ist das nicht genau das, was du immer referierst?«

»Ja schon, aber ...« Jennifer wußte nicht, wie sie es ausdrücken sollte. »Es paßt nicht zu dir«, sagte sie schließlich.

»Wie, es paßt nicht zu mir? Was meinst du?«

Jennifer hob hilflos die Hände. »In meiner Vorstellung bist du eine Frau mit festen Prinzipien.«

Caroline lachte herzhaft. »Bist du jetzt enttäuscht?«

»Nein! Ich bin . . . durcheinander.«

Caroline nahm Jennifer erneut in die Arme und küßte sie. »Beruhige dich«, flüsterte sie in Jennifers Ohr. »Es ist nur eine – Urlaubslaune. Nicht mehr. Sie wird bald vorüber sein. Also nutze lieber die Gelegenheit.«

Doch Jennifer war soviel Freigiebigkeit nicht geheuer. »Ich bin wirklich müde«, sagte sie, während sie Caroline vorsichtig von sich schob. »Laß uns weitergehen.« Gleichzeitig fragte sie sich, was mit ihr los war. Caroline machte ihr hier ein ziemlich eindeutiges Angebot. Noch dazu eines, auf das sie lange gewartet hatte. Und sie lehnte ab? Seit wann das denn?

»Gern. So weit du willst«, hauchte Caroline. »Zu dir oder zu mir?« fragte sie verführerisch.

Jennifer schüttelte den Kopf. »Bitte Caroline. Das ist ja albern.«

»Warum? Komm schon. Sonst bist du doch auch nicht so prüde.« Sie legte ihren Arm um Jennifer, versuchte sie zu sich heranzuziehen.

Jennifer entzog sich. »Caroline bitte. Ich will das nicht!«

Caroline gluckste. »Das soll ich dir glauben?«

»Ja gut, ich will es, aber doch nicht so . . . so billig.«

»Ach, sieh an. Du findest es billig, so angemacht zu werden?«

»Ja!«

»Interessant«, stellte Caroline bedächtig fest. Ihr Blick zeigte den alten, gewohnten Ernst.

Jetzt wurde Jennifer klar, was hier eben passiert war. Caroline wollte sie nicht verführen, sie wollte sie *vor*führen. Und das war ihr auch sehr gut gelungen. Caroline hatte ihre aggressive Art imitiert. *Und du kamst dir wie Jägers Beute vor. Natürlich widersetzt man sich dem, wenn man auch nur einen Funken Stolz hat.*

Jennifer begriff: Caroline wollte ihr nur zeigen, wie sie sich fühlte, wenn sie sie permanent bedrängte. Daß es nicht unbedingt angenehm war. Derartig offene Angebote stießen nur auf Gegenliebe, wenn beide Parteien das gleiche Ziel verfolgten, ein Abenteuer. Aber Caroline wollte kein Abenteuer.

So wie du eben, unverständlicherweise, auch nicht, Jennifer. Wieso eigentlich?

»Okay.« Jennifer nickte. »Ich habe verstanden.«

»Wirklich?«

»Ich denke.«

»Sag es.«

Jennifer gab sich geschlagen. Sie seufzte. »Keine Annäherung ohne Heiratsabsichten«, faßte sie das eben Erlebte lakonisch zusammen.

»Sehr schön«, sagte Caroline zufrieden. »Du hast es endlich begriffen. Hoffentlich.«

Sie setzten sich wieder in Bewegung, blieben vor Carolines Zimmer stehen.

In Jennifers Kopf kreiste immer noch die Frage von eben: Warum ging sie auf Carolines Angebot nicht ein? Dann wäre die ganze Vorführung fehlgeschlagen.

Es gibt nur eine Antwort, Jennifer: Du warst einfach zu überrascht.

Darauf hatte Caroline auch gesetzt. Anders war das alles nicht erklärbar. Caroline konnte ja unmöglich wissen, daß sie sie in dem Moment, da sie *so* redete, plump fand. Völlig unattraktiv, trotz all ihren Vorzügen.

O je Jennifer, heute fallen die Groschen bei dir wirklich pfennigweise. Caroline hatte es ganz genau gewußt.

»Danke«, sagte Jennifer.

Caroline, die schon dabei war, die Tür zu ihrem Zimmer aufzuschließen, schaute auf. »Wofür?«

»Immerhin hast du mir soviel Niveau zugetraut, daß ich nicht auf dein Angebot eingehe.«

Caroline blickte Jennifer einige Sekunden schweigend an. »Ich bin eine unverbesserliche Optimistin«, sagte sie und öffnete die Tür.

Zwei Sekunden später stand Jennifer allein auf dem Gang. Regungs- und fassungslos. *Tja, Mädchen. Da bist du platt, was? Es gibt jemanden, der trotz aller Gegenanzeigen Gutes in dir vermutet. Wenn auch nur insofern, daß dieser jemand dir nicht alles Schlechte zutraut.*

Auf ihrem Zimmer öffnete Jennifer die Minibar und nahm ein kleines Fläschchen heraus. Kognak, wie sie nach einem prüfenden Blick feststellte. Kurzerhand drehte sie den Deckel ab, nahm einen Schluck. Sie ging zum Fenster. Schaute in die Nacht.

Na ja, nahm sie ihren Gedanken wieder auf. *Das wird sich ändern, wenn Caroline erst von den neuen Plänen das Krankenhaus betreffend erfährt. Dann wird sie ihren letzten Glauben an dich verlieren.*

Verdammt, fluchte Jennifer in sich hinein. Alles, was mit Caroline zusammenhing, war kompliziert. Das wäre an sich genommen nicht so schlimm, aber irgendwie hing in letzter Zeit alles mit Caroline zusammen.

17.

Beatrice schaute sich verärgert um. Der Mann stand immer noch drohend in der Tür. Groß, abweisend.

Frustriert stellte Beatrice fest: Sie hatten die Angelegenheit vollkommen unterschätzt. Sie fuhren hierher in dem Glauben, eine verstörte Frau vorzufinden, der sie mit ein wenig Fingerspitzengefühl leicht eine Aussage abringen konnten. Frau Dalberg gewährte ihnen auch Einlaß in die Finca. Doch mit dem Mann, der im Garten arbeitete, rechneten sie nicht. Beatrice registrierte ihn zwar, nahm aber an, es sei der Gärtner, kräftig und braungebrannt, wie er aussah. Fataler Irrtum.

Beatrice war mitten in der Einleitung, da erschien der Mann in der Terrassentür.

»Wer sind Sie? Was wollen Sie hier?« herrschte er sie barsch und in reinstem Deutsch an.

Ehe sie sich versahen, schob der Mann sie und Caroline in Richtung Ausgang.

»Damit dürfte wohl klar sein, daß die Frau was zu verbergen hat. Wozu sonst dieser Waldschrat als Leibwächter«, konstatierte Caroline mit leicht zittriger Stimme, während sie zum Wagen gingen, wo Jennifer und Sarah warteten. »Hat der mir einen Schrecken eingejagt.«

»Das war Birch!« rief Sarah ihnen aufgeregt entgegen. »Was macht der denn hier?«

»*Das* war Birch?« fragte Beatrice.

»Ja!«

»Wow. Das ist ja interessant. Beschützt oder bedroht er sie?«

»Sie machte nicht den Eindruck, Angst vor ihm zu haben«, sagte Caroline.

Beatrice und sie stiegen hinten in den Wagen.

»Stimmt«, pflichtete Beatrice Caroline bei. »Sah eher nach entspannter Ferienidylle aus. Sie im Bikini, er mit freiem Oberkörper.«

»Aber das würde ja bedeuten – die beiden kennen sich gut«, schlußfolgerte Sarah.

»Die Frage ist, *wie* gut«, sagte Beatrice.

»Sehr gut«, sagte Jennifer nachdenklich. »Überlegt doch mal. Das ergibt einen Sinn. Die beiden müssen schon länger ein Paar sein. Vorher war sie mit Frey liiert. Birch hat Freys Ruin betrieben, um ihm die Geliebte auszuspannen. Freys Tod war ein Unfall, kam Birch aber gelegen. Der vor Angst um seinen Posten schlotternde Bürgermeister schickt seine Frau weg, Birch bietet sich als Begleiter an, damit Frau Bürgermeister keine Dummheiten macht, bekommt obendrein garantiert noch Geld für sein Schweigen. Die beiden lachen sich tot.«

»Schön und gut«, griff Beatrice Jennifers Theorie auf. »Die Sache hat nur einen Haken. Warum läßt sie uns ins Haus? Wir haben ihr doch gesagt, worüber wir mit ihr sprechen wollten.«

»Was weiß ich.« Jennifer zuckte mit den Schultern. »Aus Angst, sich verdächtig zu machen, wenn sie ablehnt. Aus Überheblichkeit.«

»Na ja, klingt zwar alles logisch aber ... Beweise haben wir für nichts«, schniefte Beatrice unzufrieden.

Jennifer drehte sich zu Beatrice um. »Wir haben die Bestätigung, daß die beiden was verbergen. Insoweit sind wir uns doch wohl jetzt alle einig?« fragte sie.

Beatrice nickte. »Ja, das in jedem Fall.«

»Und bestätigt das meine Erklärungen über den Abend?« fragte Jennifer weiter.

Beatrice zögerte. »Irgendwie – ja.«

»Also glaubst du mir jetzt?«

Beatrice nickte. »Ja, ich glaube dir.«

»Ganz ehrlich. Der Rest ist nicht meine Sache.« Jennifer zuckte mit den Schultern. »Wenn du hier weiter rumschnüffeln willst, bitte. Ich fliege morgen zurück. Schließlich habe ich eine Firma zu leiten.«

»Und ich habe einen Artikel zu schreiben. Deshalb bleibe ich«, sagte Beatrice fest.

»Sarah?« fragend beugte Beatrice sich zu Sarah vor. »Was ist mit dir? Ich könnte Hilfe gebrauchen.«

Sarah zögerte. Als Beatrice gestern Abend an ihr Zimmer geklopft hatte, hatte sie sie weggeschickt. Danach hatte sie lange wach im Bett gelegen. In der einen Minute überzeugt, daß es das einzig Richtige sei, Beatrice nicht zu vertrauen. In der nächsten Minute zweifelnd, ob sie ihr nicht Unrecht tat.

Heute morgen beim Frühstück hatte Beatrice ihr freundlich zugelächelt. Sie schien nicht verärgert oder gar beleidigt zu sein. War es Gleichmut? Sagte Beatrice sich: Sie will nicht, na dann eben nicht? Oder war es Geduld? Und das Lächeln eine beruhigende Geste, die soviel bedeuten sollte wie: Ich kann warten?

»Sarah?« wiederholte Beatrice ihre Frage. Vorsichtig, nicht drängend.

»Ja ... okay.«

»Fein.« Beatrice lächelte und ließ sich zurück in den Sitz fallen.

»Wie ihr wollt«, meinte Jennifer. »Aber seid vorsichtig, ihr zwei. Birch und die Dalberg dürften sehr nervös sein.«

Der Himmel war von einem solchen reinen, kräftigen Blau, die Sonne trotz der frühen Stunde schon so herrlich warm, daß Caroline lieber an den noch menschenleeren Strand gegangen wäre, als hier auf das Taxi zu warten, das sie zum Flughafen bringen würde. Sie seufzte leise.

»Na, nun doch Lust auf Urlaub, was?« fragte Jennifer, geradeso, als könnte sie Carolines Gedanken lesen.

»Ja«, gab sie zu.

»Wenn du willst ... wir können auch noch ein, zwei Tage länger bleiben«, bot Jennifer zu ihrer eigenen Verwunderung an. Und was sie noch mehr verwunderte: Sie meinte es so. Sie wollte gern einen entspannten Tag mit Caroline verbringen. Ihretwegen auch eine ganze Woche.

»Wir sind nicht hier, um Urlaub zu machen«, erinnerte Caroline sie an ihre eigenen Worte.

»Nein, aber wir könnten unsere Pläne ändern.«

»Ist das dein Ernst?« Caroline glaubte, Jennifer hätte das nur so dahingesagt. Nun sah es beinah so aus ...

»Warum nicht?« meinte Jennifer.

»Äh – du hast eine Firma zu leiten. War das nicht so?«

Jennifer erinnerte sich, das mal gesagt zu haben. Das mußte Äonen zurückliegen. Denn im Moment sah sie nur Caroline, die ihre Hand über die Augen hielt, damit die Sonne sie nicht blendete. »Na ja. Als ich verletzt im Krankenhaus lag, mußte es auch ohne mich gehen. Und ich erinnere mich dunkel, daß es dort eine Ärztin gab, die mir bei der Entlassung empfahl, eine Zeit lang Streß zu vermeiden. Was ich natürlich nicht tat. Das hier wäre doch eine gute Gelegenheit, das Versäumte nachzuholen.«

»In der Tat.«

»Also?« fragte Jennifer.

»Du meinst das wirklich ernst?« Caroline war fassungslos.

»Aber ja.«

Das Taxi kam. Jennifer sprach ein paar Worte mit dem Fahrer, der sah erst recht ratlos drein, aber dann nickte er eifrig. »Sí, sí. Ich kennen. Steigen Sie ein.« Jennifer deutete auf das Gepäck. Der Mann verstaute es im Kofferraum.

»Steig ein«, rief Jennifer Caroline zu.

Die wußte nicht, was sie davon halten sollte. Schulterzuckend stieg sie ins Taxi.

Jennifer setzte sich neben sie und lächelte verschmitzt. »Laß dich überraschen«, sagte sie.

Die Fahrt, hinaus aus der Stadt, durchs Land und schließlich entlang der Küste dauerte zirka eine halbe Stunde, in der Jennifer keine weitere Erklärung abgab. Schließlich schlängelte sich das Taxi eine schmale Straße entlang, in einer von Zitronenbäumen bewachsenen Landschaft. Fast wie aus dem Nichts erschien plötzlich die Küste, und im selben Augenblick eine Ansammlung von mehreren Häusern.

Das Taxi fuhr langsamer, bis zu einer von einem Palmengarten eingeschlossenen kleinen, weißen Steinvilla. Sie passierten das Rundbogentor der Einfahrt. Das Taxi hielt, der Fahrer hupte zweimal und stieg aus. Es dauerte keine halbe Minute, da kam ein Mann aus dem Haus. Die beiden begrüßten sich laut, und kurz darauf hatte der Taxifahrer dem Mann erklärt, worum es ging – und was nun auch Caroline begriff. Sie waren soeben Gäste dieses Hauses geworden. Die ausgebreiteten Arme des Mannes ließen keinen Zweifel.

Er zeigte ihnen die Ferienwohnung. Sie war nicht besonders luxuriös, aber sauber und kühl, mit eigener Terrasse. Im Kühlschrank standen Getränke, und trotz naher Küste gab es einen kleinen Pool im Garten. Der Handel war schnell abgeschlossen.

Caroline war fassungslos. Noch vor knapp einer Stunde hatte sie sehnsüchtig an das Meer gedacht und nun – konnte sie hier von der Terrasse aus nicht nur den Blick darauf genießen, sondern brauchte lediglich ein paar hundert Meter gehen, schon war sie an einem Strand, der, abgelegen von den Urlaubshochburgen, die absolute Idylle versprach.

Und wem verdankte sie das? Jennifer, der unromantischsten Frau, die sie kannte. Wie brachte Jennifer es zustande, solche Gegensätze in sich zu vereinen? So egoistisch und dann wieder so einfühlsam zu sein?

Achtung, Caroline. Erinnere dich bitte an deine letzte Strandepisode mit Jennifer. Wie endete die? Im Bett mit ihr.

War Jennifer darauf aus? Immer noch? Obwohl Caroline ihr deutlich zu verstehen gegeben hatte, und die begriffen zu haben schien, daß zwischen ihnen nichts laufen würde? Caroline schüttelte den Kopf.

»Was ist?« fragte Jennifer hinter ihr.

»Ich kann es nicht glauben, daß du so was machst.« Caroline drehte sich um.

»Du meinst, ohne Hintergedanken?« Jennifer reichte Caroline ein Glas Wasser.

»Ja.«

»Verstehe.«

»Du bist nicht sauer?«

»Natürlich nicht. Ich glaube es ja selbst kaum.« Jennifer lachte.

Caroline konnte sich ein Schmunzeln nicht verkneifen. »Und

wie lange denkst du, hält das an?«

Jennifer legte die Stirn in Falten, tat, als dachte sie angestrengt nach. »Tja, mal sehen. Es ist das erste Mal, daß eine Frau von mir verlangt, ihre Reize zu ignorieren. Ich habe keine Erfahrung darin.«

»Das klingt nach tickender Zeitbombe.«

Jennifer kicherte. »Ja, finde ich auch. Nicht sehr beruhigend für dich, was?« Sie ging ins Haus und setzte sich aufs Sofa. »Wir könnten ja ein paar Regeln festlegen, was erlaubt ist und was nicht, dann wäre es vielleicht leichter«, rief sie von dort.

Caroline erschien in der Terrassentür. »Ein Gedankenregelwerk? Ist wohl kaum kontrollierbar.«

»Sicherheitsabstand. Wie wäre das? Ich verspreche dir, mich dir nicht mehr als einen Meter zu nähern.«

»Wirklich?«

»Wirklich.«

»Gut. Probieren wir doch gleich mal aus«, sagte Caroline verschmitzt, ging zu Jennifer und setzte sich neben sie auf das Sofa. Jennifer stand sofort auf, ging einen Meter auf Abstand. Woraufhin Caroline ebenfalls aufstand, um den Abstand zu verkürzen. Jennifer trat einen weiteren Schritt zurück, stieß dabei gegen den Tisch, an dem sie sich entlangschob, um den geforderten Meter einzuhalten. Aber auch diesmal verfolgte Caroline sie. Jennifer suchte ihr Heil in der Flucht, doch Caroline jagte ihr hinterher. Bis Jennifer schließlich im Bad unter der Dusche aufgeben mußte. Sie konnte weder nach rechts noch nach links, weil Caroline direkt vor ihr stand und deren Arme sich als Schranken neben Jennifer an der Wand abstützten.

Sie lachten beide, und Jennifer sagte außer Atem: »War aber einen Versuch wert.«

Carolines Augen blitzten immer noch schelmisch.

Ihre Blicke verfingen sich ineinander. Ihre Lippen trafen sich in einem sanften Kuß.

Mehr geschah nicht. Jennifer zog sich zurück. Caroline, verwirrt, ließ die Arme sinken, so daß Jennifer wieder frei war.

Jennifer schlängelte sich an Caroline vorbei, griff blitzartig zum Wasserhahn und drehte das kalte Wasser auf. Mit einem erschreckten Schrei sprang Caroline aus der Dusche. »He, was soll das?«

Jennifer grinste. »Eine Abkühlung war wohl angebracht.«

»Ach ja? Na dann hast du die aber mindestens genauso nötig.« Damit zog Caroline Jennifer mit sich unter die Dusche und hielt sie mit beiden Armen fest umklammert, damit Jennifer dem kalten Wasser nicht entkommen konnte. Der dünne Stoff ihrer Kleidung war im Nu durchgeweicht. Jede konnte die Wärme der anderen für einen Moment spüren. Bevor die Kälte nach ihnen griff und sie anfangen ließ zu zittern.

Jennifers Hand fand den Wasserhahn, drehte ihn zu.

»Du bist verrückt«, sagte Caroline mit klappernden Zähnen. »Ich fühle mich wie ein Eisklumpen.«

Jennifer umarmte Caroline erneut, drückte sie an sich. »Besser?«

»Nein«, bibberte sie.

Jennifer zog Caroline kurzerhand deren T-Shirt über den Kopf und dann ihr eigenes aus. Ihre nackten Oberkörper trafen sich. Noch nie hatte Caroline die Brüste einer Frau so bewußt gespürt. Genau auf ihren.

»So besser?« fragte Jennifer leise.

Caroline schwieg. Sie konnte nichts sagen. Natürlich wäre ein Handtuch die naheliegendere Methode, die Kälte von sich zu nehmen. Aber das fühlte sich bei weitem nicht so – weich an.

Auch Jennifer schien jetzt einzufallen, daß Handtücher bereits vor mehr als tausend Jahren erfunden worden waren. Sie griff nach dem Stapel, den der Gastgeber im Regal deponiert hatte, wickelte eines um Caroline und band es über deren Brust zusammen. Mit einem zweiten Handtuch rubbelte sie ihr das Haar trocken. Caroline stand immer noch bibbernd da, während Jennifer, so in Bewegung, das Zittern bereits vergessen hatte.

»Zieh den Rest der nassen Sachen aus«, forderte sie Caroline auf und tat es mit den eigenen. Dann trocknete sich auch Jennifer ab. »Wir sind echte Powerfrauen«, sagte sie dabei. »Ein bißchen kaltes Wasser und schon geraten wir völlig aus der Fasson.«

»Ich brauche etwas Warmes, einen Tee oder so.« Caroline tippelte mit halbnassen Füssen vorsichtig über die Fliesen zur Tür. Dort angekommen stoppte sie, schien sich auf etwas zu besinnen, tippelte mit kurzen Schritten zurück zu Jennifer, setzte ihr einen Kuß auf die Wange und machte wieder kehrt. Diesmal verließ sie das Badezimmer. Jennifer lächelte in sich hinein.

Zehn Minuten später saßen sie beide, immer noch in Handtücher gehüllt, auf dem Sofa, wo alles begonnen hatte, und schlürften einträchtig Tee.

Caroline wartete darauf, daß sich die bekannten Selbstvorwürfe einstellen würden. Aber nichts dergleichen geschah. Auch Jennifer gegenüber empfand sie keinen Groll, weil die die Situation mal wieder, zumindest etwas, ausgenutzt hatte. Caroline gestand Jennifer aber zu, daß die, für ihre Verhältnisse, ungewöhnlich zurückhaltend gewesen war.

Außerdem hast du angefangen, dich wie losgelassen aufzuführen, erinnerte Caroline sich.

Jennifer äugte immer wieder zu Caroline. Auch sie wartete auf etwas. Nämlich, daß Caroline sie mit den üblichen Belehrungen versorgte. Die brauchte doch sonst nicht so lange, bis sie damit herauskam.

Schließlich hielt Jennifer es nicht mehr aus. »Nun sag es schon. Sag, daß ich unverbesserlich bin.«

Caroline grinste. »Du bist unverbesserlich.«

Ihr Ton ließ Jennifer stutzen. Das klang jetzt aber gar nicht nach Belehrung. Eher nach Belustigung. Vielleicht war das eben ja wieder so eine Vorführung gewesen? Etwas, woraus sie lernen sollte. Aber mit welcher Pointe? Und da – jetzt drückte ihr Caroline schon wieder einen Kuß auf die Wange! Als wären sie ein altes Ehepaar.

Igitt, wie fürchterlich ... vertraut. Schön beinah. In jedem Fall ganz anders als alles bisherige.

So saßen sie, jede mit sich selbst beschäftigt, nebeneinander. Ungewohnt friedfertig. Auch der Rest des Tages verging in dieser friedlichen Stimmung. Ein Ausflug in die kleine, nahegelegene Stadt, Schwimmen im Meer, Faulenzen auf der Terrasse. Alles ohne endlose Wortgefechte. Einfach nur Plaudern. Für beide eine ganz neue Erfahrung miteinander.

Beim Abendbrot, einem Grillhähnchen, das sie sich aus der Stadt mitgebracht hatten, stellte Caroline erstaunt fest: »Ich fühle mich vollkommen entspannt. Ganz ehrlich. Ich hätte nie gedacht, daß ich das mal sagen würde. Aber ich habe den Tag mit dir wirklich genossen.«

»Dito.«

»Und ich bin vom Faulenzen fix und fertig. Bist du sauer, wenn ich gleich ins Bett gehe?«

»Nein, wieso? Ehrlich gesagt wollte ich noch meine E-Mails checken. Mal sehen, ob ich hier Empfang habe.«

»Prima. Dann vermißt du ja meine Gesellschaft nicht. Sicher wirst du noch ein paar Leute zusammenstauchen. So als Einschlafdroge.«

»Wie gut du mich doch kennst«, erwiderte Jennifer leichthin.

Caroline stand auf. »Gute Nacht.«

»Gute Nacht.« Jennifer sah Caroline nach. Schüttelte den Kopf. Allerdings wußte sie nicht so recht, ob über Caroline oder sich selbst. Am Ende wohl über sie beide.

18.

Beatrice' Strategie war die, Birch und Frau Dalberg noch einmal aufzuschrecken und das anschließende Gespräch zwischen den beiden zu belauschen. Dazu mußten sie es allerdings bewerkstelligen, einen der beiden ein Mikro anzuheften. Der Plan war, daß Beatrice an der Haustür klingelte und hoffte, daß *sie* erschien, weil das dann sicher einfacher war. Ein weiteres Problem waren die dicken Steinmauern der Finca, die die Funksignale abschwächten. Deshalb mußte Sarah sich im Schutz der Dunkelheit mit der Abhörausrüstung im Garten postieren, wohin Beatrice ihr dann folgen würde.

Beatrice saß im Wagen, wartete auf Sarahs Anruf, daß sie ein gutes Versteck gefunden hatte, von dem aus sie glaubte, einen ausreichend guten Empfang zu haben.

Das Handy klingelte. »Ich sitze hinter einem Busch an der Rückseite des Hauses. Wie du gesagt hast, nimmt die Terrassentür fast die ganze Front ein. Allerdings ist die Deckung sehr bescheiden. Hoffentlich kommen sie nicht raus.«

»Gut. Es geht los.«

Beatrice stieg entschlossen aus dem Wagen, ging zum Haus und klingelte. Eine Minute verging. Dann Schritte hinter der Tür.

»Sie schon wieder? Ich habe Ihnen doch gesagt, Sie sollen uns in Ruhe lassen.«

Beatrice verfluchte ihr Schicksal, daß es Birch war, der die Tür öffnete und nicht Frau Dalberg. Wie sollte sie diesem Kerl das Mikro unterjubeln? »Sie sind Rainer Birch. Der ehemalige Kompagnon von Markus Frey, der vor drei Wochen erschossen wurde. Was wissen Sie darüber?« hämmerte Beatrice heraus.

Doch bei dem Mann zeigte das nicht die gewünschte Wirkung. Nicht eine Sekunde war Birch verunsichert. »Gar nichts«, erwiderte der nur.

»Frau Dalberg war Freys Geliebte. Ich will sie sprechen.« Beatrice setzte alles auf eine Karte, tat, als wollte sie sich an Birch vorbei ins Haus drücken. Der stellte sich ihr rabiat in den Weg. Geschickt ließ Beatrice das Mikro in seine Hosentasche fallen.

»Verschwinden Sie. Sonst können Sie was erleben«, fauchte Birch. Die Tür knallte zu.

Beatrice atmete einmal tief durch. Geschafft. Hoffentlich funktionierte der Rest auch so gut.

»Schon wieder diese aufdringliche Frau. Offenbar eine Reporterin«, hörte Sarah Birchs Stimme.

»Was wollte sie denn?« fragte eine ängstliche Frauenstimme.

»Was wohl. Rumschnüffeln.«

»Wenn sie nun dahinterkommt?«

»Beruhige dich. Wie sollte sie denn?«

Doch Marianne Dalberg beruhigte sich nicht. »Vielleicht hat Markus ja doch mit jemandem gesprochen.«

»Ausgeschlossen. Er steckte selbst viel zu tief drin in der Geschichte. Er wäre genauso dran gewesen wie wir.«

»Ich habe Angst.«

Eine Pause. Dann Birchs Stimme, erstaunlich weich. »Brauchst du nicht. Niemand kann wissen, was damals passiert ist.«

»Alles ist meine Schuld. Hätte ich doch nur nicht ...« Marianne Dalberg brach erstickt ab.

Ein leises Geräusch hinter ihr ließ Sarah sich umschauen. Beatrice krabbelte neben sie. Sarah legte den Zeigefinger auf den Mund, bedeutete Beatrice zuzuhören.

»Du hast aber. Dabei waren wir alle drei so verliebt in dich ... für uns war klar: Einer von uns würde an deiner Seite stehen. Das wollten die anderen beiden akzeptieren, egal wie deine Wahl ausfiel. Dann kamst du mit einem Neuen ... einem weiteren Konkurrenten ...« Trotz des offenkundigen Konfliktes lag kein Vorwurf in Birchs Stimme.

»Es war mir doch gar nicht Ernst mit Axel«, sagte Marianne Dalberg schwach. »Ich wollte euch bloß zeigen, daß ihr keinen Besitzanspruch auf mich habt. Ich wollte mich befreien.«

»In dem du mit dem Kerl geschlafen hast?«

»Anders habt ihr es ja nicht kapiert!« sagte sie.

Etwas klirrte, wahrscheinlich eine Flasche und ein Glas, die zusammentrafen, wie das anschließende Geräusch einer glucksenden Flüssigkeit vermuten ließ.

»Du sollst nicht immer soviel trinken«, ermahnte Birch. Um dann zu beteuern, der Stimme nach zum tausendsten Mal: »Wir wollten ihn nicht töten. Er sollte nur eine Abreibung bekommen, daß er die Finger von dir läßt.«

»Wir hätten damals zur Polizei gehen sollen«, murmelte Marianne Dalberg.

»Und uns gesellschaftlich ins Abseits katapultieren? Wir hatten Karrieren vor uns!«

»Ja, die große Dreieinigkeit.« Bitterkeit lag in Marianne Dalbergs Stimme. »Ralf, der große Politiker, du, der große Bauherr, Markus, der Finanzier – ein Dreamteam. Nur ist Markus jetzt tot.«

»Das war ein Unfall. Der Schuß hat sich einfach gelöst. Du konntest nichts dafür.«

»Aber du. Warum hast du Markus ruiniert? Er hätte nie mit der Enthüllung der Ereignisse von damals gedroht, wenn du nicht ...«, schluchzte sie.

Sarah und Beatrice sahen sich an, nickten einander zu. Sie hatten genug gehört. Schnell packte Sarah zusammen, und sie schlichen davon.

Wieder im Auto sagte erst einmal keine von beiden etwas.

Schließlich Sarah: »Das ist ja der Hammer.«

»Und wie so oft im Leben, das ganze Drama nur wegen einer Frau«, kommentierte Beatrice lakonisch. Sie hob sofort die Hand, als sie sah, wie Sarahs Stirn sich in Falten legte. »Das war nicht auf dich gemünzt.«

»Und nun?« fragte Sarah. »Wie willst du für diese Geschichte jemals an Beweise kommen?«

Beatrice Augen leuchteten. »Ganz einfach. Wir stellen fest, wann Frau Dalberg ihren Mann geheiratet hat. Von dem Zeitpunkt aus zurück, bis sie, ich würde mal sagen fünfzehn, sechzehn war, brauchen wir alle toten Männer, die Axel hießen. Von denen suchen wir uns die zu unseren Kandidaten etwa Gleichaltrigen aus und beleuchten einmal die Umstände des Todes. Das ist doch ein Klacks für eine private Ermittlerin und eine mit Recherchen erfahrene Journalistin. Oder?«

»Aber so was von einem Klacks«, meinte Sarah begeistert.

»Laß uns fahren, wir haben, was wir wollten.«

»Und das wäre?« fragte eine barsche Stimme neben dem heruntergekurbelten Fenster.

Beatrice schaute erschrocken nach links, in die Richtung, aus der die Stimme kam – und direkt auf einen Pistolenlauf. Sie hatten so unter dem Eindruck des eben Gehörten gestanden, daß keine von ihnen Birch bemerkt hatte, der sich ihrem Auto genähert hatte. »Ich halte gar nichts von Leuten, die hinter mir herspionieren. Das nächste Mal solltet ihr vorsichtiger sein, wenn ihr in anderer Leute Gärten herumschleicht.«

»Wollen Sie uns hier auf offener Straße erschießen?« fragte Beatrice scharf. *Angriff ist die beste Verteidigung,* sagte sie sich.

Und richtig, Birch ließ die Waffe in seiner Hosentasche verschwinden. »Ich warne Sie eindringlich. Wenn ich nur eine Zeile von dem, was Sie nun zu wissen glauben, in der Zeitung lese, finde ich Mittel und Wege, daß Sie es bereuen werden.«

»Sie können mir nicht drohen«, erwiderte Beatrice fest. »Das haben schon ganz andere versucht.«

»Täuschen Sie sich nicht.« Damit ging Birch.

Sarah, die die ganze Zeit erstarrt dagesessen hatte, fiel in sich zusammen. »Puh.« Sie stieß die Luft aus.

»Der blufft nur«, sagte Beatrice.

»Na, ich weiß nicht. Für mich hörte sich das sehr ernst an.«

Beatrice sah Sarah eindringlich an. »Willst du aus der Geschichte lieber aussteigen?«

»Bist du verrückt? Ich lasse dich jetzt nicht allein!« entfuhr es Sarah spontan. »Ähm, ich meine ... die Sache ist doch gefährlich. Da ist es besser, man hat eine Partnerin, die einem den Rücken freihält.«

Beatrice lächelte dankbar, vergewisserte sich aber dennoch. »Bist du sicher? Du mußt es nicht tun. Es kann wirklich etwas heikel werden.«

»Willst du mich jetzt plötzlich loswerden, oder was?«

Beatrice schüttelte ernst den Kopf. »Ganz sicher nicht.« Sie startete den Wagen, legte den Gang ein. »Fahren wir gleich am Flughafen vorbei, um zu sehen, wann der nächste Flug geht.«

»Da sind wir ja fast genauso schnell zu Hause wie die anderen beiden. Hat Jennifer sich eigentlich schon bei dir gemeldet?«

»Wie ich die kenne, ist sie nach der Landung schnurstracks in die Firma gefahren, und da wird sie auch jetzt noch sein. Kein Gedanke an uns, und daß sie uns hier so sträflich alleingelassen hat.«

19.

Caroline erwachte von einer Bewegung neben sich. Sie schlug die Augen auf und schaute verwirrt auf Jennifer, die sie auf ihrer Bettkante sitzend betrachtete.

»Guten Morgen, du Langschläferin. Aufstehen, es ist schon acht Uhr durch.«

Caroline mußte sich kurz sammeln. Sie äugte auf das Bett rechts neben sich, das bereits gerichtet war. »Du hast aber geschlafen?« versicherte sie sich.

Jennifer lachte. »Ja, aber ich brauche nicht mehr als fünf Stunden.«

»An einem freien Tag?«

»Es ist ungesund, den gewohnten Schlafrhythmus zu brechen. Das solltest du als Ärztin doch wissen.«

Caroline rappelte sich auf, so daß sie jetzt im Bett saß. »Was duftet hier so gut?«

»Kaffee und Spiegeleier mit Speck. Und wenn du dich nicht beeilst, wird alles kalt.«

Das wollte Caroline nicht riskieren. Mit einem Satz war sie aus dem Bett, griff sich ihre Sachen und verschwand im Bad. Zehn Minuten später saßen sie am Tisch und frühstückten.

»Gut, daß uns keiner sehen kann«, sagte Caroline und biß genüßlich in ein Stück knusprigen Speck. »Meine Kollegen würden denken, ich lasse mich von dir bestechen. Apropos. Ich muß nachher gleich im Krankenhaus anrufen, daß ich erst ... äh, wann wiederkomme?«

»Bestechen?« fragte Jennifer statt einer Antwort.

»Das muß dir doch klar sein. Du sitzt hier mit der ärztlichen Direktorin des Krankenhauses, das du gekauft hast und mit dem du sicher einige Veränderungen vorhast. Was liegt da näher, als sich ein Mitglied der Geschäftsleitung als Verbündete zu sichern?« Caroline sah Jennifer augenzwinkernd an. »Du bist durchschaut.«

»Denkst du das auch?« fragte Jennifer. Sie war dabei ganz ernst.

Caroline sah sie erstaunt an. »Nein!« Sie überlegte. »Allerdings«, fuhr sie sinnend fort, »ist es schon merkwürdig ... wir beide hier ... in ungewohnter Eintracht. Du galante Gesellschafterin, die sogar Frühstück macht. Es könnte schon der Eindruck entstehen ...«

Jennifer unterbrach sie. »Wenn ich dich bestechen wollte, würde ich dir eine Reise schenken und dir nicht zumuten, eine mit mir zu unternehmen.«

»Genau. Jeder weiß ja, daß das eher einer Bestrafung gleichkommt«, flachste Caroline. »Du bist eine so schreckliche Egomanin. Keine Stunde hält man es mit dir aus.«

Jennifer sah gelassen auf die Uhr. »Fünfundzwanzig Stunden und dreiundzwanzig Minuten.«

»Was, so lange? Und in dieser ganzen Zeit hast du nicht einmal versucht, mich zu verführen. Ich meine *ernsthaft*.«

»Ach weißt du, so attraktiv bist du eigentlich gar nicht«, erwiderte Jennifer darauf.

Caroline prustete. »Wie bitte?«

Jennifer zuckte mit den Schultern. »Mir ist aufgefallen, daß dein rechtes Ohr etwas absteht. Deine Nase ist im Grunde zu stupsig. Und überhaupt stehe ich mehr auf große Blonde, nicht auf kleine Dunkelhaarige.«

»Eins vierundsiebzig nennst du klein?« entrüstete Caroline sich gespielt.

»Willst du über Geschmack streiten?« fragte Jennifer lakonisch zurück.

»Okay, okay.« Caroline hob die Hand. »Super. Toll. Du findest mich nicht mehr attraktiv. Dann muß ich mich doch aber erst recht fragen: Warum sind wir hier? Ich meine . . . wenn du mich nicht verführen willst, was willst du dann?«

»Ganz ehrlich?«

»Bitte.«

»Ich würde dich«, ein Grinsen folgte, »trotz deiner Makel«, das Grinsen wich wieder, »gern verführen.« Jennifer machte eine hilflose Geste. »Aber was soll ich sagen. Du hast mir ein bißchen den Spaß daran verdorben. Wann immer ich dich geküßt oder berührt habe, bekam ich hinterher Schelte. Ich bin . . . extrem verwirrt, weil ich trotzdem nicht von dir lassen will. Und vor allem, obwohl du Schelte austeilst, sendest du eindeutige Signale. Das streitest du doch nicht ab, oder?«

Caroline sah Jennifer betreten an. »Würde es etwas nützen, wenn ich es tue?«

»Nein.«

»Dann gebe ich es zu.«

»Dann erlaube *du* mir doch die Frage: Was willst du von mir?«

»Ganz einfach. Ich will Nähe. Nicht Begierde.«

»Nähe«, echote Jennifer.

»Ja, du erinnerst dich? Wir sprachen darüber. Oder besser, wir kamen bis zu diesem Punkt, als dich die Müdigkeit plötzlich übermannte.«

Jennifer erinnerte sich natürlich an das Gespräch mit Caroline in der Hotelbar. Genau wie daran, was auf dem Weg zu ihren Zimmern passiert war. Als Caroline sich plötzlich in eine Circe verwandelte, und wie wenig ihr das gefallen hatte. Trotzdem. »Ich kann so was nicht.«

»Tja, das ist schade. Dabei waren diese fünfundzwanzig Stunden und dreiundzwanzig Minuten ein so guter Anfang.«

»In denen ich dennoch gern mit dir geschlafen hätte«, machte Jennifer klar.

Caroline lächelte nachsichtig. »Wogegen ich absolut nichts gehabt hätte, wenn ich wüßte, du tust es mit dem Gedanken, mich auch morgen und nächste Woche und in einem Jahr noch zu wollen. Leider reichen deine Gedanken, was das betrifft, aber nicht so weit in die Zukunft. Und wenn, dann jedenfalls nicht mit mir. Mit irgendeiner Frau, ja. Eine, von der du heute noch nicht weißt, wer sie ist.«

Jennifer seufzte. »Womit dieses schöne Frühstück endet wie fast alle unsere Gespräche. In einer Sackgasse.«

»Ja«, bestätigte Caroline. »Dann kann ich wohl meinen Kollegen sagen, daß ich morgen wieder da bin. Ich nehme an, wir fliegen heute zurück.«

»Wieso? Gefällt es dir hier so wenig, daß du nicht mal das Wochenende bleiben willst?«

»Im Gegenteil.«

»Dann können wir doch auch am Montag früh fliegen. Meine nicht sehr weit in die Zukunft reichenden Gedanken können die Vorstellung, noch zwei Tage mit dir zu verbringen, gerade so verkraften.« Auf Carolines skeptischen Blick hin fügte Jennifer hinzu: »Mit oder ohne Sex. Ganz wie es sich ergibt. Ich werde dich nicht bedrängen. Versprochen.«

»Und du machst das Frühstück«, forderte Caroline.

Jennifer lächelte. »Auch versprochen.«

»Ihr habt was?« Beatrice glaubte sich verhört zu haben.

»Den Flug sausen lassen und sind noch auf Mallorca in einer Ferienwohnung«, wiederholte Jennifer durchs Handy.

»Und?«

»Nichts weiter. Wir erholen uns einfach nur ein wenig vom Alltag. Sollten wir deswegen ein schlechtes Gewissen haben?«

»Komm schon, das ist doch nicht alles.«

»Aber ja. Leider, wie ich sagen muß.«

Beatrice wollte nicht glauben, daß das möglich war. »Du verarschst mich nicht?«

»Wenn ich es dir doch sage!«

Daraufhin gluckste Beatrice nur. »Sie hat dich ja ganz schön an der Kandare, deine Ärztin. Entweder ist sie sehr klug oder sehr naiv. Und ehrlich, einen naiven Eindruck machte sie auf mich nicht. Sie weiß, die einzige Chance dich zu kriegen, ist, auf dich zu verzichten. Sie läßt dich an der ausgestreckten Hand verhungern. Das ist dir doch klar.«

Das ließ Jennifer nicht auf sich sitzen. »Dann muß sie aber damit rechnen, daß ich mich anderweitig umschaue«, tönte sie.

»Den Eindruck habe ich nun wiederum nicht. Früher, ja, da warst du ein froher Schmetterling. Bist von einer Blüte zur nächsten geflogen. Hast dich an jeder erfreut. Alles, was ich jetzt höre, ist: Caroline hier, Caroline da. Muß ja eine ganz besondere Blume sein, daß du alles andere drumherum vergißt. Du fragst nicht mal, ob Sarah und ich in der Sache weitergekommen sind.«

»In *eurer* Sache oder in der anderen Sache?« fragte Jennifer nun gemeinerweise zurück. Das konnte sie sich nicht verkneifen.

»Ha, ha. Das mußte ja kommen. Aber falls dich Punkt eins wirklich interessiert, nein, ich bin nicht weitergekommen. Dabei habe ich im Gegensatz zu dir wirklich ernste Absichten. Und was Punkt zwei betrifft: Wir haben den absoluten Volltreffer gelandet. Allerdings mit einem kleinen Haken. Birch weiß es und stößt verbale Drohungen aus.«

»Was bedeutet ›absoluter Volltreffer‹?« wollte Jennifer wissen.

»Erzähle ich dir, wenn du wieder da bist. Bis dahin haben Sarah und ich noch eine Menge zu recherchieren, um die Story beweisfest zu machen.«

»Da bin ich aber gespannt.«

»Mach du dir noch ein schönes Wochenende mit deiner Ärztin«, feixte Beatrice.

»Würdest du bitte aufhören, sie immer *meine Ärztin* zu nennen! Das nervt.«

»Wie soll ich sie denn sonst nennen? Deinen Schatz? Das gefällt dir nicht. Deine Geliebte? Das würde ihr nicht gefallen.«

Jennifer kappte verärgert die Verbindung. So was mußte sie sich nicht gefallen lassen. Kein Mensch nahm sie ernst. Caroline nicht, die ihr jeden Sinn für Romantik und jedwede Sensibilität absprach. Beatrice nicht, die sich darüber lustig machte, wie sie versuchte das Gegenteil zu beweisen.

»Und? Was haben die beiden erreicht?« fragte Caroline, die von der Terrasse hereinkam, zum Kühlschrank ging, aus dem sie eine Flasche Wasser herausnahm und sich ein Glas eingoß. »Auch eins?« fragte sie.

»Lieber ein Bier«, sagte Jennifer.

Caroline öffnete eine Flasche Bier, goß es in ein Glas und reichte es Jennifer. »Sie haben, ich zitiere, ›einen Volltreffer‹ gelandet«, gab Jennifer Beatrice wieder.

»Hört sich nach Titelblatt an.«

»Sie müssen noch recherchieren. Aber Beatrice klang schon wie die neue Chefredakteurin.«

»Gut. Besonders für dich. Oder?«

»Ja.«

»Warum schaust du dann so unzufrieden drein?«

Jennifer winkte ab. Was sollte es bringen, Caroline von dem Gespräch mit Beatrice zu erzählen. Der maximale Erfolg konnte sein, daß Caroline sich genauso über sie lustig machte wie Beatrice. »Ach nichts weiter. Ich denke, ich mache einen Ausflug zum Strand.«

»Gute Idee. Ich bin dabei.«

»Nimm es mir nicht übel, ich möchte lieber allein sein.«

Caroline schaute Jennifer überrascht an. Neckend sagte sie: »Ich wußte ja, daß du meiner überdrüssig werden würdest. Daß es allerdings so schnell gehen würde . . .«

»Caroline, bitte!« Jennifers Stimme ließ keinen Zweifel, daß sie im Moment keinen Sinn für Humor hatte. »Ich muß nachdenken.«

»Probleme in der Firma?« fragte Caroline.

»Nein, Probleme mit mir!« Damit stampfte Jennifer davon.

Caroline sah ihr verdutzt nach. Welche Laus war Jennifer

denn plötzlich über die Leber gelaufen? Sollte sie ihr nachgehen und fragen? Doch dann entschied Caroline, daß es besser war, Jennifer sich und ihrem Problem, wie sie es nannte, zu überlassen. Wenn Jennifer in dieser Stimmung war, versperrte sie sich sowieso allem.

Jennifer spürte dieses Brodeln in sich, das sie von Verhandlungen kannte, mit deren Verlauf sie in höchstem Maße unzufrieden war. Alles in ihr verlangte dann danach aufzuspringen, auf den Tisch zu hauen und ihren Willen als Gesetz zu verkünden. Leider besaß sie *diese* Macht nicht.

Deshalb mußte sie sich zusammenreißen und einen anderen Ausweg finden, so auch jetzt. Aber das konnte sie nicht, wenn Caroline in der Nähe war.

Nähe! Ha!

Was zum Teufel wußte sie, ob sie den Wunsch nach Nähe nun hatte oder nicht. Ihn verdrängte oder nicht. Darüber hatte sie sich bisher nie den Kopf zerbrochen. Warum auch? Sie hatte immer bekommen, was sie wollte. Auch ohne diese *Nähe*. Hatte nie in Frage gestellt, ob ihr das genügte, auch ohne *Nähe*.

Sollte sie jetzt auf einmal damit anfangen? Alles umwerfen, was bisher an seinem angestammten Platz stand? Fest stand, ihr Halt gab. Sicherheit. Unverletzlichkeit. Unabhängigkeit.

Sollte sie all das aufgeben, nur wegen *Nähe*?

Jennifer ging mit weitausholenden Schritten die Straße zum Strand hinunter. Das Tempo ihren rasenden Gedanken entsprechend.

Ich bin Geschäftsfrau. Eine erfolgreiche, anerkannte Geschäftsfrau. Ich leite eine Firma mit mehreren hundert Angestellten, mache Millionenumsätze jedes Jahr, und was bringt mich aus der Fassung? Das kleine Wort Nähe. *Das ist absurd.*

Jennifer war am Strand angekommen und ließ sich in den Sand plumpsen. Das beruhigte sie irgendwie.

Mal langsam, Jennifer. Es ist ja nicht das Wort, das dich aus der Fassung bringt. Es ist die Frau, die darüber spricht.

Aha, es war eine Frau, die diese Unordnung in ihr Leben brachte, kein Wort. Sehr beruhigend.

Nein, das ist überhaupt nicht beruhigend. Es ist im Gegenteil sehr,

sehr beunruhigend. Denn ich dachte, über diese Phase sei ich hinweg.

Stellte sich jetzt etwa heraus, daß ihre in den letzten Jahren so hart erarbeitete Selbstbeherrschung zu bröckeln begann? Wenn ja, dann lag das sicher daran, daß sie sich in letzter Zeit zu gut, zu sicher fühlte und deshalb ihre Achtsamkeit nachgelassen hatte. Nur deshalb konnten Carolines Worte Nährboden finden.

Du mußt einfach wieder einen Gang höher schalten, dann ist die Sache schnell überstanden.

Jennifer atmete tief durch. Ja. Das war es. Kein Grund, an sich zu zweifeln. Eine kleine Krise, nichts weiter. Wer einen Schnupfen unterschätzte, riskierte sich eine Lungenentzündung einzuhandeln. Aber das war jetzt vorbei. Sie hatte den Bazillus erkannt. Nun würde sie ihn abtöten. Kurz und schmerzlos.

Caroline wollte keine erotische Affäre? Gut, dann gab es eben keine. Nicht mit ihr. Es fanden sich jede Menge Frauen, die ein solches Angebot nicht ablehnten. Wie sagte Beatrice so schön? Es gab viele Blüten, zu denen ein Schmetterling fliegen konnte. Warum über eine einzige, nicht erreichbare Blüte traurig sein?

Caroline registrierte erfreut, daß Jennifer Wort hielt. Sie bedrängte sie nicht. Allerdings wirkte sie seit ihrem Strandausflug verändert. Ihre Stimme war zwar dieselbe, aber die Augen blickten anders. Nicht mehr so warm. Diesen Teil der Veränderung bedauerte Caroline. Sie hatte gehofft, Jennifer würde sich mehr öffnen. Doch das Gegenteil schien nun der Fall zu sein.

Was hast du erwartet, Caroline? Daß du sie ändern kannst? Eine Frau von über vierzig. Noch dazu in ihrer Position.

Caroline entschloß sich, das Wochenende zu genießen und die Dinge zu nehmen, wie sie waren.

20.

Im Konferenzraum herrschte Stille. Jennifer ließ ihren Blick über die Anwesenden gleiten. Auf Carolines Gesicht verharrte er kurz. Eine Sekunde, höchstens. Sofort ermahnte Jennifer sich zur Konzentration und straffte ihren Körper.

»Dieser Termin wurde kurzfristig einberufen. Um es vorwegzunehmen, der Anlaß ist kein erfreulicher«, begann sie. Trotz unheilsschwangerer Ankündigung klang Jennifers Stimme ruhig.

Ihre Zuhörer, die Mitglieder der Krankenhausleitung, sahen Jennifer abwartend an.

»Ich werde Ihre Zeit nicht lange in Anspruch nehmen, komme sofort auf den Punkt. Vor einigen Tagen erhielt ich von meinen Finanzexperten die Mitteilung, daß die uns zur Verfügung gestellten Bilanzzahlen des Vorjahres die Haushaltslage des Krankenhauses falsch widerspiegelten. Es steht unwiderlegbar fest: Rechnungen in Höhe von siebenhunderttausend Euro wurden in das neue Geschäftsjahr gezogen. Darüber hinaus, ich weiß nicht, wie das möglich war, aber es ist eine Tatsache, wurde der Dezemberlohn der gesamten Belegschaft erst im Januar ausgezahlt. Es entstand damit ein völlig falsches Bild über die Lohnunkosten. Und das ist weitaus schlimmer als ein paar ›vergessene‹ Rechnungen.« Jennifer machte eine bewußte Pause. »Wenn wir den Verantwortlichen für diese Manipulationen finden, kann er sich seiner Entlassung sicher sein.«

Sie schaute Hausfeld eindringlich an. Der hielt ihrem Blick stand.

»Das alles ist jetzt nicht mehr zu ändern«, fuhr Jennifer in gleichbleibend ruhigem Ton fort. »Ebensowenig wie die Folgen. Ich habe mich mit meinen Experten beraten und Maßnahmen beschlossen.«

Jennifer erläuterte nun das Konzept, das die plastische Chirurgie als eine neue Abteilung einführte und das Schlafzentrum sowie eine der drei inneren Abteilungen schloß. »Wir rechnen damit, daß die plastische Chirurgie bereits nach einem Jahr schwarze Zahlen schreibt. Sie wird das Defizit auffangen. Natürlich nur, wenn gleichzeitig rationalisiert wird. Diese Rationalisierungsmaßnahmen werden wir noch im einzelnen besprechen. Aufgrund der neuen Situation kommen wir aber um Entlassungen nicht herum.« Den aufkommenden Widerspruch erstickte Jennifer im Keim. »Ich bin an dieser Stelle nicht zu Diskussionen bereit. Bedanken Sie sich bei dem Zahlenkünstler.«

Damit war alles gesagt. Jennifer ging in die Kantine, um einen Kaffee zu trinken. Den ernsten Gesichtsausdruck Carolines vor Augen verrührte sie den Zucker in der Tasse.

Natürlich dachte Caroline jetzt, sie hätte sie belogen. Aber das war nicht zu ändern. Und im Grunde auch völlig egal. Sollte Caroline denken, was sie wollte. Vielleicht kam sie ja eines Tages dahinter, daß die beschlossenen Maßnahmen die Existenz des Krankenhauses sicherten. Aber dann würde sie, Jennifer, schon nicht mehr hier sein. Nach Ablauf einer gewissen Zeit, wenn die Übergangsphase abgeschlossen war, würden andere ihre Aufgaben übernehmen. Sie würde sich neuen Projekten zuwenden. Vielleicht war ja sogar mal eins darunter, bei dem man sie nicht als unwillkommenen Eindringling betrachtete.

»Gratuliere, du bist wieder ganz die Alte.« Caroline stand vor Jennifer.

»Danke«, erwiderte Jennifer kühl.

»Ist das dein Ernst?« fragte Caroline. Sie setzte sich.

Jennifer sah sie fest an. »Ich weiß, in deinen Augen bin ich ein Monster, weil ich harte Entscheidungen treffe. Aber das gehört zu meinem Job. Und auch wenn es für dich so aussieht, ich mache es mir nicht leicht mit meinen Entscheidungen.«

»Gib es doch wenigstens zu«, sagte Caroline bitter. »Du wolltest das Krankenhaus von Anfang an kommerzialisieren. Du hast nur auf die passende Gelegenheit dazu gewartet.«

Jennifer funkelte sie ärgerlich an. »Aber sicher. Ich habe auch veranlaßt, daß die Löhne zurückgehalten wurden.«

»Hausfeld meint, es muß sich um einen Fehler in der EDV handeln.«

»Blödsinn. Warum hat dann die Buchhaltung keinen Vermerk in die Bilanz gemacht?«

»Es ist einfach vergessen worden. Das kann doch passieren.«

Jennifer wischte Carolines Erklärung mit einer ärgerlichen Handbewegung vom Tisch. »Man hat die Zahlen frisiert. Das ist doch eindeutig. Aber am Ende ist es auch völlig egal, wie es dazu kam. Ich muß darauf reagieren. Und das tue ich wie angekündigt.«

»Denkst du eigentlich nie an die Leute, die du rausschmeißt?

Was aus denen wird? Wie das Leben der Familien sich dadurch ändert? Du hättest genug Geld, das alles zu verhindern.«

»Dieses Geld habe ich, weil ich eben nicht daran denke. Ich denke an das Funktionieren von Einheiten. In diesem Fall die Einheit Krankenhaus. Wohlgemerkt subventionsfreies Funktionieren. Denn nur so hat die Sache Zukunft. Für ihre Familien sind die Leute selbst verantwortlich. Ich kann mich nicht um alles kümmern. Übrigens glaube ich nicht, daß umgekehrt die Leute sich um mich sorgen. Welche finanziellen Verluste zum Beispiel diese falschen Zahlen für mich bedeuten. Sie sagen sich wahrscheinlich: Die hat ja genug Schotter. Es trifft keinen Armen. Wenn ich das einfach hinnähme, wäre ich längst pleite. Oder glaubst du, das passiert mir zum ersten Mal? Und wenn ich pleitegehe, verlieren mehr Leute ihren Job als ein paar Pfleger und Krankenschwestern.«

Caroline erhob sich. »Wie gut, daß du das große Ganze siehst. Wo wäre die Welt nur ohne dich.« Sie ging.

Jennifer sah ihr nach, seufzte. Tja, das war ja zu erwarten.

Zurück im Büro wurde Jennifer bereits von Beatrice erwartet, die darauf brannte zu erzählen, was Sarah und sie erlauscht hatten.

»Das Gespräch zwischen Birch und der Dalberg, deine Zeugenaussage zum Tathergang – die Story ist niet- und nagelfest«, freute Beatrice sich. »Wir haben diesen Axel gefunden. Also natürlich nicht ihn, sondern seine Identität. Axel Sander. Kam vor achtundzwanzig Jahren unter bis heute ungeklärten Umständen ums Leben. Man fand ihn in einer Baugrube, mit diversen Hautabschürfungen, Knochenbrüchen und einem Hämatom am Hinterkopf, das die Todesursache war. Man fand in der Nähe der Baugrube auch Spuren eines Kampfes, konnte aber nicht feststellen, ob beide Dinge, dieser Kampf und Sanders Tod, miteinander in Verbindung standen. Unfall oder Totschlag? Das wurde nie geklärt.«

»Das bedeutet, Frey, Birch und Dalberg haben diesen Axel Sander da hineingeworfen?« fragte Jennifer fassungslos.

»Oder er ist gefallen, keine Ahnung. In jedem Fall haben die drei ihn vermöbelt. Und falls es ein Unfall war, daß Sander in die Baugrube fiel, keine Hilfe geholt. Ich denke, nachdem du Frey darüber aufgeklärt hattest, wem er seinen Ruin verdankte, drohte er Birch, die Geschichte von damals publik zu machen. Frey brauchte um seinen Ruf nicht mehr bangen. Der war ja eh ruiniert. Aber so konnte er Birch dessen Verrat heimzahlen.«

»Und er hätte dabei Dalberg mitgerissen«, ergänzte Jennifer.

»Genau«, bestätigte Beatrice. »Keine angenehme Vorstellung für Frau Dalberg, nehme ich an. Ihr Liebhaber pleite. Und beide Ersatzmänner gesellschaftlich ruiniert. Wenn Birch *oder* ihr Mann ausfallen würde, hätte sie den jeweils anderen. Aber beide? Ganz abgesehen davon kommt sie selbst bei der Geschichte auch nicht so gut weg. Sie wußte immerhin, daß die drei Sander auf dem Gewissen hatten.«

»Ich nehme an, Marianne Dalberg verlor die Nerven«, rekonstruierte Jennifer weiter aus dem, was sie an jenem Abend gesehen hatte. »Sie schreit Birch und Frey an, ob die sich nicht gleich gegenseitig umbringen wollen oder so was in der Art. Hält ihnen abwechselnd die Waffe hin. Frey will sie ihr abnehmen. Dabei löst sich ein Schuß. Ende einer vor langer Zeit begonnenen Geschichte«, fügte sie lakonisch hinzu.

Doch Beatrice sah das anders. »Noch nicht Ende. Denn jetzt werden die verbliebenen zwei Herren für ihre Tat von damals zur Rechenschaft gezogen, inklusive Frau Dalberg, die davon wußte und nicht zur Polizei ging.«

»Die Tat dürfte längst verjährt sein«, warf Jennifer ein.

»Ja, einer Verurteilung durch das Gericht hierfür werden die drei wahrscheinlich entgehen, denn eine Tötungsabsicht ist ihnen nicht nachzuweisen. Aber der moralischen Verurteilung entgehen sie nicht. Dafür werde ich sorgen. Verlaß dich drauf.«

Daß das keine leere Drohung war, wußte Jennifer nur zu genau. Beatrice wäre nicht Beatrice, wenn sie Birch und die Dalbergs ungeschoren davonkommen lassen würde. Ganz abgesehen von den Umständen von Freys Tod, für die sie ganz sicher angeklagt wurden. Die drei waren praktisch schon gesellschaftliche Leichen.

»Für die Story gibt es sicher eine fette Prämie auf dein Konto«, meinte Jennifer.

»Normalerweise ja, aber in diesem Fall wohl nicht.« Beatrice zuckte lässig mit den Schultern. »Ich habe Sarah einen Ermittlungsauftrag erteilt, ohne das vorher von meinem Chef absegnen zu lassen. Bei so was ist er immer komisch. Zumindest wird er den Betrag von Sarahs Rechnung von meiner Prämie abziehen, der alte Geizhals. Aber was soll's. Ich glaube sowieso, Sarah braucht das Geld dringender als ich. Deshalb wollte ich dich auch um einen Gefallen bitten.«

»Nur zu.«

»Es geht dabei um Sarah. Der Grund, warum ich ihr den Auftrag gegeben habe, war unter anderem der, daß ich den Eindruck hatte, ihre kleine Detektei hat große Startschwierigkeiten. Du hast doch sicher hin und wieder Nachforschungen anzustellen, bei denen du dir Hilfe bei privaten Ermittlern suchst. Firmenüberprüfungen und so weiter. Könntest du Sarah nicht ein wenig unter die Arme greifen, indem du sie damit beauftragst? Du könntest sagen, es wäre eine Art Dankeschön dafür, daß sie dir schließlich geholfen hat. Eine Hand wäscht die andere und so. Du brauchst auch gar nichts sagen, Hauptsache du erwähnst nicht, daß ich dich darum gebeten habe, dann wird sie nämlich sicher ablehnen.«

»Daraus schließe ich, daß Sarah dich nicht gebeten hat, mich zu fragen«, stellte Jennifer fest.

»Dazu ist sie viel zu schüchtern.«

»Also gut.« Jennifer nickte und fragte nicht weiter. Sie wollte sich nicht in die Sache zwischen Beatrice und Sarah einmischen. War froh, daß Beatrice heute mal keine Kommentare über Caroline und sie abgab. Wahrscheinlich, weil Beatrice mit sich und Sarah zu tun hatte. »Dann schreib mal deine Story, aber vergiß nicht, mich so weit wie möglich da rauszuhalten. Zeugin ja, Name nein.«

»Hältst du mich für eine Anfängerin? Natürlich gebe ich keine Quellen preis.« Beatrice verabschiedete sich.

Jennifer wandte sich ihrer Arbeit zu. Genaugenommen *wollte* sie es tun, aber ihre Gedanken wanderten zu dem Gespräch mit Caroline in der Kantine. *Gratuliere, du bist wieder ganz die Alte,* hatte sie gesagt. Und meinte damit gefühllos. Ganz klar.

Jennifer biß sich auf die Lippen. Das traf. Merkwürdig. Dabei glaubte sie, sich wieder unter Kontrolle zu haben. Ganz die Alte? Dann hätte sie Carolines Worte als Kompliment empfinden müssen. Tat sie aber nicht. Und irgendwie klappte es auch nicht mit dem Weiterfliegen zur nächsten Blüte. Denn dazu mußte man zumindest erst mal Lust verspüren, Ausschau zu halten.

Jennifer trommelte unzufrieden mit den Fingern auf den Schreibtisch. Nur eine vorübergehende Erscheinung, ganz sicher. Es war nicht zu befürchten, daß es zu einer anhaltenden Flügellähmung kommen würde. Dazu kannte sie sich viel zu gut. Dennoch war es ein merkwürdiges Gefühl. Was sollte sie jetzt damit anfangen?

Ignorieren, was sonst.

Oder noch besser, aktiv dagegen vorgehen. Warum verabredete sie sich nicht einfach mit der nächstbesten Frau, die ihr begegnete?

Ich gehe in ein Café. Da findet sich garantiert eine einigermaßen passabel aussehende Frau. Zur Not die Bedienung. Wäre doch gelacht.

Jennifer stand entschlossen auf.

Fünf Minuten später saß sie im Auto, fuhr durch die Straßen – und fragte sich kopfschüttelnd: Was tue ich? Ist das mein Ernst? Eine Frau aufgabeln als Therapiemaßnahme? So weit war es bereits?

Jennifer, du brauchst einen Psychiater.

Sie wendete bei nächster Gelegenheit, fuhr zurück ins Büro, wo sie sich die Pläne für die neue plastische Chirurgie des Krankenhauses vornahm. Denn *das* war eine Sache, die wichtig war. *Darum* mußte sie sich kümmern. Ihr durcheinandergeratenes Innenleben würde sich von ganz allein wieder stabilisieren.

Caroline verließ nach dem Gespräch mit Jennifer verärgert die Kantine. Jennifers Dickfelligkeit wurmte sie. Wie konnte sie einfach so zwei Abteilungen schließen? Nur, damit ihre Zahlen wieder stimmten. Jennifer hatte doch gar keine Ahnung, was sie damit anrichtete. Mit ihrem brachialen Stil verschreckte Jennifer alle. War ihr das nicht klar? Oder war Jennifer so sehr von sich überzeugt, daß sie glaubte, sie sei auf den Kooperationswillen der Belegschaft nicht angewiesen?

Wenn du dich da mal nicht täuschst, Jennifer! Stur sein kannst nicht nur du! Das kann ich dir gern einmal zeigen. Du willst es ja offensicht-

lich so haben.

Caroline atmete tief durch, während sie mit langen Schritten den Wartebereich der Unfallstation durchquerte. Ihr Blick glitt flüchtig über die Wartenden. *Nanu*, dachte sie und verlangsamte ihr Tempo. *Die Frau dort, das war doch ...*

»Sarah? Was machst du denn hier?« Dann registrierte Caroline Sarahs desolaten Zustand. Zerrissene Jacke und Hose, Blut, das an diversen Stellen durch den Stoff sickerte. »O je, was ist passiert?«

»Kleiner Unfall mit dem Fahrrad.« Sarah schaute unglücklich drein.

Caroline legte ihre Hand auf Sarahs Arm. »Na, dann komm mal gleich mit.«

»Ich bin aber vor der Dame dran«, meldete sich der Mann neben Sarah.

»Was fehlt Ihnen denn?« fragte Caroline.

»Bin von der Leiter gefallen. Hab mir was angeknackst, glaub' ich.«

»Mein Kollege wird sich sofort um Sie kümmern. Die junge Frau hier hat es etwas schlimmer erwischt.«

Caroline winkte Sarah, ihr zu folgen. »Komm.«

Sarah ging mit Caroline ins Behandlungszimmer.

»Setz dich auf die Liege. Ich werde den Stoff von den Wunden ablösen und dann die Wunden reinigen. War ja ein ganz schöner Sturz, wie es aussieht.«

»Ein LKW hat mich gestreift. Ist kein Witz! Der Fahrer hat es gar nicht gemerkt. Ist einfach weitergefahren.«

»Konntest du dir die Nummer des LKW merken?«

»Ich hatte andere Sorgen.« Sarah zuckte unter Carolines Fingern, die am Stoff hantierten, leicht zusammen. »Aua.«

»Schon gut«, beruhigte Caroline Sarah.

Sarah biß die Zähne zusammen. »Wenigstens hatte ich Glück im Unglück. Ein Taxifahrer hat den Unfall gesehen und mich hierhergebracht«, erzählte sie weiter.

Caroline löste vorsichtig die Kleidungsstücke von Sarahs Wunden, so daß Sarah sie ausziehen konnte. Die zutagetretenden Schürfwunden waren sehr großflächig.

»Auweia. An den Schmerzen wirst du die nächsten Tage deine wahre Freude haben. Am besten, du richtest dich gemütlich auf deinem Sofa zu Hause ein. Dein Kühlschrank ist hoffentlich voll.«

»Ehrlich gesagt, nein.«

Caroline zwinkerte Sarah zu. »Vielleicht kann Beatrice dir unter die Arme greifen, dich ein wenig pflegen.«

Sarah seufzte. »Beatrice? Ich weiß nicht. Ich glaube nicht.«

»Warum nicht?«

»Sie hat genug damit zu tun, ihre Story zu schreiben. Das ist eine große Sache.« Während Caroline die Wunden abdeckte erzählte Sarah, was sie und Beatrice herausgefunden hatten. »Beatrice wird in den nächsten Tagen mit der Geschichte im Mittelpunkt der Öffentlichkeit stehen. Da störe ich bloß«, meinte sie zum Schluß.

»Na hör mal, schließlich hast du ihr doch geholfen.«

»Ach, das war doch nichts«, wehrte Sarah bescheiden ab. »Im übrigen, egal was ich auch immer tue, werde ich nie so beeindruckend oder präsentabel sein wie Jennifer.«

Caroline blickte auf. »Wie kommst du jetzt darauf?«

Sarah schaute verdrießlich drein. »Ich will damit sagen, Beatrice ist für mich unerreichbar. Sie ist eine erfolgreiche, nun auch noch gefeierte Journalistin. Sie ist Frauen wie Jennifer gewöhnt, die ebenso erfolgreich sind. Ich dagegen . . .«

Caroline schmunzelte. »Du bist ein Fuchs.«

»Hä?«

»Wie der in Äsops Fabel«, erklärte Caroline. »Ein Fuchs kam an einer Mauer mit einem Weinstock vorbei. Er war hungrig, und die Trauben am Weinstock waren prall und saftig. Der Fuchs sprang hoch, schnappte nach den Trauben, konnte sie aber nicht erreichen. Immer wieder versuchte er es. Doch alle Mühe war umsonst. Die Trauben hingen einfach zu hoch. Da sagte der Fuchs: ›Die Trauben sind mir viel zu sauer‹ und ging davon.«

Sarah schwieg verdattert. »Du meinst, ich gebe vorschnell auf?« fragte sie schließlich.

»Vorschnell und vor allem unbegründet. Der Fuchs hätte sich nur eine Leiter holen müssen.«

»Er war ein Fuchs!«

»In einer Fabel.«

Sarah kratze sich nachdenklich am Kopf. »Hm.«

»Na gut.« Caroline war fertig. »Du kannst deine Sachen wieder anziehen. Soll ich dir ein Taxi rufen?«

»Ich nehme den Bus.«

»Aber nicht so, wie du aussiehst. Die Leute rufen ja vor Schreck die Polizei, wenn sie dich sehen.«

»Ich kann mir aber kein Taxi leisten«, gestand Sarah betreten.

»Gut. Dann fahre ich dich schnell.«

»Das ist doch nicht nötig«, wehrte Sarah ab. »Das macht nur Umstände.«

»Na und wenn schon. Das ganze Leben ist ein einziger Umstand. Warte fünf Minuten. Ich hole meine Autoschlüssel.«

Damit ließ Caroline Sarah stehen.

Die Fahrt dauerte dann doch etwas länger, weil Caroline nicht damit gerechnet hatte, daß es Menschen gab, die am anderen Ende der Stadt wohnten. Was allerdings erklärte, warum Sarah kein Taxi nehmen wollte.

»Da vorn ist es«, sagte Sarah und deutete auf einen mehrstöckigen Altbau. Caroline parkte vor dem Haus.

»Danke fürs Bringen«, sagte Sarah.

»Was ist eigentlich mit deinem Fahrrad?« fragte Caroline.

»Steht noch vor dem Krankenhaus. Ist nicht abgeschlossen, wird aber mit Garantie nicht geklaut werden, so wie es aussieht. Ich hole es in ein paar Tagen.«

»Na dann, gute Besserung.«

Sarah stieg aus. Caroline lächelte ihr noch einmal aufmunternd zu.

Als Sarah im Haus verschwunden war, griff Caroline nach ihrem Handy. Die Auskunft verband sie direkt mit Beatrice' Apparat in der Redaktion.

»Caroline?« hörte sie deren erstaunte Stimme. »Was gibt es denn?«

»Ich gratuliere zu der Story.«

»Danke, aber dazu ist es noch zu früh. Ich bin gerade erst dabei, den Artikel zu schreiben. Er soll übermorgen erscheinen.«

»Da haben Sie sicher wenig Zeit.«

»Im Prinzip schon. Was ist denn?«

»Sarah hatte einen Unfall ...« Weiter kam Caroline nicht.

»Was? Wie geht es ihr? Wo ist sie?« fragte Beatrice aufgeregt.

»Es ist nicht so schlimm. Ich habe sie gerade nach Hause gebracht. Ich glaube auch nicht, daß sich die Wunden entzünden.«

»Entzünden?« rief Beatrice erschrocken.

Caroline grinste vor sich hin. Sie hatte ein wenig übertrieben, aber was schadete das schon. »Ich wollte es Ihnen nur sagen, weil Sie doch ... also es schien mir, daß Sie Sarah mögen, und da dachte ich, ich rufe Sie mal an. Vielleicht können Sie ja morgen mal vorbeischauen, wenn Sie mit Ihrem Artikel fertig sind.«

»Äh ja, sicher ... der Artikel ... Sarah ...«, stammelte Beatrice.

Soviel Aufregung hatte Caroline dann doch nicht auslösen wollen. »Es geht ihr gut, Beatrice. Sicher schläft Sarah erst einmal. Sie sah müde aus.«

»Gut. Danke Caroline, daß Sie mich angerufen haben.« Beatrice legte auf, starrte auf den Bildschirm ihres Computers, auf dem der Cursor blinkte und darauf wartete, daß neue Worte ihn weiterschoben. Aber Beatrice' Kopf war plötzlich völlig leer. Und das würde so bleiben, bis sie sich davon überzeugt hatte, daß es Sarah wirklich gutging.

Kurzentschlossen speicherte Beatrice den Artikel, schaltete den Computer aus und verließ die Redaktion.

Erst als Sarah ihr die Tür öffnete und auf den ersten Blick ganz heil aussah, fiel die Anspannung von Beatrice ab. »Gott sei Dank«, sagte sie erleichtert.

Sarah schaute Beatrice überrascht an.

»Darf ich reinkommen?« fragte Beatrice.

Sarah trat einen Schritt zur Seite. »Bitte.«

»Caroline hat mich angerufen«, erklärte Beatrice, während sie in den Flur der kleinen Wohnung trat. »Du hattest einen Unfall.«

»Nichts weiter passiert. Nur ein paar kleine Kratzer.«

Beatrice schaute auf Sarahs Arme, wo mehrere etwa zehn Zentimeter große Mullverbände mit Pflaster befestigt waren. Sie deutete darauf. »Kleine Kratzer?«

Sarah ging ins Wohnzimmer. »Ich dachte, du schreibst an

deiner Story«, wechselte sie das Thema.

»Mache ich auch«, sagte Beatrice. »Morgen ist Abgabetermin.«

Sarah setzte sich auf das Sofa, wo sie gelegen hatte, bevor Beatrice klingelte. Eine Decke lag leicht zusammengeknautscht an einem Ende.

»Hast du diese kleinen Kratzer am ganzen Körper?« wollte Beatrice wissen.

Sarah nickte zaghaft. Beatrice hockte sich vor sie. »Tut es sehr weh?« fragte sie weich.

»Nur, wenn ich mich bewege.«

Beatrice strich sanft Sarahs Wange. »Du Arme.«

Sarah erschauerte leicht bei der Berührung. Und sie fragte sich: Hatte Beatrice ihre Arbeit an dem Artikel unterbrochen, nur um nach ihr zu sehen? Es war schließlich kaum dreißig Minuten her, daß Caroline sie unten abgesetzt hatte.

Die mußte Beatrice gleich danach angerufen und Beatrice wiederum sofort losgefahren sein.

Sarah war verwirrt. Jetzt stand Beatrice auf, schaute sie ... zärtlich? ... an. Was machte Beatrice denn nun? Sie beugte sich ja zu ihr herunter. Was ...?

Sarah spürte die sanfte Berührung von Beatrice' Lippen auf ihrem Mund. Zärtlich liebkosend. Bewegungslos verharrte sie.

Beatrice richtete sich wieder auf, schaute Sarah diesmal fragend an. Die Frage lautete: Ist es denn so schwer zu glauben, daß ich es ernst meine?

Sarah wich Beatrice' Blick verlegen aus.

»Ich lasse dich jetzt wieder allein«, sagte Beatrice. »Allerdings nur, um meinen Laptop aus der Redaktion zu holen. Auf dem Rückweg bringe ich zwei Pizzen mit. Was soll auf deiner sein?« Sie schaute Sarah fragend an.

Deren Verblüffung war so groß, daß sie nichts erwidern konnte.

»Na gut«, sagte Beatrice. »Irgend etwas, was auf gar keinem Fall drauf sein soll?«

»Shrimps«, gelang es Sarah jetzt zu antworten.

»In Ordnung. In einer knappen Stunde bin ich wieder da.« Beatrice hockte sich erneut vor Sarah. So zwang sie sie, sie anzusehen. Langsam und betont ernst sagte Beatrice: »Und wenn du glaubst, ich mache das aus Mitleid, dann bist du sehr dumm.«

21.

Dalberg trat wenige Tage nach der Veröffentlichung des Artikels zurück. Er, seine Frau und Birch mußten sich nicht nur eine Menge Fragen zu den damaligen Ereignissen gefallen lassen, sondern auch zu den Umständen, die zu Freys Tod geführt hatten.

Beatrice heimste eine Menge Ruhm ein, den sie dazu benutzte, einer kleinen privaten Detektei zu etwas mehr Aufmerksamkeit zu verhelfen. Jennifer machte spitze Bemerkungen darüber. Beatrice quittierte es mit einem Lächeln und der Feststellung: »Neid der Besitzlosen.«

Damit traf sie, auch wenn Jennifer es nicht wahrhaben wollte, genau ins Schwarze. Denn Jennifer war frustriert. Vergeblich wartete sie auf die Rückkehr ihrer Lust auf neue Blüten. Ihre Gedanken wanderten immer wieder zu der einen zurück: Caroline.

Jennifers Frust darüber richtete sich nicht nur gegen sich selbst, sondern machte sie mürrisch gegenüber allem und jeden. Ihre Mitarbeiter machten deshalb, so sie konnten, einen großen Bogen um sie. Selbst Lena Hanke, die sonst in jeder Situation wußte, wie sie mit ihrer Chefin umgehen mußte, traute sich kaum noch, etwas zu sagen.

Was Jennifers schlechte Laune noch verschlimmerte: Caroline ging ihr aus dem Weg. Sie hatte Caroline in den letzten Tagen nicht gesehen, geschweige denn gesprochen. Und das lag nicht daran, daß es keine Gelegenheiten gab, bei denen man einander begegnen konnte.

Als Caroline der ersten Besprechung fernblieb, glaubte Jennifer noch an den Notfall, von dem ihr Kollege sprach. Beim zweiten Mal, Caroline ließ sich ohne Begründung entschuldigen, dachte Jennifer sich auch noch nichts. Beim dritten Mal, dieses Mal schickte Caroline eine Vertretung, mußte Jennifer es dann aber erkennen: In Carolines Abwesenheit lag Methode. Kurzerhand bestellte sie Caroline direkt zu sich ins Büro. Die rief jedoch bei Lena Hanke an, gab vor, nicht kommen zu können und bat die anstehenden Dinge per Mail zu besprechen.

Jennifer fluchte in sich hinein, unterließ es aber, Caroline per Anordnung dazu zu zwingen, sich bei ihr zu zeigen. Was nützte das? Sie wollte keine abweisende, kurz angebundene Caroline. Sie wollte ...

... an dieser Stelle ihrer Überlegungen angekommen pflegte Jennifer auf ihren Schreibtisch zu hauen und ihren Gedanken rigoros zu befehlen, die Richtung zu ändern. So auch heute.

Doch während die Tischplatte sich nicht wehren konnte, die Gedanken konnten. Und heute taten sie es. Sie hörten nicht auf den Richtungsänderungsbefehl.

Sie wollte ... eine Caroline, an deren Lächeln sie sich wärmen konnte. Sie wollte eine Caroline, die mit ihr redete, ihretwegen auch mit ihr stritt. Caroline war so lebendig, wenn sie sich für oder gegen etwas ereiferte, sei es auch gegen sie, Jennifer. Denn wenn Caroline das tat, war es, weil sich deren Gedanken mit ihr beschäftigten, weil sie eine Rolle in Carolines Leben spielte und sei die noch so klein.

Egal wie sehr Jennifer sich auch dagegen wehrte – die Schreibtischplatte zuckte schon zusammen, wenn sie nur den Raum betrat – sie vermißte Caroline. Jeder Tag ohne Caroline kam ihr unvollständig vor. In ihrer Vorstellung gehörte Caroline ... irgendwie zu ihrem Leben dazu. Der Gedanke, Caroline zog sich für immer von ihr zurück, mißfiel Jennifer über alle Maßen. Sie wollte Caroline um sich haben. Selbst wenn ... selbst wenn es bedeutete, *nur* Caroline! ... Ja, das wollte sie.

Danke, liebe Gedanken. Nun weiß ich ja, was ihr euch zurechtgelegt habt. Aber jetzt sage ich, Jennifer Feiler, euch mal, was passieren wird: Ihr werdet aufhören solchen Unsinn zu denken! Basta.

Basta sagen und basta geliefert zu bekommen, sind zwei grundverschiedene Dinge. Diese Erfahrung machte Jennifer in den nächsten Tagen, in denen ihre Gedanken immer wieder auf ähnliche Abwege gingen.

Beatrice' Einladung zum Geburtstag versprach auch keine Abhilfe an diesem Zustand. Jennifer wollte schon mit fadenscheiniger Begründung ablehnen, als Beatrice grinsend sagte: »*Sie* wird auch da sein.«

»Caroline?« fragte Jennifer.

»Natürlich Caroline. Aber wenn ich mich irre, du bereits neue Interessen hast, die mir bisher nur verborgen geblieben sind, bitte. Ich lade gern noch jemanden ein.«

Die Möglichkeit, Caroline zu treffen und sie auf ihr merkwürdiges Verhalten anzusprechen wollte sich Jennifer dann doch nicht entgehen lassen. Sie sagte zu.

Jennifers Hoffnung, sich mit Caroline auszusprechen, wenigstens überhaupt mit ihr zu sprechen, wich an dem Abend allerdings schnell der Erkenntnis, daß die bloße Anwesenheit Carolines im selben Raum nicht zwangsweise zu einer Unterhaltung mit ihr führte. Caroline wich ihr auch hier aus. Als der x-te Versuch fehl schlug, auf Caroline zuzusteuern, weil die sich ganz plötzlich und unmotiviert in ein Gespräch mit einem von Beatrice' Kollegen stürzte, riß Jennifer der Geduldsfaden. Sie schob den Mann kurzerhand freundlich aber bestimmt zur Seite und nahm seinen Platz ein.

»Hast du einen Kurs belegt: Wie drehe ich Jennifer Feiler erfolgreich den Rücken zu?« fragte sie verärgert.

Caroline sah sie ernst an. »Wenn du so willst.«

Jennifer schluckte. Solch offene Ablehnung hatte sie von Caroline noch nie erlebt. »Das ist doch kindisch«, versuchte sie die Situation zu entspannen. »Außerdem ist es nicht deine Art, zurückweisend zu sein.«

»Für dich mache ich ab jetzt eine Ausnahme.«

»Caroline!«

»Was?«

»Du, du . . .«, Jennifer suchte nach Worten. »Du kannst mich doch nicht einfach ignorieren.«

»Ach nein? Na, dann paß mal auf.« Damit ließ Caroline Jennifer stehen.

»Verdammt«, murmelte Jennifer vor sich hin.

»Immer noch damit beschäftigt, ihr erfolglos nachzustellen?«

fragte Beatrice, die die Szene verfolgt hatte und nun zu Jennifer trat. »Wann änderst du endlich deine Strategie?«

»Das hat nichts mit Strategie zu tun. Caroline will mich dafür bestrafen, daß dem Krankenhaus zwei Abteilungen geschlossen werden und an Stelle derer eine plastische Chirurgie etabliert wird. Sie ist einfach sauer, will mich bestrafen, indem sie mich nicht mehr beachtet.«

»Scheint zu wirken«, meinte Beatrice trocken.

»Was meinst du?«

»Ich glaube es ja selbst kaum, aber dein Blick eben, als sie dich stehenließ, der hatte ... so was Betrübtes. Fast so, als würde sie dir fehlen.« Beatrice musterte Jennifer. »Ist es so?« fragte sie. »Fehlt sie dir?«

Jennifers Zögern quittierte Beatrice mit einem wissenden Lächeln. »Oh, oh. So weit ist es schon. Nicht mal mehr ein widerspenstiges Nein bringst du zustande.«

Jennifer winkte energisch ab. »Quatsch«, sagte sie ärgerlich und regte sich in alter Manier auf. »Ich verstehe Caroline nicht. Das Krankenhaus gibt frisierte Bilanzzahlen raus, schädigt mich. Und Caroline tut so, als wäre ich schuld.«

»Jennifer.« Beatrice lächelte nachsichtig. »Es geht im Leben nicht immer um Bilanzzahlen. Auch wenn du dir das schwer vorstellen kannst. Ist dir nicht klar, was Caroline für dich fühlt?«

»O ja, sie verachtet mich. Wie gerade gesehen.«

»Sie ist aufgebracht. So was geht vorbei.«

Jennifer schüttelte seufzend den Kopf. »Was erwartet Caroline? Daß ich meine Entscheidung rückgängig mache und zusehe, wie mein Geld in einem Faß ohne Boden verschwindet? Warum sollte ich?«

Beatrice schaute Jennifer intensiv an. »Ja, warum solltest du?« fragte sie dann langsam.

Dieser Frage sah Jennifer sich nun ungewollt ausgesetzt. Wieder einmal gingen ihre Gedanken unerwünschte Wege. Den Rest der Feier begegnete Jennifer ihnen mit trotzigem Ingrimm, auf der Fahrt nach Hause mit widerspenstiger Gegenwehr, beim Aufwachen am nächsten Morgen mit konfuser Ratlosigkeit.

Im Büro erwarteten Jennifer zu allem Überfluß schlechte Nachrichten. Heilmann eröffnete ihr, daß einige Unternehmer der Stadt, Konkurrenten, aber auch Geschäftspartner, Jennifers Engagement beim zu Fall bringen des Bürgermeisters nicht schätzten. »Dalberg war in viele Projekte involviert. Hat oft dafür gesorgt, daß die eine oder andere Hürde im Rathaus genommen werden konnte.«

Jennifer seufzte. War ihr Name also doch durchgesickert. »Ja nun, was soll ich sagen.« Sie zuckte mit den Schultern. »Es war ja nicht meine Absicht, den Mann zum Rücktritt zu zwingen. Ich wollte mich nur schützen.«

»Sie wissen ja, wie das ist. Absicht oder nicht – den Leuten ist das egal.« Heilmann schaute ernst drein. »Sie müssen damit rechnen, daß Ihnen hier und da ein Partner abspringt, wenn das laufende Projekt beendet ist.«

Das war natürlich ärgerlich. Die Suche nach neuen Geschäftspartnern, *zuverlässigen* wohlgemerkt, gestaltete sich immer schwierig. Sie war sehr zeitintensiv und der Weg bis zum Funktionieren der Zusammenarbeit beschwerlich. Aber konnte sie es ändern, wenn einige ihrer Partner absprangen? Nein.

»Hoffen wir, daß sich die Gemüter wieder beruhigen«, war alles, was es dazu zu sagen gab. Sie hatte wirklich andere Probleme.

Heilmann ging.

Jennifer schlug ihren Terminkalender auf, schaute auf die Vielzahl der Eintragungen und fühlte sich schon allein bei deren Anblick wie ausgelaugt. Nicht ein Fünkchen Energie wollte sich einstellen. Egal wie sehr sie sich ermahnte. Auch Lena Hankes gutgelauntes Gesicht, als sie ihr die Post brachte, machte es nicht besser. Im Gegenteil. Der Stapel Briefe und sonstiger Papiere legte sich auf Jennifers Gemüt wie eine zusätzliche Last. Sie stöhnte ausgiebig.

Lena sah sie besorgt an. »Soll ich Ihnen irgendwas bringen, was Sie ein wenig aufpeppt?« Der übliche Vorrat Kaffee und Wasser stand an seinem Platz, aber die Chefin sah heute so niedergeschmettert aus, daß sie sich diese Frage nicht verkneifen konnte. »Einen Energydrink oder so was?«

Jennifer winkte ab. »Nein, danke.«

»Was anderes?«

Jennifer blickte ihre Sekretärin an. Machte die sich wirklich Sorgen? *Dann mußt du ziemlich mies aussehen.*

Sie fühlte sich auch mies. Absolut mies. So mies, daß sie es gar nicht beschreiben konnte.

Lena Hanke wartete. Jennifer, die es stets vermied, ihr Befinden vor ihren Angestellten offenzulegen, riß sich zusammen. »Schon gut. Vielleicht bringen Sie mir eine Kopfschmerztablette.«

»Sofort.« Lena Hanke eilte davon und kam zwei Minuten später mit einer Packung Aspirin zurück. Jennifer nickte dankbar und bedeutete ihr, daß alles in Ordnung sei.

Endlich allein und von der unerwünschten Aufmerksamkeit befreit, widmete Jennifer sich der Post. So gut sich das eben machen ließ, wenn man in Gedanken ganz woanders war. Als es Zeit für den ersten Termin wurde, suchte Jennifer ihre Unterlagen zusammen, ging in den Besprechungsraum, wo die Projektleiter schon darauf warteten, ihre Statusberichte vorzutragen. Jennifer hörte sie sich nacheinander an, stellte Fragen, fällte Entscheidungen – nach wie vor begleitet von einer irritierenden Unkonzentriertheit.

Schließlich waren alle Strategien festgelegt. Die Runde löste sich auf.

»Herr Grothe, auf ein Wort noch«, hielt Jennifer ihren Mitarbeiter zurück. Der setzte sich wieder.

Jennifer suchte nach der passenden Einleitung, um Grothe, dessen Projektgruppe die Übernahme des Krankenhauses koordinierte, ihre Idee nahezubringen. Eine Idee, die Jennifer zum ersten Mal heute morgen gekommen war, die sich immer wieder in ihre Gedanken mischte, selbst während der Besprechung eben, und die ihre Unkonzentriertheit noch verstärkte.

»Ich ... dieses Projekt steht noch ganz am Anfang, und die Probleme türmen sich bereits hoch auf«, begann Jennifer.

»Ja, gut, daß wir immer mit allem rechnen und den Notfallplan nur aus der Schublade nehmen mußten.« Grothe gab sich gelassen. »Ich bin optimistisch. Wir werden das Kind schon schaukeln.«

Jennifer nickte. »Ja, wir können diese Schiene fahren. Wir

werden uns sicher gegen den Widerstand in der Belegschaft durchsetzen. Schließlich sitzen wir am längeren Hebel. Aber ...« Jennifer machte eine Pause.

Aber auf diese Art verliere ich Caroline, konnte sie natürlich nicht sagen. Sie konnte es ja kaum *denken*. Denn es wäre fatal, wenn das der Grund war, warum sie hier mit Grothe saß und dieses Gespräch führte.

»... vielleicht gibt es ja einen weniger radikalen Weg.«

Grothe schwieg, verhielt sich abwartend.

»Sie sind ein erfahrener Mitarbeiter«, fuhr Jennifer fort. »Sie wissen, daß es nicht unbedeutend ist, auch ein akzeptables Image zu haben. Welches wiederum von unseren Entscheidungen abhängig ist. Es nützt nichts, die Bedürfnisse der Belegschaft zu ignorieren und sie so zu demotivieren. Der damit verbundene Leistungsverlust wirkt sich negativ auf das ganze Projekt aus.«

Jennifer wartete, ob Grothe eine Bemerkung machen würde, doch der wartete immer noch, worauf seine Chefin hinauswollte.

»Wir sind ja wie gesagt noch in der Anfangsphase, die Weichen sind noch nicht endgültig gestellt.« Jennifer holte tief Luft. »Deshalb prüfen Sie bitte folgende Konstellation: Erhalt Schlafzentrum und Innere Abteilung in ihrer jetzigen Form in Verbindung mit einem Neubau für die plastische Chirurgie.«

»Frau Feiler!« Damit hatte Grothe nicht gerechnet. Sein Gesicht drückte größte Überraschung aus. »Eine solche Variante bedeutet eine erhebliche finanzielle Mehrbelastung.«

Das wußte Jennifer natürlich auch. Sie wußte, wenn sie dem Konsortium einen solchen Vorschlag präsentierte, dann ging das nur, wenn die Feiler AG das finanzielle Risiko tragen würde. Aber selbst dann würde es schwierig werden, den Vorschlag durchzuboxen.

»Bedenken Sie, daß wir durch die ungewöhnlich große Anzahl neuer Projekte in letzter Zeit nicht viele Reserven haben«, argumentierte Grothe ganz richtig. »Wenn wir sie in einen Neubau investieren, und es kommt an anderer Stelle zu unerwarteten Problemen ...«

Jennifer unterbrach ihn. »Es ist ja vorläufig nur eine Kalkulation. Aber ich brauche sie so schnell wie möglich.«

»Wie Sie wünschen.« Grothe stand auf und ging. Auf eine ernsthafte Diskussion mit seiner Chefin würde er sich nie einlassen. Schon gar nicht, weil die in letzter Zeit so schlecht gelaunt war.

Jennifer, jetzt allein im Raum, stand langsam auf und raffte ihre Notizen zusammen.

So weit ist es mit dir gekommen, dachte sie seufzend.

Sie verletzte gleich mehrere Regeln: Lasse dich niemals bei geschäftlichen Entscheidungen von Gefühlen leiten. Vermische niemals Privates mit Arbeit. Greife Reserven nur im äußersten Notfall an.

All das ließ sie außer acht, weil ... sie Carolines Achtung nicht verlieren wollte.

Jennifer wußte, sie war dabei einen Fehler zu machen. Denn statt bei einem Geschäft den einfachen, sicheren Weg zu gehen, einen anderen, risikoreichen zu suchen – das war in jedem Fall ein Fehler. Dennoch fühlte sie sich jetzt irgendwie besser. Wie paßte das zusammen?

22.

Jennifer legte einen Umschlag auf Carolines Schreibtisch.

»Was ist das?« fragte Caroline, von Jennifers plötzlichem Aufkreuzen so überrascht, daß sie vergaß, sich als beschäftigt auszugeben.

»Lies es«, sagte Jennifer kurzangebunden.

Caroline griff zögernd zum Umschlag, öffnete ihn und nahm die darin befindliche Mappe heraus. Sie las, was auf dem Deckblatt stand: Vergleichskalkulation hm, hm, hm Substitution hm, hm, hm Erhalt der bestehenden Struktur sowie Neubau ...

Caroline sah überrascht auf. »Was ist das?« wiederholte sie ihre Frage.

»Lies es und sag mir anschließend, was ich machen soll«, sagte Jennifer. Damit drehte sie sich um und verließ Carolines Büro so plötzlich, wie sie gekommen war.

Auf dem Weg zu ihrem Wagen fühlte Jennifer sich so ratlos wie selten. Die Kalkulation, mit der sie Grothe beauftragt hatte, lieferte keine besonders optimistisch stimmenden Zahlen. Die Verluste bei der neuen Variante wären immens. Es gab keinen vernünftigen Grund, diesen Weg einzuschlagen.

Jennifer hatte sich entschlossen, Caroline die Zahlen zu zeigen.

Und was erhoffst du dir davon?

Daß Caroline einsah, wie unmöglich dieser Weg war? Daß Caroline ihr dafür dankte, daß sie es wenigstens in Erwägung gezogen hatte? Das würde nicht passieren.

Jennifer stieg in ihren Wagen, doch statt den Motor zu starten saß sie nur regungslos da. Und während sie so da saß, spürte sie förmlich, wie ihr alles entglitt. Doch ihr fehlte längst die Kraft, sich dagegen zu wehren. Sie fühlte sich ausgelaugt und matt.

Es hatte keinen Sinn, wieder ins Büro zu fahren. Nicht, solange sie so neben der Spur war. Sie brauchte mal einen Tag Ruhe. Das würde helfen.

Jennifer nahm ihr Handy und rief im Büro an. »Lena? Ich nehme mir heute frei. Sagen Sie meine Termine ab.«

»Aber heute ist die Ernennung des neuen Bürgermeisters. Sie sind Mitglied des Stadtrats. Man erwartet . . .«

»Ist mir egal, was man erwartet. Ich muß mal abschalten. Sagen Sie, ich bin krank.«

»Sie sind nie krank, selbst wenn sie krank sind!«

»Und diesmal bin ich es nicht, bin es aber trotzdem.« Damit schaltete Jennifer das Handy aus, fuhr nach Hause, wo sie sich aufs Sofa legte, mit dem festen Entschluß, den Rest des Tages darauf zu verbringen. Einfach schlafen, an nichts denken.

Doch ihre innere Uhr sah mittags um eins nicht vor, abgeschaltet zu werden. Nach zwanzig Minuten angestrengten Einschlafversuchens sprang Jennifer von einer Sekunde zur nächsten auf. Rastlos lief sie im Wohnzimmer hin und her.

Na prima! Konnte sie denn nicht mal mehr abschalten? . . . Nur weil ihre Gedanken ständig um Caroline kreisten . . . was die nun tun würde . . . nachdem sie die Berechnungen gesehen hatte, die eindeutig bewiesen: Es gab keine Alternative zur Schließung der genannten Abteilungen.

»Sie haben es gelesen?« fragte Caroline den Verwaltungsdirektor.

Hausmann nickte. »So, wie es aussieht, können wir der Centrum Klinik AG, respektive Frau Feiler, nicht vorwerfen, wie sie sich entschlossen haben.«

»Aber ... es muß doch eine Alternative geben. Es gibt immer eine Alternative!« beharrte Caroline.

»Wie soll die denn aussehen?«

»Bin ich der Kaufmann oder Sie?«

Hausmann kratzte sich am Hinterkopf. »Drei Millionen kann man nicht einfach so aus dem Hut zaubern. Das ist ein ernstzunehmender Fehlbetrag.«

»Aber wenn wir ihn auftreiben, können wir Frau Feiler an ihr Versprechen erinnern. Und zwar nachhaltig! Keine Schließung! Es gäbe keinen plausiblen Grund mehr dafür.«

Hausmann gab sich skeptisch. »Finden wird sie trotzdem einen, wenn sie es darauf anlegt.«

Caroline zögerte. Sie war selbst immer noch überrascht von den unerwarteten Bemühungen Jennifers.

»Ich glaube nicht, daß sie es darauf anlegt«, sagte sie dann langsam. »Immerhin hat sie sich die Arbeit gemacht, diese Berechnungen anzustellen.« Caroline wies auf die Mappe, die zwischen ihr und Hausmann auf dem Schreibtisch lag. »Wozu der Aufwand, wenn die Bereitschaft fehlt, einen anderen Weg zu gehen?«

Caroline konnte Hausmann verstehen. Sie hatte denselben Verdacht gehabt: Eine Alibikalkulation. Keine ernste Absicht dahinter. Aber dann fragte sie sich: Wieso? Jennifer hatte es nicht nötig, sich einen Vorwand zu konstruieren. Die Bilanzzahlen waren nach den neuesten Erkenntnissen noch roter als rot. Rein kaufmännisch, und von der Seite betrachtete es Jennifer nun mal, brauchte sie sich nicht zu rechtfertigen. Sie brauchte auch nicht einzulenken. Trotzdem tat Jennifer es.

Caroline hatte eine Weile gebraucht, um das zu bemerken. Dies hier war ein Angebot. Jennifer sagte: »Lies es und sag mir anschließend, was ich machen soll.« Was soviel bedeutete wie: Wenn du einen Ausweg findest, höre ich ihn mir an.

Was Caroline nicht ganz klar war, oder besser, was sie nicht glauben konnte: Tat Jennifer das ihretwegen? Im Grunde war das die einzige Erklärung. Caroline war verwirrt.

Umschalten, Caroline! Konzentriere dich!

»Ich bin mir relativ sicher, Frau Feiler will uns eine reelle Chance geben«, sagte sie zu Hausmann.

»Also gut, ich habe da eine Idee«, meinte Hausmann. »Dazu brauche ich die Vertreter des Personalrats. Ich melde mich bei Ihnen.«

»Ich weiß nicht, wie lange Frau Feiler warten wird.« Caroline sah Hausmann drängend an. »Wir sollten uns nicht zuviel Zeit lassen.«

»Ich rufe Frau Feiler an«, meinte Hausmann. »Ich denke mal, ich brauche etwa eine Woche.«

»Ach lassen Sie mal, das mache ich schon«, bot Caroline sich an. »Schließlich hat sie mir ja die Unterlagen gegeben.«

Hausmann nickte. »Einverstanden.«

Caroline verließ sein Büro. *Ich schulde Jennifer wohl so was wie eine Entschuldigung,* dachte sie bei sich. Und *sie* mir eine Erklärung. Darum würde Jennifer ihr nicht herumkommen. Auf die Antwort war Caroline sehr gespannt.

»Lena, ich sagte doch, Sie können nach Hause gehen«, murmelte Jennifer, ohne aufzusehen. Sie hatte ihr rastloses Hin und Her im Wohnzimmer irgendwann beendet und war wieder ins Büro gefahren. Jennifers Augenmerk galt ganz dem Computer. »Sie wissen genau, beim Gedanken an Ihr Überstundenkonto habe ich ein schlechtes Gewissen. Wie spät ist es eigentlich?«

»Viertel vor acht«, lautete die Antwort, aber sie kam nicht von Lena.

Jennifer schaute auf. »Caroline?« Sie brauchte eine Sekunde, sich zu fassen. »Das ... ist eine Überraschung!« sagte sie schließlich.

»Ja.«

»Eine angenehme natürlich«, fügte Jennifer hinzu.

Caroline trat näher an den Schreibtisch, hinter dem Jennifer immer noch saß. »Du siehst müde aus.«

Jennifer lächelte schwach.

»Was hältst du von Feierabend?« schlug Caroline vor. »Essen? Ich lade dich ein.«

»Verlockendes Angebot«, sagte Jennifer verhalten.

»Du hörst dich aber nicht sehr begeistert an.«

»Du brauchst dich nicht bemühen. Sag mir bloß deine Meinung zu der Kalkulation. Also – was soll ich tun?« Jennifer war sich so sicher, daß Caroline, was auch immer sie sagen würde, mit einem Vorwurf enden würde, daß sie das Ganze lieber so schnell wie möglich hinter sich bringen wollte.

Caroline dagegen war irritiert über Jennifers Reaktion. Sie war in der Annahme hergekommen, Jennifer würde sich freuen sie zu sehen. Und nun diese Zurückhaltung. Caroline kam sich fast unerwünscht vor. »Ich habe die Unterlagen an Hausmann weitergegeben. Er hat eine Idee, braucht aber eine Woche zum Abklären«, sagte sie unsicher.

»Um mir das zu sagen, lädst du mich zum Essen ein?«

Caroline schniefte. »Nein. Ich habe dich eingeladen, weil ... ich dachte ...« Sie hielt inne, seufzte. »Ich wollte mich entschuldigen.«

»Wofür?« fragte Jennifer kraftlos. »Du hast doch recht. Ich bin rücksichtslos und auf Gewinn fixiert.«

»Aber dein Angebot ...«

»Angebot? Das war kein Angebot. Dazu hätte ein Plus unterm Strich stehen müssen. Stand da aber nicht. Es bleibt also alles beim Alten.«

»Hausmann ...«

»Hausmann, Hausmann.« Jennifer winkte verärgert ab. »Der Mann kann auch kein Wunder vollbringen.«

»Du hast wenigstens nach einer Alternative gesucht«, sagte Caroline. »Das ist doch immerhin etwas.« Wann merkte Jennifer endlich, daß sie zum Einlenken bereit war?

»Und?« fragte Jennifer. »Was bringt das?«

Die letzten Stunden hatte Jennifer sich das häufig gefragt. Letztendlich kam sie zu dem Schluß: Nicht das, was sie sich erhofft hatte. Es brachte ihr nicht Caroline zurück. Die stand jetzt zwar vor ihr und lenkte ein, aber wie lange würde es dauern, bis sie sich wieder in die Haare kriegen würden? Einen Tag, eine Woche? Und sie konnte nicht jedes Mal nachgeben, um Caroline ihr gewogen zu stimmen. Wie also sollte es zwischen ihnen beiden weitergehen? Im Grunde gab es kein *beide*.

Es hatte seine Zeit gedauert, bis Jennifer sich durchrang und eingestand, daß Caroline in ihr ein ganz neues Gefühl hervorrief: Sehnsucht.

Mit der sie nicht zurechtkam. Jennifers Gemütszustand wechselte zwischen Verzweiflung über dieses neue Gefühl und Auflehnung dagegen. Sie wußte nicht, wie sie aus diesem Gefühlschaos entfliehen sollte. Und sie wußte nicht, wie sie sich Caroline gegenüber verhalten sollte. Sollte sie ihr von diesem Gefühl erzählen?

»Jennifer Feiler hat Sehnsucht? Das ist ja mal ganz was Neues!« hörte sie Caroline schon spöttisch sagen. Wahrscheinlich würde sie es für eine neue Masche halten, sie rumzukriegen.

Hilflosigkeit machte sich in Jennifer breit. Eine weitere neue Erfahrung, auf die sie gern verzichtet hätte. Das alles war so lästig. Jennifer wußte sich keinen Rat.

»Dem Krankenhaus bringt es vielleicht nichts«, sagte Caroline in Jennifers Gedankenwirrwarr hinein. »Aber . . . «, Caroline zögerte, ». . . mir schon. Es zeigt mir etwas über dich, woran ich schon nicht mehr geglaubt hatte.«

Caroline schaute Jennifer abwartend an. Die erwiderte nichts. Fragte weder, was das wäre, woran Caroline schon nicht mehr geglaubt hatte, noch sonst irgendwas. Jennifer war innerlich an einem Punkt angelangt, an dem es ihr sinnlos erschien, irgend etwas zu sagen. Denn egal, was sie erwiderte, und egal, was Caroline daraufhin sagen würde, am Ende des Gespräches wäre das Gefühlschaos in Jennifer nur noch größer werden. Deshalb schwieg sie einfach.

»Jennifer?« Fragend sah Caroline Jennifer an. Da die aber weiterhin schwieg, zuckte Caroline ratlos mit den Schultern. »Wie du meinst.« Kopfschüttelnd verließ Caroline Jennifers Büro.

Jennifer war und blieb ein Stoffel. Da kam sie extra her, bot ihr Frieden an, und sie? Steif wie ein Stock stand . . . saß sie da. Brummelte erst übellaunig vor sich hin, lehnte glattweg die Einladung zum Essen ab, wollte nicht mal mehr mit ihr sprechen.

Caroline seufzte. Anscheinend hatte sie sich getäuscht. Jennifer hatte das alles nicht veranstaltet, um sie ... zurückzugewinnen. Überhaupt. Zurückgewinnen. Das war sowieso viel zu hoch angesiedelt, schließlich waren sie ja nie ... aber irgendwie hatte sie sich schon eingebildet, Jennifer untersuchte *ihretwegen* alternative Lösungen zur Schließung der Abteilungen. Caroline war sich praktisch sicher gewesen. Warum sonst sollte Jennifer es getan haben? Sie versuchte in den letzten Tagen unübersehbar, die Mauer zwischen ihnen einzureißen. Auf Beatrice' Geburtstag ... das war doch eindeutig gewesen.

Aber warum gab Jennifer sich plötzlich so zugeknöpft? Geradeso als hätte sie beschlossen, sich besser unter Kontrolle haben zu müssen. Kontrolle weswegen? Worüber? Konnte es sein ... war es möglich ... daß Jennifers plötzlich wieder abweisendes Verhalten dem Versuch entsprang, eine Schwäche zu verbergen? Eine Schwäche, die weit mehr als das war. Für sie, Caroline?

Weißt du, was das heißt, Caroline?

Sie lächelte. O ja. Auch wenn es kaum zu glauben war.

Das heißt, es ist Jennifer ernst.

Jennifer wußte es vielleicht selbst noch nicht, ahnte es höchstens. In jedem Fall wußte sie nicht damit umzugehen. Wahrscheinlich ärgerte Jennifer sich maßlos über sich selbst, wegen der Unordnung, die all das in ihr Leben brachte. Was sie doch bisher so schön kontrolliert hatte, ihr aber nun über den Kopf wuchs.

Caroline mußte vor sich hingrinsen. Arme Jennifer.

Jetzt verlangsamte Caroline ihre Schritte. Sollte sie kehrtmachen und zu Jennifer zurückgehen? Sie mit dieser Vermutung konfrontieren? Würde Jennifer zugeben, daß sie mit Gefühlen kämpfte, die sie für sich bisher immer ausgeschlossen hatte?

Nein, offensichtlich nicht. Sonst hätte Jennifer sich ihr gegenüber doch anders verhalten. Jennifer war noch nicht an dem Punkt angekommen, wo sie ihre Gefühle akzeptierte. Sie würde wieder einmal alles abstreiten, das gäbe nur neuen Streit. Darauf verspürte Caroline nicht die geringste Lust. Und entschloß sich deshalb: *Laß sie lieber noch ein bißchen schmoren, dann ist sie hinterher wenigstens richtig handzahm.*

Caroline fragte sich aber auch: Was, wenn Jennifer einfach nicht an dem Punkt der Akzeptanz ankam? Wirst du dann etwas unternehmen? Oder akzeptierst *du* dann – und das war's?

Man kann niemanden zwingen, zu seinen Gefühlen zu stehen, das weißt du.

23.

Alle sahen so gespannt zum Verwaltungsdirektor, warteten, was der zu sagen hatte, daß niemand die Frau bemerkte, die sich unauffällig durch die Eingangstür der Kantine schob und auf einen der freien Plätze gleich in der Nähe der Tür setzte.

»Herzlich willkommen zu unserer außerordentlichen Mitarbeiterversammlung«, begrüßte Hausmann die anwesenden Ärzte, Pfleger und Schwestern. In der folgenden Viertelstunde erklärte er ihnen seine Idee. Je länger er sprach, je mehr nahm die Unruhe unter den Anwesenden zu. Wie von Caroline befürchtet, stieß Hausmanns Vorschlag nicht auf besonders viel Gegenliebe.

Sein Vorschlag lautete: Die Belegschaft verzichtet für ein Jahr auf zehn Prozent ihres Lohnes und wird, nach Wiederherstellung des jetzigen Niveaus, zwei weitere Jahre keine Erhöhungen fordern. Damit hielte man gegenüber der Centrum Klinik AG die in der Bilanz ausgewiesenen Zahlen ein. Die Schließung der Abteilungen wäre vorerst vom Tisch.

Die Wortmeldungen zu Hausmanns Vorschlag reichten von »War doch nicht der Fehler des Pflegepersonals«-Stimmen über »Was heißt vorerst?« und »Wer garantiert uns . . .?«-Fragen bis hin zu den absolut unproduktiven Äußerungen wie »Die können einfach den Hals nicht vollkriegen« und »Immer auf die Kleinen!«

Caroline war froh, daß Jennifer nicht anwesend war, denn die hätte nur wissend lächelnd dagesessen, mit einem Gesichtsausdruck, der sagte: Ich habe nichts anderes erwartet.

Hausmann sah betroffen drein. Er hatte mehr Einsicht erhofft, trotz der, wie er wußte, geteilten Meinungen der Vertreter des Personalrats.

Das unruhige Gemurmel in der Kantine des Krankenhauses wurde immer lauter. Lohnkürzung, das war eben das sprichwörtliche rote Tuch für jeden Angestellten.

Caroline stand auf. »Wenn Sie gestatten«, rief sie laut. Die Unruhe legte sich ein wenig. Die Blicke richteten sich auf sie.

»Ich hätte nie gedacht, daß ich das mal sage«, begann Caroline, beinah ein wenig wütend. »Aber ich schäme mich. Für jeden der bisher gemachten Einwürfe. Für diejenigen, die sie aussprachen genauso wie für diejenigen, die dazu nickten oder innerlich zustimmten. Für uns alle!« Immer mehr Stimmen, die bis eben noch miteinander diskutiert hatten, verstummten. Caroline registrierte es mehr nebenbei. »Sie alle wissen, ich bin eine Gegnerin der Privatisierung unseres Krankenhauses. Nicht zuletzt wegen der drohenden Personalreduzierungen. Und ein Argument, das ich benutzte, um Frau Feiler zu überzeugen, auf Entlassungen zu verzichten, war: Wir sind ein Team, wo jeder für den anderen einspringt. Ein Team, in dem Kollegialität selbstverständlich ist. Wir bilden einen Organismus, aus dem man nicht Teile einfach so entfernen kann. Wir sind eine Gemeinschaft. Einer für alle, alle für einen. Aber was ich hier höre, hat nichts mit Gemeinschaft zu tun. Was ich hier höre, sind teilweise verängstigte, teilweise egoistische Äußerungen und geben Frau Feiler recht, die sinngemäß antwortete: Sie irren, Frau Malin. Sie werden es noch lernen. Auch in Ihrer Gemeinschaft ist sich jeder selbst der Nächste.«

Caroline machte eine Pause, in der auch diejenigen, die ihr bisher keine Aufmerksamkeit geschenkt hatten, ihre leisen Gespräche einstellten.

Ruhe kehrte ein in den Raum.

»Sie alle können über die Centrum Klinik AG und Frau Feiler denken, was Sie wollen«, fuhr Caroline fort. »Aber eines ist doch Fakt: Man hätte uns diese zweite Chance nicht geben müssen! Wenn Sie, liebe Kollegen, jetzt nicht über ihre Schatten springen, dann hatte Frau Feiler recht mit dem, was sie mir sagte. Und dann haben wir diese zweite Chance nicht verdient.

Dann gehen Sie heute abend nach Hause, erzählen Ihrem Partner, wie ungerecht es in der Welt bestellt ist und daß die Schließung der Abteilungen nicht zu verhindern war.« Caroline machte eine Pause. »Erzählen Sie Ihrem Partner aber auch, warum!« forderte sie nun. »Erzählen Sie, daß sie selbst den Schlüssel umgedreht haben. Weil Sie von anderen verlangt haben zu verzichten, selbst aber nicht dazu bereit waren. Ja, die Centrum Klinik AG will an uns verdienen. Für diejenigen, die es nicht wissen, AG bedeutet Aktiengesellschaft. Nicht Abgebegesellschaft. Wir wurden gekauft, weil man glaubte, an uns verdienen zu können, und nur deshalb.« Im Saal war es mittlerweile so still, beinah wie auf einem Friedhof. »Und dann stellt sich heraus: Das kann man nicht. Nun, die Centrum Klinik AG ist anscheinend in solchen Rückschlägen erprobt, denn sofort hat man dort eine Alternative parat, die das Ruder wieder herumreißt. Zu unserem Glück. Denn was wäre sonst passiert?« Caroline schaute sich um. Sah in betretene Gesichter. »Ja. Schließung, Kollegen. Und zwar komplett. Was übrigens der Plan der Stadt war, hätte sich kein Käufer für das Krankenhaus gefunden. Gibt es hier wirklich noch so viele, die das nicht begriffen haben?«

Caroline brach ab. Sie wollte sich schon wieder setzen. Dann überlegte sie es sich noch einmal anders.

Klar und eindringlich sagte sie: »Die Centrum Klinik AG reicht uns zum zweiten Mal die helfende Hand. Und wir führen uns auf wie verwöhnte Kinder.« Caroline holte noch einmal Luft, endete dann mit dem Satz: »Es liegt in unserer Hand, wie es weitergeht.«

Betretene Gesichter, Hausmanns anerkennendes Kopfnicken. Caroline setzte sich. Und fragte sich: Hatte sie das eben tatsächlich gemacht? Hatte sie Jennifers Argumente benutzt?

Nein, es waren ihre eigenen Worte gewesen, ihre eigene Überzeugung. Zumindest was *diesen* Fall betraf, stimmte, was Jennifer immer behauptete: Sie versuchte den Leuten zu helfen. Es gab eben ganz verschiedene Arten, das zu tun.

Eine neue Diskussionsrunde begann. Diesmal fielen die Wortmeldungen bedachter aus. Bei der anschließenden Abstimmung fand sich eine deutliche Mehrheit für Hausmanns

Vorschlag.

Caroline sah zu, wie die Leute nach und nach die Kantine verließen, die wieder ihren normalen Betrieb aufnahm. Sie blickte erstaunt auf, als jemand zwei Tassen Kaffee auf den Tisch stellte, an dem sie saß, eine zu ihr schob und sich an den Tisch setzte.

»Du?«

Jennifer lächelte. »Gut, daß ich mir die Versammlung nicht habe entgehen lassen.«

»Woher wußtest du?«

»Hausmann hat es mir gesagt. Schließlich mußte er ja vorher wissen, ob ich seinem Vorschlag zustimmen würde. Er verlangte nicht wenig. Im Gegenzug mußte ich versprechen, die Abteilungen für einen Zeitraum von drei Jahren zu bewahren und euch Gelegenheit zu geben, aus den roten Zahlen rauszukommen. Netterweise stellte er mir frei, ob ich an der plastischen Chirurgie festhalten will. Wenn ja, dann aber nur als Neubau.«

»Und wenn wir es in den drei Jahren nicht schaffen, die Zahlen zu bringen?«

»Dann bekomme ich Platz für meine plastische Chirurgie, beziehungsweise, sollte ich mich zum Neubau jetzt entschließen, mehr Platz. Aber ich glaube, ich warte lieber.«

»Weil du nicht daran glaubst, daß wir es schaffen?«

»Weil ich es mir zur Zeit nicht leisten kann. Das Risiko bei Hausmanns Lösung liegt mal wieder auf meiner Seite.«

Caroline lächelte. »Ist das nicht immer so? Du bist die Geschäftsfrau.«

Jennifer nickte langsam. »Ja, da hast du recht.«

Sie schwiegen eine Weile.

»Wie du da vorhin geredet hast, hätte man meinen können, du bist eine von meinen Leuten«, sagte Jennifer plötzlich.

»Dein schlechter Einfluß«, erwiderte Caroline trocken.

»Na, dann habe ich ja wenigstens etwas bei dir hinterlassen.« Jennifer zögerte. Überlegte, ob sie Caroline, hier und jetzt, sagen sollte, welch verwirrenden Gefühle sie beherrschten. Und daß sie immer neue Worte dafür fand. So wie in diesem Moment zum Beispiel. Einsamkeit, rief es in ihr. Ja, sie fühlte sich einsam. Zumindest würde sie das tun, sobald Caroline aufstand und ging.

Die Vielzahl der Worte, die es für dieses Gefühl für Caroline in ihr gab, verwunderten Jennifer nicht länger. Es war doch ganz logisch, daß ein Gefühl für eine solche Frau wie Caroline nicht mit einem Wort auskam. Schon gar nicht, wenn dieses Gefühl noch auf der Suche danach war, wo es eigentlich hinwollte.

Aber eines war sicher: Sie wollte mehr hinterlassen, als daß Caroline sie als Quelle ihrer neuen radikalen Ansichten sah.

Jennifer entschloß sich zu einem Vorstoß. »Ich habe eine Frage an dich.«

Caroline sah sie abwartend an. »Wie ist es in der Zwischenzeit um deine Schwäche für mich bestellt? Du erinnerst dich?« Die Worte kamen zögernd über Jennifers Lippen und sehr leise.

Ja, Caroline erinnerte sich an das Gespräch. Es war ja nun nicht gerade Ewigkeiten her. Damals hatte sie auf Jennifers Frage »Was willst du?« hilflos geantwortet »Keine Ahnung«, obwohl sie genau wußte, was sie wollte. Ihre Gedanken riefen, erschreckend klar, Jennifers Namen. Warum fragte Jennifer ausgerechnet jetzt danach? War sie etwa an dem bewußten Punkt angekommen?

»Caroline?« erinnerte Jennifer sie an die ausstehende Antwort.

»Warum willst du das wissen?« fragte sie dagegen.

Entmutigt brach Jennifer den Vorstoß ab. War doch sowieso unsinnig. Glaubte sie etwa, Caroline wolle hier, in der Kantine des Krankenhauses, irgendwelche Gefühle analysieren? Jennifer zog sich zurück. »Ach, nur so.«

Caroline stand auf. »Na dann, danke für den Kaffee.« – Nein, offenbar war Jennifer doch nicht an dem Punkt angekommen.

Jennifer saß in ihrem Wagen und haderte mit sich selbst. Hatte sie erwartet, Caroline sagte »Ich liebe dich«, und sie brauchte nur zu erwidern »Ich dich auch«?

Hättest du *das* gesagt?

Erst fehlt sie dir, dann sehnst du dich nach ihr, fühlst dich einsam ohne sie und nun . . . liebst du sie?

Jennifer fuhr sich mit den Händen übers Gesicht. Wie konnte sie so was denken? Mal ganz davon abgesehen: Caroline hatte nie gesagt, daß sie sie liebte.

Doch! Auf Mallorca in der Bar. Fast wie nebenbei. *Du warst entsetzt, und Caroline bot dir ein anderes Wort dafür an. Und das war dir sehr recht. Damals.*

Was war passiert? Was hatte sich geändert?

Jennifer überlegte angestrengt, kam aber auf nichts, was sie als auslösendes Ereignis benennen konnte. Dieses Gefühl hatte sich langsam eingeschlichen. Unauffällig. Als sie es bemerkt hatte, war alles schon zu spät gewesen.

»Zu spät? Wofür?« fragte Beatrice, zu der Jennifer gefahren war, um ihr ihr Leid zu klagen. »Doch nur dafür, sich mit dem zufriedenzugeben, was bisher dein Leben war. Sorry. Ich kann die Katastrophe nicht erkennen, von der du sprichst.«

Jennifer seufzte. »Ich fand es ganz in Ordnung, wie es war.«

Beatrice lachte. »Laß dir versichern, mit Caroline bist du besser dran.«

»Mit Caroline? Wie meinst du denn das?« Jennifer sah Beatrice verzagt an.

Die verdrehte die Augen. »Mensch, bist du vernagelt. Was meine ich wohl?«

»Ich ... ich bin nicht für so was geschaffen. Das weißt du doch.« Jennifers Worte waren die alten, doch ihrer Stimme fehlte jegliche innere Überzeugung.

»Dann warte eben, bis eine andere dir Caroline vor der Nase wegschnappt, jammere mir aber nicht länger die Ohren voll. Ich kann es nicht mehr hören!«

»Du bist mir ja 'ne schöne Freundin«, beschwerte Jennifer sich.

Beatrice schaute Jennifer eindringlich an. Wie sie ihr im Sessel gegenübersaß. Unglücklich und hilflos. Eine Frau, die ein Firmenimperium leitete, aber völlig versagte, wenn es um Gefühle ging. So was sollte es ja geben. »Okay«, sagte Beatrice. Sie stand auf. »Komm.«

»Komm? Wohin?« wollte Jennifer wissen.

»Wir fahren zu Caroline.« Beatrice winkte ungeduldig. »Na

los. Komm.«

»Was? Nein! Was soll ich ihr denn sagen?«

»Ich werde für dich reden.«

»Du?«

»Ja, komm!«

»Nein, warte! Das ist doch albern. Du kannst ihr doch nicht sagen, daß ich sie liebe, während ich stumm danebenstehe. Und dann?«

»Dann? Na, küssen kannst du sie ja wohl selbst!«

Sie sahen einander an. Wie auf Knopfdruck begannen sie plötzlich zu lachen.

Beatrice schüttelte sich förmlich bei der Vorstellung, wie es wäre, würden sie Caroline derartig überfallen. »Also gut, also gut«, kicherte sie. »Du hast recht. Die Situation wäre ziemlich grotesk. Aber ich würde es tun, wenn ich dir damit helfen kann.«

Jennifer hatte für den Moment ihren Kummer vergessen. Sie lachte nicht minder herzhaft. »Sollte alles andere versagen, komme ich darauf zurück. Aber ich glaube, ich versuche es doch auf die altmodische Tour.«

Beatrice wurde ernst. »Du sagst es ihr?«

Jennifer zuckte mit den Schultern. »Wenn mich der Mut nicht wieder verläßt.«

»Du schaffst das«, spornte Beatrice sie an.

»Was, wenn sie mir einen Korb gibt?« fragte Jennifers bange.

»Tut sie nicht.«

»Ich wünschte, da wäre ich mir auch so sicher.«

Als Beatrice am nächsten Tag bei Jennifer anrief, um sich zu erkundigen, wie es gelaufen war, versuchte Jennifer erst vom Thema abzulenken. Dann druckste sie herum, schließlich rückte sie mit der Sprache heraus: »Ich war nicht bei Caroline.«

»Feigling«, sagte Beatrice so verächtlich sie konnte.

»Ich weiß.«

»Warum denn nicht?« wollte Beatrice wissen.

»Wie soll Caroline der Veränderung meiner Gefühle trauen, wenn ich es selbst nicht tue. Ich denke immer, sicher wache ich morgen auf und es ist weg. Ich weiß nicht, ob ich Angst davor habe oder es mir wünsche. Verstehst du?«

»Das ist gut!« rief Beatrice begeistert.

Verständnislosigkeit bei Jennifer. »Wie kann das gut sein?«

»Weil es bedeutet, daß du an dir zweifelst.«

»Muß ich das verstehen?«

»Gerade diese Unsicherheit wird Caroline überzeugen. Der selbstsicheren, immer-oben-auf-Jennifer, der würde sie wahrscheinlich nicht trauen. In deinem momentanen verwirrten Zustand aber ... wird sie dich sicher stabilisieren wollen, sobald sie weiß, woher dieser kommt.« Beatrice kicherte. »Als Ärztin weiß sie ja, wo sie da anfassen muß.«

Jennifer war nicht zum Lachen zumute. »Sehr witzig«, brummte sie.

»Weißt du was? Morgen rufe ich nicht bei dir an, sondern bei Caroline. Wenn du wieder gekniffen hast, werde ich dich blamieren und sie aufklären.«

»Untersteh dich!«

Beatrice lachte. »Wie willst du das verhindern?« Sie legte einfach auf. Jennifer sah entsetzt auf ihr Telefon, aus dem das Unheil verkündet worden war. Würde Beatrice das wirklich tun? Zuzutrauen war es ihr.

Und nun? Wie peinlich würde das werden, wenn Beatrice Caroline die Herzensnöte ihrer Freundin eröffnete. Jennifer machte sich nichts vor. Sie würde sich den Rest ihres Lebens anhören müssen, was für ein Hasenfuß sie war. Zu recht.

Das Klingeln an der Tür schreckte Caroline auf. Sie rappelte sich vom Sofa auf, wo sie bei gedämpfter Beleuchtung gelegen und Musik gehört hatte.

Wer konnte das noch sein?, fragte sie sich mit einem Blick zur Uhr. Sie ging zur Tür und öffnete.

»Ich bin nun dreiundvierzig Jahre lang glücklich ungebunden. Fast vom ersten Augenblick, da ich dich kenne, denke und fühle ich nur eines: Ich will diese Frau! Wie sollte ich ahnen, daß das nicht vorbeigehen wird?« Caroline starrte auf Jennifer, die völlig durchnäßt vor ihrer Tür im Regen stand und jetzt sagte: »Mein Leben ist der Horror. Ich kann nicht mehr ohne dich sein.«

»Und deshalb hast du beschlossen, dir den Tod zu holen?« Caroline zog Jennifer in den Schutz des Flurs. »Komm erst mal rein«, sagte sie dabei. »Und dann – erkläre mir, was dein Auftritt zu bedeuten hat.«

Jennifer stand tropfend da, strich sich durch ihr nasses Haar. Caroline schien ihr Geständnis irgendwie nicht registriert zu haben. *Also noch mal von vorn, Jennifer.*

Doch noch ehe sie loslegen konnte, hob Caroline die Hand und bedeutete ihr mitzukommen. Sie führte Jennifer ins Bad, nahm ein Handtuch aus dem Schrank, wickelte sie darin ein und begann sie notdürftig abzutrocknen. Jennifer ließ die Prozedur widerspruchslos über sich ergehen.

Nach zwei Minuten schien Caroline sie endlich für salonfähig zu halten. Sie hielt inne und lächelte sanft. »So, nun machst du mir wenigstens keine Wasserflecke aufs Sofa. Willst du einen Kaffee?«

»Nein. Ich will mit dir reden.«

Caroline ging ins Wohnzimmer, Jennifer folgte ihr.

»Ich höre«, sagte Caroline, während sie sich in einen der Sessel setzte. Jennifer nahm, wo sie doch nun extra dafür trockengerubbelt worden war, das Sofa. Sie war verwirrt. Ihr drängte sich der Eindruck auf, als wäre Caroline überhaupt nicht ein bißchen neugierig, warum sie gekommen war.

»Ich bin nicht mehr ich selbst«, sagte Jennifer leise, aber mit fester Stimme. »Ich kann es nicht leiden, wenn das so ist.«

»Dann tu was dagegen.«

»Ich bin ja gerade dabei«, erwiderte Jennifer gereizt. »Wenn du mir endlich mal richtig zuhören würdest.«

Caroline lächelte. »Ich höre dir zu. Aber ich höre nichts Neues.«

»Wie bitte? Nichts Neues? Ich sage dir gerade, daß ich mich ohne dich scheußlich fühle!«

»Und erwartest von mir, daß ich ... was ... tue?« Caroline sah Jennifer fragend an.

Die stöhnte verzweifelt auf. »Was soll ich denn noch sagen, damit du endlich kapierst, daß ich ...« Jennifer sprang auf, suchte verzweifelt nach Worten. »... daß ich gegen jede meiner Überzeugungen in dich verliebt bin!«

Endlich war es heraus. Jennifer sah Caroline bange fragend an.

Caroline hatte es geahnt, als Jennifer im Regen vor ihrer Tür gestanden hatte. Es war soweit. Jennifer hatte den Punkt erreicht, ihr Gefühl den inneren Widerstand besiegt. Still sah Caroline Jennifer an, nach wie vor lächelnd. Dann stand sie auf und trat zu ihr. »Na? War das jetzt so schwer?«

Jennifer schaute sie verwirrt an. Was war denn das für eine Antwort? Was war das für eine Reaktion? Caroline zeigte nicht die geringste Überraschung. Dann begriff sie: Caroline *war* nicht überrascht. *Sie hat gewußt, mit welchen Gefühlen du dich herumschlägst, aber nichts gesagt.* »Du wußtest es?« fragte sie, mehr um sich die Bestätigung zu holen.

Ich hatte so eine Ahnung.«

»Und hast nichts gesagt?«

»Hättest du es denn hören wollen?«

Verdutztes Schweigen. »Nein«, gab Jennifer dann zu. Sie hob die Hand, strich sanft über Carolines Gesicht. »Beinah beängstigend, wie gut du mich kennst.« Sie lächelte verschmitzt. »Ich weiß gar nicht, ob ich mich darauf einlassen soll. Mit einer Frau zusammen zu sein, die mich so leicht durchschaut. Ich meine, ist das nicht zum Nachteil in einer Beziehung? Ich kenne mich da nicht so aus.«

Caroline blinzelte irritiert. Auf Jennifers Geständnis ihre Gefühle angehend war sie innerlich vorbereitet gewesen, doch jetzt hatte Jennifer es geschafft, sie zu überraschen. Hatte sie wirklich »Beziehung« gesagt?

Jennifer gab Caroline einen flüchtigen Kuß auf den Mund. »Was ist los? Du sagst ja gar nichts.« Ein erneuter Kuß. »Alles in Ordnung?«

»Könntest du das bitte wiederholen?« fragte Caroline.

»Was meinst du?« stellte Jennifer sich dumm.

»Du weißt, was ich meine.«

»Nein«, beteuerte die.

»Jennifer! Meinst du das ernst? Bist du dir im klaren, worüber du sprichst?«

»Darüber, daß wir herausfinden müssen, wer morgens zuerst ins Bad darf?«

Caroline schüttelte ungläubig den Kopf. »Ja, zum Beispiel«, war alles, was sie sagen konnte.

»Nachdem wir herausgefunden haben, wo wir eigentlich wohnen wollen, natürlich. Bei dir oder bei mir«, fuhr Jennifer unbeirrt fort. Jetzt, da sie sich an die Vorstellung gewöhnt hatte, fand sie mehr und mehr Gefallen daran. »Ich weiß gar nicht, auf welcher Seite des Bettes ich lieber schlafe. Links oder rechts. Hm. Na, das kriege ich auch noch heraus«, plapperte sie munter weiter.

Caroline nahm Jennifer in den Arm, legte ihr einen Finger auf den Mund und verschloß ihn mit einem zärtlichen Kuß.

Als sie Jennifer wieder freigab, murmelte die neben Carolines Ohr: »Im Moment frage ich mich allerdings, ob ich lieber auf oder unter dir liegen möchte.«

Caroline lächelte. »Nun«, flüsterte sie. »Das können wir ja gleich mal ausprobieren.«

ENDE

Weitere Titel der édition el!es

Victoria Pearl: Das zwischen uns

Erotischer Liebesroman

Jasmin hat es sich recht gemütlich im Junggesellinnendasein eingerichtet, als eine atemberaubende Schönheit ihre Buchhandlung betritt. Sie verlieren sich aus den Augen, sie sehen sich wieder – und es beginnt etwas, das Jasmin »Beziehung« nennt. Ihre Geliebte hält sich jedoch einiges offen. Ständig lernen sie neue Frauen kennen, von denen Jasmin nie weiß, wie nahe sie und ihre Geliebte sich kommen. Geduldig erträgt sie die Spielchen, doch kann eine solche Beziehung wirklich ewig dauern?

Corina Ehnert: Eine WG zum Verlieben (Band 1: »Alex«)

Liebesroman

Eine Lesben-WG, in der es drunter und drüber geht: Alex kann sich nicht zwischen Katrin und Nico entscheiden, obwohl Nico eigentlich Paulas Blind Date ist; Casanova Franzi wandelt plötzlich auf monogamen Pfaden, und Thea kriegt irgendwie nie eine Frau ab. Verwicklungen und Verzwicklungen bleiben spannend bis zum Schluß – an dem sich die Fäden entwirren. ... oder?

Catherine Fox: Achterbahn der Gefühle

Liebesroman

Jessica will heiraten und hält sich für glücklich, als sie von ihren Freundinnen eine Junggesellinnenreise geschenkt bekommt. Auf einem Reiterhof soll sie ihrem Hobby frönen und die letzten Tage Freiheit genießen. Doch mit der Entspannung ist es bald vorbei, denn sie trifft Kim, die ihren Gefühlshaushalt gehörig durcheinanderbringt. Sie gerät in einen Strudel leidenschaftlicher Gefühle, erfährt eine Zärtlichkeit, die sie nicht kannte. Sie verliebt sich in Kim, aber was wird bleiben, wenn sie wieder zu Hause im alten Trott versinkt?

Ruth Gogoll: Zwei Welten

Erotischer Liebesroman

Wer sich etwas wünscht, sollte vorsichtig sein bei der Formulierung. Nico jedenfalls war es nicht und landet inmitten einer schrecklich netten Familie im Herzen der Heterosexualität: Häuschen in der Vorstadt, Ehegatte geht morgens brav zur Arbeit, die Kinder quengeln, die Nachbarinnen tratschen ... Da taucht in dieser Heterohölle ein ganz normales (lesbisches) Paar auf, und Nico verliebt sich. Wie kann sie aber in ihre eigene Welt zurückkehren und gleichzeitig diese Liebe aus der anderen Welt bewahren?

Anthologie »Lesbisches Jugendbuch«

Kurzgeschichten

In dieser Anthologie werden die Geschichten der Gewinnerinnen aus unserem Schreibwettbewerb »Lesbisches Jugendbuch« veröffentlicht. Geschichten von Jugendlichen für Jugendliche – ausgewählt vom Literaturteam des Jugendzentrums *anyway* in Köln.

Hanna Berghoff: Du bist die Welt für mich

Liebesroman

Ein Bauernhof inmitten Deutschlands: Die Fehde zwischen den Schwestern Veronika und Franziska Perner vertieft sich, als die neue Tierärztin Dr. Jutta Adler mit frischen Ideen und Behandlungsmethoden gehörig Staub aufwirbelt. Aus Liebe (zu den Tieren und zur Tierärztin) beginnt Veronika in München Veterinärmedizin zu studieren, doch Franziska läßt nichts unversucht, um dem Liebesglück ein jähes Ende zu bereiten. Als dann noch die Zukunft des Hofes auf dem Spiel steht, muß Veronika eine schwere Entscheidung fällen ...

Toni Lucas: Vom Tanz der Pierrots

Liebesroman

Nach einem nicht ganz freiwilligen One-night-stand wird Lea aus ihrer bequemen, langjährigen Beziehung herauskatapultiert. Sie zieht in eine Kleinstadt, die trostloser nicht sein kann. Nur ihre verheiratete Kollegin Lilia bringt Farbe in den Alltag, und nach einiger Zeit mangelt es auch an Erotik nicht. Allerdings scheinen die beiden zunächst doch nicht füreinander geschaffen – oder müssen sie erst einmal auseinandergehen, um schließlich zueinander zu finden?

Heike Fremmer: Hotel Prinzess

Liebesroman

Sofie managt ein Hotel in Hamburg, das an einen Amerikaner verkauft werden soll. Die von ihm entsendete Frau fürs Grobe ist Erica, die sich inkognito im Hotel aufhält. Sofie und Erica kommen sich näher, doch Erica verschweigt den wahren Grund ihres Aufenthaltes. Kein gutes Fundament für eine Beziehung, doch Erica hat Angst, Sofie zu verlieren, wenn die Wahrheit ans Licht kommt ...

Julia Arden: ... und wenn du auch die Wahrheit sprichst

Liebesroman

Michaela Dietz läßt sich engagieren, um die Tochter eines Hotelbesitzers zu überreden, das Familienunternehmen weiterzuführen. Sehr zur Freude des schlechten Gewissens blüht Tanja Kanter in Michaelas Nähe auf und – natürlich, verliebt sich in sie. Doch was passiert, wenn Tanja Michaelas wahre Gründe für die unerwartete Zuneigung erfährt? Und was sagt Michaelas langjährige Freundin Vanessa eigentlich dazu?

Ruth Gogoll: L wie Liebe

Liebesroman

Bunt und unterhaltsam: Großstadtlesben und ihre (Liebes-)Abenteuer. Da ist das ungleiche Paar Marlene und Anita, das gehörig Nachhilfe in Sachen Romantik benötigt; Carolin und Ina schweben (noch) im siebten Himmel; Chris und Sabrina stecken in einer verstaubten Beziehung fest, und schließlich können sich Rick, Thea und Melly noch nicht so recht entscheiden. Verwicklungen folgen, und schon sehr bald ist nichts mehr so, wie es anfänglich war ...

Victoria Pearl: Endlich gefunden

Liebesroman

Krankenschwester Hanna hat sich gerade aus der unheilvollen Beziehung zu Birte gelöst, als ihr eine Fremde für einen kurzen Moment den Kopf verdreht. Zurück im Arbeitsalltag nimmt Hanna erst nach langer Zeit wieder via Internet Kontakt zu anderen Frauen auf. Die Überraschung folgt auf dem Fuß, doch ist die Traumfrau tatsächlich endlich gefunden?

Julia Arden: Vertrau mir

Roman

Anna Ravensburg lebt ruhig und zurückgezogen auf ihrem Tierhof. Mit der Idylle ist es vorbei, als Kommissarin Maike Roloff auftaucht: Zwei Pharma-Manager sind entführt worden, und Annas Vergangenheit als radikale Tierschützerin könnte bei der Aufklärung helfen. Zunächst widerstrebt es Anna, die Polizei zu unterstützen, doch bald muß Anna sich eingestehen, daß sie sich zu Maike hingezogen fühlt. Maike hingegen scheint sich nur für eines zu interessieren: Die Lösung ihres Falles.

Alexandra Liebert: Der Schlüssel zum Glück

Liebesgeschichten

Geschichten rund um das Verlieben: Ob gewollt oder ungewollt, überraschend oder nicht – Alexandra Liebert versteht es, ihre Heldinnen in kleinen, unbeschwerten Geschichten auf spannende Art zusammenzubringen. Da sucht Cathy nur nach einem Job und findet die Liebe, Lisa sucht erholsame Ferien in San Francisco – und findet die Liebe, Carmen und Maria haben sich mit dem Auto verfahren, suchen den richtigen Weg und finden: die Liebe.
Sie wollen jetzt wissen, wer noch alles die Liebe findet? Und welche Hürden dabei zu überwinden sind? Wir haben da einen kleinen Tip für Sie: Kaufen Sie doch einfach dieses Buch ...

Alexandra Liebert: Träume aus der Ferne

Liebesgeschichten

Geschichten rund um das Verlieben: »Viele Wege führen nach Rom, aber keiner führt an den Geschichten von Alexandra Liebert vorbei – wenn frau romantische Liebesgeschichten schätzt. In ihrer ganz eigenen, feinfühligen Art beschreibt die Autorin das Suchen und schließlich auch das Finden der Liebe, die verschiedene Gesichter haben kann und darum auch auf unterschiedlichen Wegen erkämpft, erwartet oder erkannt werden will.« (Victoria Pearl)

Anna Peters: Herzköniginnen

Liebesroman

Susanne gibt eine Zeitungsanzeige auf und lernt die um einiges ältere Anna kennen. Sie beginnen eine rege Brieffreundschaft, verlieben sich, treffen sich schließlich – und werden in einer leidenschaftlichen, intensiven Beziehung glücklich.
Die Geschichte wird allein in den Briefen erzählt, die sich beide schreiben.

Ruth Gogoll: Verbotene Leidenschaft

Erotischer Liebesroman

Sich in die eigene Chefin zu verlieben, wenn diese augenscheinlich hetero ist, gehört in jedem Fall zu den Dingen, die eine Lesbe nicht tun sollte. Doch eine erwachte Leidenschaft läßt sich nicht einfach abschalten, und so gilt es, die Chefin zu bekehren – auch, wenn das mit reichlich Widrigkeiten einhergeht.

Ruth Gogoll: Wie ein Stern, der vom Himmel fällt

Erotischer Liebesroman

Weihnachtliches Plätzchenbacken gehört eigentlich in glückliche Familien. Wenn jedoch die unfreundliche Nachbarin nur für sich allein backt, dann ist das verdächtig. Und wenn diese Nachbarin zwar spröde, aber ungemein attraktiv ist und mit ihren schönen Augen lockt, dann erwacht der lesbische Jagdtrieb: Wenn schon Plätzchenbacken, dann bitte nur zu zweit ...

Ruth Gogoll: Eine Insel für zwei

Erotischer Liebesroman

Neunzehn Jahre alt und auf der Suche nach der großen Liebe: Das ist Andy, als sie Danielle kennenlernt, Besitzerin einer Werbeagentur. Danielle hält Liebe für eine Illusion. Sie lädt Andy zu einer Reise durch die Ägäis ein, doch fordert dafür einen hohen Preis.

Andy läßt sich darauf ein, weil sie Danielle liebt und hofft, daß Danielle auch lernen wird zu lieben. Fast scheint es, als hätte Andys Liebe eine Chance, doch da geschieht etwas Unvorhergesehenes ...

Tala Storm: Der lange Weg

Liebesfantasy in drei Teilen

Cay-La erwacht eines Morgens ohne Erinnerung. Sie schließt sich zunächst der schönen Kallisto an, doch als die eine Kriegerin töten will, wechselt Cay-La die Seiten. Zusammen mit der Kriegerin und ihrer Gefährtin versucht sie ihre Vergangenheit zu erfahren, die Erinnerung an sich selbst wiederzufinden. Eine nicht ungefährliche Reise ins Reich der Amazonen beginnt, denn der Zorn Kallistos begleitet sie ...

Ruth Gogoll: Ostereier

Erotischer Liebesroman

Eine Geschichte um Ostereier? Nein, eine Liebesgeschichte. Die Begegnung in einem Supermarkt kurz vor Ostern – ist sie Zufall oder Schicksal? Befördert der Einkauf von Obst und Gemüse die Liebe – oder hindert er sie an ihrer Erfüllung? Und was ist mit der geheimnisvollen Bemerkung, mit der alles begann?
Das alles sind Fragen, denen sich die beiden Protagonistinnen stellen müssen.
Werden sie eine Lösung finden?

Victoria Pearl: Sag's mit Rosen

Erotischer Liebesroman

Blümchen heißt das alte Wohnmobil, mit dem Jessie herumfährt und geradeheraus Frauen anbaggert. Leonie ist von dieser Masche nicht begeistert, doch sie kann sich Jessies Charme nicht entziehen. Eine gemeinsame Reise in dem engen Gefährt bleibt nicht ohne Folgen, aber Leonie befürchtet die baldige Trennung; wie wird Jessie sich entscheiden?

Julia Arden: Unter Verdacht

Liebesroman

Als Professorin eher distanziert, geraten Sylvias Gefühle immer mehr außer Kontrolle, während die Zusammenarbeit mit der Architektin Karen enger wird. Das Tüpfelchen auf dem i: Karen ist lesbisch. Sollte Sylvia tatsächlich etwas für Karen empfinden? Doch die Idylle wird jäh zerstört, als Karen wegen Kreditbetrugs verhaftet wird. Mit Sylvias Hilfe aus dem Gefängnis entlassen, machen sich beide auf die Suche nach dem wahren Täter und kommen sich dabei immer näher.

Ruth Gogoll: Tizianrot

Erotischer Liebesroman

Tanita schwärmt unsterblich für ihre Mathematiklehrerin Diana. Nach Tanitas Abitur verlieren sie sich aus den Augen. Zufällig treffen sie sich Monate später wieder, und die Überraschung ist perfekt, als sich herausstellt, daß auch Diana Interesse an Tanita hat. Schnell kommen sie sich näher, die Erfüllung aller Träume scheint nah, doch da tauchen unerwartete Schwierigkeiten auf.

Sarah Dreher: Solitaire und Brahms

Liebesroman

»Wenn eine Frau, die Frauen liebt, keine Frau ist, wer dann?«
Beruflich erfolgreich, allgemein beliebt und frisch verlobt, wehrt sich Shelby dennoch gegen das traditionelle Rollenverhalten einer gehorsamen Ehefrau, in das ihre Umwelt sie drängen will. Als sie merkt, wieviel ihre neue Nachbarin Fran ihr bedeutet, beginnt sie die Puzzleteile in ihrem Leben endlich neu zu ordnen.
Sarah Dreher zeichnet in ihrem persönlichsten Roman ein einfühlsames, humorvolles und zugleich schmerzhaft realistisches Bild der sechziger Jahre, aus der Zeit vor Stonewall und Gay Pride, als eine »richtige Frau« sich nicht gegen gesellschaftliche Erwartungen auflehnen, geschweige denn in eine andere Frau verlieben durfte.

Victoria Pearl: Sonnenaufgang in deinen Armen

Erotischer Liebesroman

Luisa lernt in der Firma, in der sie arbeitet, Ingeborg kennen und fühlt sich sofort zu ihr hingezogen. Sie verläßt den Mann, mit dem sie seit sechs Jahren zusammenlebt, und versucht sich Ingeborg vorsichtig zu nähern. Ingeborg jedoch lehnt dies stets schroff ab. Als das Chorsingen sie beide ins Schweizerische Bergell verschlägt – gemeinsames Hotelzimmer mit Doppelbett – schlägt Luisas Stunde: Kann sie Ingeborgs Zuneigung gewinnen?

Julia Arden: Das Lächeln in deinen Augen

Roman

Beate sieht in Cornelia Mertens, ihrer neuen Chefin, zunächst nur das, was alle sehen: die kühle, distanzierte Geschäftsfrau. Liebe ist etwas für Träumer – aus dieser ihrer Meinung macht Cornelia kein Geheimnis.
Nach und nach lernt Beate aber eine ganz andere Seite an Cornelia kennen. Cornelia überrascht sie mit unerwarteter Fürsorge, Verständnis und einer seltsamen Mischung aus Heiterkeit und Ernst. Also doch harte Schale, weicher Kern? fragt sich Beate. Ist das äußere Erscheinungsbild nur Fassade für all die, die sich nicht die Mühe machen dahinterzuschauen? Oder sind Sanftmut und Charme nur Trick, Teil eines Planes? Nämlich dem, sie zu verführen? Letzteres wäre fatal für Beate, denn so oder so – sie hat sich in Cornelia verliebt.

Gerri Hill: Der Mond scheint nur für dich

Liebesroman

Die Malerin Kara malt bevorzugt morgens oder abends: Wenn es nicht mehr hell ist und der Mond scheint. Sie liebt den Mond, ihren stummen Begleiter durch die Jahre. Doch als sie Ginny kennenlernt, ändert sich alles – und der strahlende Mond wird Zeuge einer wachsenden Liebe ...

Behrens – Spors – Doll:
Mia
Liebe mit Umwegen
In heißem Wüstensand

Liebesgeschichten

Mia

Wie sag' ich's meiner Lehrerin? Mia ist verliebt, aber sie traut sich nicht. Ist die Angebetete nun lesbisch oder nicht? Könnte sie die Gefühle erwidern? Janina Behrens gelingt es, diese Schülerin/Lehrerin-Geschichte auf humorvolle Weise darzustellen.

Liebe mit Umwegen

Was passiert, wenn die vermeintlich Richtige doch die Falsche ist? Wenn die Falsche am Ende die Richtige ist? Irrungen und Wirrungen der Liebe werden von Julia Spors schließlich entwirrt.

In heißem Wüstensand

Eine Agypten-Reise von den Eltern geschenkt – kann das gutgehen? Widerwillig tritt Connie die Reise an, die mit einigen Schwierigkeiten und Hindernissen beginnt. Doch unter afrikanischer Sonne sieht vieles dann ganz anders aus, und aus geliebten Menschen können plötzlich geliebte Menschen werden ...

Kingsley Stevens: Liebe mich

Erotischer Liebesroman

Amy Flanagan und Morgan Holdsworth treffen sich, als Amy versucht einen Großauftrag von Morgan, Eigentümerin eines Kosmetikkonzerns, für die Werbeagentur zu erhalten, für die Amy arbeitet. Obwohl Amy Geschäft und Privates auseinanderhalten will, verliebt sie sich in Morgan. Sie beginnen eine Affäre, doch Morgan scheint wenig Interesse an einer Vertiefung ihrer Beziehung zu haben, während Amy sich wünscht, Morgan näherkommen zu können.

Trix Niederhauser: Halt mich fest

Liebesroman

Wie sag ich's meinen Eltern? Früher oder später kommt jede Lesbe an diesen Punkt, auch Chris, die rockende Gitarristin mit Hang zu Unfällen. Tina tritt in ihr Leben, und alles ist anders: Das Coming-out, die verschollen geglaubte Großmutter, die Ex mit dem dritten Auge und vieles mehr machen der Heldin das Leben schwer. Tapfer erträgt sie die putzende Mutter, den pubertierenden Neffen und den schweigenden Vater. Nur daß Tina rothaarige Frauen küßt, macht ihr zu schaffen . . .

Augenblicke der Liebe

Erotische Geschichten

Bereits seit dem Jahre 2001 besteht auf der Internetseite der édition el!es die Möglichkeit, jeden Monat eine neue »Erotische Geschichte des Monats« zu lesen. Diese Geschichten werden in der Reihe »Augenblicke der Liebe« in loser Folge veröffentlicht.

Kay Rivers: Küsse voller Zärtlichkeit

Roman

Michelle Carver hat als Managerin von Disney World in Florida einen anstrengenden Job. Für ein Privatleben hat sie kaum Zeit, deshalb beschränkt sie sich auf gelegentliche Affären. Liebe kommt in ihrem Wortschatz nicht vor.

Cindy Claybourne ist Studentin und hat einen Ferienjob in Disney World. Sie merkt, daß sie sich zu Michelle hingezogen fühlt, daß sie hinter ihre harte Schale schauen möchte. Aber Michelle läßt das nicht so einfach zu. Doch Cindy gibt nicht auf und kämpft für ihre Liebe zu Michelle. Wird Michelle endlich einsehen, daß Cindy die richtige für sie ist?

Julia Arden: Laß mich in dein Herz

Liebesroman

Vor vier Jahren verlor Andrea ihre Lebensgefährtin Maren durch einen Autounfall. Seitdem lebt sie ausschließlich für ihren Beruf als Richterin, bis Gina in ihr Leben tritt und ihre Gefühle durcheinanderbringt. Aber sie will keine Beziehung eingehen, ihr Herz hängt nach wie vor an Maren. Also versucht sie Gina zu vergessen, doch dann kommt es zu einem unverhofften Wiedersehen – und Andrea braucht Ginas Hilfe, weil der Beruf sie in Gefahr bringt . . .

Melissa Good: Sturm im Paradies

Liebesroman

Melissa Good, Drehbuchautorin verschiedener Episoden der beliebten TV-Serie »Xena – Die Kriegerprinzessin«, bei el!es!

Firmen aufkaufen und ohne Rücksicht auf Verluste sanieren – Dar Roberts, Vizepräsidentin einer großen Gesellschaft, liebt ihren Job und erledigt ihn gründlich. Bei einem kleinen Unternehmen trifft sie jedoch auf unerwarteten Widerstand: Kerry Stuart, die junge Leiterin der Supportabteilung, kämpft engagiert für die Erhaltung der Arbeitsplätze. Gleichzeitig fühlt Kerry sich angezogen von dieser großen, starken, dunkelhaarigen Frau, in der mehr zu schlummern scheint als kalter Geschäftssinn. Zaghaft kommen sich die beiden näher ...

Shari J. Berman: Hawaiianische Träume

Liebesroman

Die attraktive Freddie hofft, bei einem Urlaub auf Hawaii ihren Ex-Mann endlich zu vergessen. Unter dem Sternenhimmel der Südsee läßt sie ihr altes Leben hinter sich. Hals über Kopf stürzt sie sich in eine heftige Liebesbeziehung mit der Fotografin Stephanie. Doch nach dem ersten Liebestaumel drohen Zweifel und Konflikte: Freddie hat Probleme mit ihrem Comingout und weiß nicht, ob sie ihre lesbische Liebe leben kann und will. Und trotz allem Verständnis für die Geliebte stößt auch Stephanie irgendwann an die Grenzen ihrer Geduld ...

Kingsley Stevens: Sündige Episoden (Band 1)

Erotische Geschichten

Der *Reigen* von Arthur Schnitzler wurde schon oft adaptiert, und nun liefert die Autorin Kingsley Stevens eine lesbische Variante: Ineinander verwobene Geschichten, leidenschaftlich und lustvoll, in denen es nur um »das Eine« geht. Die **Sündigen Episoden** sind das wohl frivolste el!es-Buch, das es je gab.

Brenda Miller: Bitte verzeih mir

Liebesroman

Veronica, Chefin des familieneigenen Konzerns, überfährt mit ihrem Porsche die Aushilfskassiererin Rose, die sich mit Gelegenheitsjobs über Wasser hält. Veronica läßt Rose mit bester medizinischer Versorgung gesundpflegen, und aus anfänglicher Freundschaft entsteht sehr bald Liebe ... doch Veronica hat Rose bisher noch nicht gestanden, daß sie damals den Porsche fuhr ...

Diana Lee: Die Geliebte der Wölfin

Die lesbische Robin Hood

Die schöne Lady Gwendolyn wird auf dem nächtlichen Heimweg überfallen. Rettung naht in Gestalt der attraktiven Ritterin Sir Blaidd, die in geheimer Mission eine Verschwörung gegen die Königin aufdecken soll. Gwendolyn verliert ihr Herz an die tapfere Heldin, gemeinsam versuchen sie nun mit ihren Freunden den Verschwörern zuvorzukommen. Doch die Feinde sind mächtig, mittels dunkler Rituale versuchen sie, ihre Kräfte zum entscheidenden Schlag zu bündeln. Auch Gwendolyn gerät in Gefahr. Kann Sir Blaidd sie mit ihrem Mut und ihrem geschickten Schwert aus der tödlichen Falle befreien?

Ruth Gogoll: Ich liebe dich

Erotischer Liebesroman

Ira ist eigentlich viel zu schön, um Bankmanagerin zu sein, und Elisabeth will nur eine Hypothek von ihr: Da schlägt die Liebe zu wie ein Blitz. Zuerst einmal erscheint Elisabeths Liebe aussichtslos, doch dann ergibt sich eine unverhoffte Begegnung, und bald sind die beiden ein Paar. Doch das Schicksal hält noch etliche Schläge für sie bereit. Piet, Iras ehemalige Lebensgefährtin, taucht plötzlich wieder auf. Und Ira erhält unerwartet eine berufliche Chance, die sie nicht ablehnen will. Die räumliche Entfernung schürt die ohnehin vorhandene Eifersucht noch.

Victoria Pearl: Zärtliche Hände

Erotischer Liebesroman

Eine große, schweigsame Frau mit graublauen Augen – eine Taxifahrerin, die sie in einer fremden Stadt zum Hotel fährt – beeindruckt Olivia tief. In heißen Träumen wünscht sie sich in ihre Arme, aber es scheint aussichtslos, sie wiederzusehen, denn Olivia kennt nicht einmal ihren Namen. Dafür tauchen andere Frauen in Olivias Leben auf, die sie nicht trösten können. Wird die geheimnisvolle Fremde einmal aus ihren Träumen auferstehen und in Fleisch und Blut zu ihr kommen? Das Rätsel scheint unlösbar, doch eine Frau gibt nicht auf – auch, wenn sich immer neue Schwierigkeiten ergeben ...

Nele Tabler: Oma Mathildes Pistole

Kriminalroman

Der zweite Fall für die »Detektei Lesbisches Leben«: Die Heilpraktikerin Regine liegt erschossen in ihrem Häuschen. Doch die Fragen nach dem Wer? und Warum? sind nicht die einzigen Rätsel, die Jana und Bille bei ihrem Streifzug durch die lesbische Landgemeinde lösen wollen.

Victoria Pearl: 4 Herzen 12 Beine

Erotischer Liebesroman

Im Darkroom für Lesben kommt es zu heißem Sex zwischen Doris und Lucy – dann verlieren sie sich wieder aus den Augen. Zufällig entdecken jedoch die beiden Hundeliebhaberinnen die Chatrooms, wo sie sich begegnen, ohne sich zu erkennen. Nach einigen Abstechern und One-night-stands mit anderen Frauen finden Doris und Lucy doch noch zueinander, nein, die beiden Hunde sind es, die ihre Frauchen zusammenführen. Allerdings müssen die Zweibeinerinnen noch einige Abenteuer durchstehen, ehe sie das Happy End erreicht ...

Victoria Pearl: Die Liebe hat dein Gesicht

Erotischer Liebesroman

Renate hat noch nie mit einer Frau geschlafen, und sie hatte es eigentlich auch gar nicht vor, bis ihr Marlene über den Weg läuft. Die Doktorsgattin verführt Renate nach allen Regeln der Kunst und stiftet so ein ziemliches Chaos der Gefühle in der Fahrradmechanikerin. Lange währt diese Affäre allerdings nicht, denn Frau Doktor bleibt ihrem Gatten trotz allem treu. Kein Grund jedoch für Renates erneutes Singledasein – die neue Nachbarin ist sehr attraktiv und deren Mutter erst ... die wahre Liebe wartet derweil in Renates Träumen darauf, endlich verwirklicht zu werden ...

Victoria Pearl: Ungeahnte Nebenwirkungen

Erotischer Liebesroman

Was geschieht, wenn sich die attraktive Zahnärztin auf einmal nicht nur für deine Zähne interessiert? Sie steht eines nachts vor deiner Tür und will hemmungslosen Sex. Doch der Morgen danach fühlt sich an wie ein Zahnarztbesuch, denn die Traumfrau ist nicht mehr da. Es beginnt eine Odyssee der Liebe, Verzweiflung, Eifersucht ... denn immer neue Überraschungen aus der Vergangenheit der Ärztin kommen ans Licht ...

Antje Küchler: Der Abgrund

Lesbisches Abenteuer

Nach dem Verlust ihrer Lebensgefährtin Andrea, einer Schriftstellerin, gibt sich Laura dem Alkohol und Depressionen hin. Nach Monaten der Trauer taucht überraschend die Germanistikstudentin Anja auf, die eigentlich nach Andrea suchte – und sich in Laura verliebt. Es könnte eine harmonische Beziehung werden, doch Laura überredet Anja zu einer Reise nach Rußland, wo das Abenteuer beginnt: Laura wird entführt, und Anja macht sich im kalten und weiten Sibirien auf die Suche nach der geliebten Freundin. Kann sie es schaffen, die Entführte zu retten?

Ruth Gogoll: Taxi nach Paris

Der lesbische Erotikbestseller

Sie begegnet ihrer Traumfrau, aber viel zu schnell landen beide im Bett – während sie sich verliebt hat, geht die andere nur ihrem Gewerbe nach. Jedoch sie ist sich sicher, das Herz der Angebeteten erobern zu können. Wird die Liebe stärker sein als die Zerreißproben und die beiden Frauen in der Stadt des Lichts zusammenführen?

Shari J. Berman: Tanzende Steine

Liebesroman

Sally lernt Ricki als Kind im Sommer 1978 auf einem Campingplatz kennen, während sie Steine über das Wasser tanzen läßt. Die beiden Mädchen mögen sich auf Anhieb. 18 Jahre später sehen sie sich wieder, mittlerweile sind beide mit anderen Frauen liiert. Doch die Liebe, die sie als Kinder noch nicht benennen konnten, erfaßt sie erneut. Ob es nun aber wirklich Liebe ist oder nur Sex, das müssen sie erst einmal herausfinden ...

Ruth Gogoll: Eine romantische Geschichte

Erotischer Liebesroman

Esther ist Anwältin und eine Traumfrau – für alle Frauen, die nur an Sex interessiert sind. Wenn frau sich in sie verliebt, ist es jedoch die Hölle ... wie es Alex leidvoll erfahren muß. Sie verfällt Esther mit Haut und Haar und kann sich nicht mehr von der schönen Juristin lösen. Wird Yvonne mit ihrer Liebe Alex von dieser Besessenheit heilen können?

Ruth Gogoll: Die Schauspielerin

Erotischer Liebesroman

Als ihre Jugendliebe Simone, mittlerweile eine berühmte Schauspielerin, neuerlich in Pias Leben tritt, flammt längst erloschen geglaubte Leidenschaft wieder auf. Doch die Angebetete ist in ihrer Scheinwelt aus Glanz und Glamour gefangen, im Teufelskreis zwischen Ruhm und Untergang. Auf der Leinwand zeigt sie große Gefühle, im wahren Leben hingegen scheinen ihr diese Empfindungen fremd zu sein.
Überwältigt von Simones Charme und Schönheit verwirft Pia ihre Bedenken, daß Simone ihr ein zweites Mal das Herz brechen könnte. Während Simone ihre Probleme im Alkohol zu ertränken versucht, beginnt Pia um ihre Liebe zu kämpfen ...

Brenda Miller: Court of Love

Liebesroman

Die Basketballspielerin Chris hat sich bei einem Spiel schwer verletzt und kommt ins Krankenhaus. Dort wird sie während der Rekonvaleszenz von der Physiotherapeutin Beth betreut. Die beiden verlieben sich ineinander. Beth hat sich vor kurzem von ihrer Freundin getrennt, für Chris gab es bis jetzt nur Basketball und das College. Sie weiß noch nicht, ob sie sich für Männer oder Frauen interessiert, und sie hat noch nie mit jemandem geschlafen ...

Ruth Gogoll: Simone

Erotischer Liebesroman

Der zweite Teil der »Schauspielerin«.
Simone bemüht sich um einen Neuanfang mit Pia, doch ihre Vergangenheit holt sie wieder ein. Der Alkohol, den sie schon überwunden glaubte, gefährdet ihre Beziehung ebenso wie ihre neue Karriere in Amerika. Zum letzten Mal verbringen Simone und Pia eine schöne Zeit gemeinsam in Wien auf dem Opernball, doch am Tag danach kommt es zum Eklat – Pia ist tief enttäuscht und glaubt nicht daran, daß sie Simone je wiedersehen wird. Und im weit entfernten Amerika sitzt Simone einsam und trinkt ... da führt sie ein erneutes Filmangebot wieder nach Europa ...

Ruth Gogoll: Die Liebe meiner Träume

Erotischer Liebesroman

»Ich stehe nicht auf Frauen« verkündet Vanessa, doch die nachfolgende Liebesnacht mit Anouk spricht eine andere Sprache. Allerdings soll es zunächst auch bei dieser Nacht bleiben: Beide kehren in ihr Leben zurück, Anouk in die Einsamkeit, Vanessa zu ihrer Familie mit Mann und Sohn. Die Spuren, die die Liebesnacht hinterläßt, graben sich tief in die Herzen beider Frauen ein – bis sie sich unvermittelt wiedersehen ...

Anna Regine Jeck: Toni Ella Nick

Liebesroman

Durch Zufall fährt die 17jährige Toni mit ihrem Fahrrad in das Auto der um einiges älteren Nicole, genannt Nick, hinein, ohne sie jedoch näher kennenzulernen. Jahre später kreuzen sich ihre Wege erneut aufgrund ihrer gemeinsamen Leidenschaft für Pferde. Toni verliebt sich in Nick, aber das scheint nicht auf Gegenseitigkeit zu beruhen. Und vielleicht ist Nick ja auch mit der Lehrerin Ella zusammen ...

aleks. Jähnich: Sullys Tod

Kriminalroman

Terry Stein, Fotografin bei einer Freiburger Zeitung, wird vom Selbstmord ihrer Ex-Geliebten Sully benachrichtigt. Im sommerheißen Stuttgart forscht sie nach den Hintergründen dieser Tragödie und findet heraus, daß es lebensgefährlich ist, sich mit Wirtschaftskriminellen anzulegen. Als es eine weitere Tote gibt, fällt der Verdacht auf Terry. Zum Glück sind da noch Nickel, Terrys Geliebte, Carola, Chris – und eine attraktive Kommissarin . . .

Ruth Gogoll: Computerspiele

Lesbenkrimi

Der erste Fall für Kommissarin Renni:
Ihre Schulfreundin und Jugendliebe Nora wird in einen Mordfall verwickelt. Nora verliebt sich Hals über Kopf in die schöne und leidenschaftliche Ellen. Sie verbringen eine berauschende Woche, dann fährt Ellen nach Köln, und wenige Tage später wird ihre ehemalige Lebensgefährtin Loretta tot aufgefunden. Ellen steht unter Mordverdacht. In ihrer Not wendet Nora sich an Kommissarin Renni, die die Ermittlungen aufnimmt. Ellen wird vom Mordverdacht befreit. Doch damit beginnt das Rätsel: Wer war Loretta wirklich? Wer hatte ein Interesse, sie zu ermorden? Sie surfte viel im Internet, hat sie dort vielleicht ihren Mörder kennengelernt? Und was hat Ellen damit zu tun?

Ruth Gogoll: Tödliche Liebesspiele

Lesbenkrimi

Die Fortsetzung des Krimis Computerspiele.
Kommissarin Renni hat wieder einen neuen Fall zu lösen: Wer ist die tote Frau auf dem Parkplatz? Die Ermit-tlungen erweisen sich als schwie-riger als zunächst angenommen, und darüber hinaus geht es auch in ihrem Privatleben drunter und drüber: Obwohl immer noch ver-liebt in Nora, beginnt sie eine Affäre mit der Pathologin, mit der zusammen sie an der Aufklärung des Mordes arbeitet. Probleme über Pro-bleme für Renni – schafft sie es diesmal, alle zu meistern?

Ruth Gogoll: Mord im Frauenhaus

Lesbenkrimi

Diesmal darf sich Kommissarin Renni ein wenig wie Hercule Poirot fühlen: In einem Frauenhaus wird eine Leiche gefunden, und die Zahl der Verdächtigen beschränkt sich auf einen kleinen Kreis. Doch damit nicht genug – Renni hat außerdem alle Hände voll zu tun, eine Prostituierte vorm rachsüchtigen Zuhälter zu beschützen, und dann ist da noch Monika, die sich nie sicher sein kann, ob Renni tatsächlich nur ihre Arbeit macht . . .